逐梦时代

茅立帅 著

浙江文艺出版社

图书在版编目(CIP)数据

逐梦时代 / 茅立帅著. —杭州：浙江文艺出版社，2021.4
ISBN 978-7-5339-6430-6

Ⅰ.①逐… Ⅱ.①茅… Ⅲ.①长篇小说—中国—当代 Ⅳ.①I247.5

中国版本图书馆CIP数据核字(2021)第036150号

责任编辑　王莎惠
责任校对　唐　娇
装帧设计　尚燕平
责任印制　吴春娟

逐梦时代

茅立帅　著

出版发行	浙江文艺出版社
地　　址	杭州市体育场路347号
邮　　编	310006
电　　话	0571-85176953(总编办)
	0571-85152727(市场部)
制　　版	浙江新华图文制作有限公司
印　　刷	杭州杭新印务有限公司
开　　本	710毫米×1000毫米　1/16
字　　数	270千字
印　　张	22.5
插　　页	1
版　　次	2021年4月第1版
印　　次	2021年4月第1次印刷
书　　号	ISBN 978-7-5339-6430-6
定　　价	58.00元

版权所有　侵权必究
(如有印装质量问题,影响阅读,请与市场部联系调换)

目　录

001　第一章
　　　我要做老板

011　第二章
　　　孝信村的"沈疯子"

022　第三章
　　　重新回来的朋友

033　第四章
　　　开头难，难于上青天

045　第五章
　　　是黑夜，也是黎明

057　第六章
　　　只不过是从头再来

082　第七章
　　　他乡遇贵人

091　第八章
　　　村口的父子树

109　第九章
　　　背着蛇皮袋走天涯

127　第十章
　　　姐姐的爱情

147 第十一章
蜗牛需要壳

161 第十二章
武林广场的一把火

171 第十三章
亲情的危机

177 第十四章
沈守财的春天

189 第十五章
迟到的婚礼

202 第十六章
人这一辈子都是从零开始

212 第十七章
比孤独更难挨过去的是坚持的决心

225 第十八章
山重疑无路,柳暗又一村

243 第十九章
品牌之路第一步

253 第二十章
优雅王国的前奏曲

263	**第二十一章** 重生的优雅王国
271	**第二十二章** 四序花开，花开四季
277	**第二十三章** 是兄弟也是战友
285	**第二十四章** 善心，是一件好事还是坏事
292	**第二十五章** 我要去西藏
303	**第二十六章** 美妆梦的开始
312	**第二十七章** 我有一个梦想
318	**第二十八章** 八十一难取经路
329	**第二十九章** 创业之路就是追逐梦想
339	**第三十章** 美梦终将成真

本故事纯属虚构

第一章
我要做老板

1980年，浙江孝信村。

新年伊始，改革开放的春风还未吹进这个小小的村子，寒冷的西北风就已经呼啸而来。这一年的冬天冷得格外早，12月就已经下了三四场雪，村里的几片池塘也早早结了冰，就连平日里在村子四处闲逛的狗子都老实地不愿意挪窝，更别提人了。

眼看着就要到年三十，这会儿家家户户都赶完了集市，备了年货关起门忙活起来，生怕那些平日里好占小便宜的人闻到了肉的香味便厚着脸皮上门。可生了火，腾起烟，即便只有那二两肉在锅里咕嘟，那诱人的香气还是一步一个转身地来到了村口。

从镇上的汽车站到孝信村没有公交车，要是能走到半道上遇上同村的牛车那真的是再幸运不过的事了，不然这几十里崎岖的山路便只能靠着双脚前行。前些日子出了太阳，雪水一化，又被过往行人的脚步一搅和，这路完全就成了一摊烂稀泥。

沈守财在路边随便扒拉了一根大小正好的木棍当拐杖，一步一个脚印沉重且艰难地走在回孝信村的路上，他的背上扛着一个快两百斤的蛇皮袋，把一米七几的个头完完全全压成了一个一米五的小人，左侧的大腿处有一大片被泥水打湿的痕迹，估摸着定是在什么地方已经摔上了一跤，仔细看起来，走路的时候也着实有些踉跄，贴身穿的衣服还没干透，新鲜的汗液便又将它再次浸湿。

为了能早些到家，沈守财并没有走大家都会走的村路，而是走了一条鲜少有人经过的山路。沈守财也不知道自己这样走了多久，只知道上路的时候天还亮着，可这会儿也只能依稀看出一个大概轮廓了。山里入了夜冷风就更加肆无忌惮地到处游走，人和动物都在日落之前早早找了窝避藏，这风便更觉得这是它的世界，扑面的空气中夹杂着湿冷的水汽透过衣服上每个纤维之间的缝隙，直直地侵入皮肤的每个毛孔里。

沈守财身上的衣服本来就没有干，这时候冷风一吹，这衣服就仿佛成了冰窖一般，那股突如其来的寒意让他实实在在打了几个喷嚏。可眼见还没到孝信村，天空中却又飘起了小雪，他不禁加快了脚步，却一下子没站稳摔了一个跟头，还没等他站起来，恍惚看到不远处的杂草里有一双绿幽幽的眼睛正死死地盯着他。

沈守财屏住呼吸，心里隐隐有一种不好的预感，那窸窸窣窣的声音越来越近，终于蹿出了草丛，果然，是一头狼。

这狼看着个头不大、瘦骨嶙峋，似乎是许久未进食，那眼神也变得更加贪婪和锐利，沈守财怔怔地望着，不敢动一下，一人一狼便如静止般死死对视相望着。沈守财明白要是自己不反抗，那么在这荒郊野岭自己便只有死路一条。他牢牢地抓紧手里的木棍，此时，那狼似乎也感受到了什么，眼神一紧，朝着沈守财扑去……

月光下，万籁俱寂，只听得一声惨叫划破夜空。

第一章

　　木棍滚落到一边，沈守财喘着粗气瘫倒在地上，整个人不受控制地哆嗦起来。他的脸上、身上全是鲜血，空气中也充斥着血腥的味道，他望着头顶注视这一切的月亮，宁静却又如此不近人情。沈守财转头望了望身旁，不远处，那头狼已经断了气。大概是出于人求生的本能，沈守财用足了劲，竟把那狼给活活打死了。忽然，他哈哈大笑起来，笑着笑着又流了眼泪。沈守财重新扛起那沉重的麻袋，将那狼也给装了起来背在身上，于凄冷的月夜里一步步慢慢朝着前面艰难地走着。

　　没走半里地，沈守财便遇上了一座破庙，这一晚总算暂时有了歇脚取暖的地方。他从胸口的衣服里拿出了一份用报纸包裹了里三层外三层的东西，那东西似乎有些压扁，沈守财赶紧打开，是几个如白雪般的包子，他看了看又嗅了嗅。

　　"还好，没坏。"

　　沈守财一天都忙着赶路不曾好好吃过东西，可这会儿他还是将那几个包子给原封不动地装进了纸袋里，又用报纸将它们牢牢包好。那是沈守财离开上海的时候在城隍庙买的，在上海打工两年他只听过城隍庙的青菜肉包好吃却从来没舍得买上一个，在这之前，他从来不知道包子的面可以那么白，就和小娃娃的皮肤一样细嫩，这次回来沈守财破天荒地买上了八个包子想要让这山沟沟里的人们也尝尝那大都市的味道。那么想着过了一夜，沈守财便早早赶路，他要趁着中午之前到家。

　　远远地，就能看到孝信村村口那两棵参天古树，一棵朴树大些，一棵榉树小些，粗壮的树干镶嵌于彼身，蔽日的枝叶尽数脱落，只有大大小小的枝丫相交在一起，没人知道什么时候是谁将它们的生命停留在了这里。村里的老人说这两棵是父子树，父慈子孝正是家族兴旺的根本，也正是"孝信村"的由来。

回乡的人只要老远见到这两棵父子树便明白，家，到了。

过了父子树，沿着这条村里唯一的小道继续走上半里地，正对着一片大池塘有一条上山的小路，再走上三分钟便到了沈家。

要是换作他人一定加快了脚步往家的方向走，可沈守财却在父子树下停了下来。两年前，他就是从这里离开孝信村去了上海，那时候，他16岁。

"我要去上海打工赚钱。"

16岁的沈守财站在父亲沈根山面前一脸的倔强。

"你说你要去哪儿？"

沈根山显然是根本不相信自己的耳朵。

沈守财深吸了一口气，又将话重复了一遍："我说我要去上海，我要赚钱！"

"不许去！"

"为什么？！你不让我去我也要去！我已经和刘勇哥说好了，他会在上海帮我找工作。"

"你以为你是谁？上海是什么地方？你还想着田里的蚯蚓变成天上的飞龙？！真是痴心妄想！"

对于儿子这样先斩后奏的方式，沈根山显然很是生气，生气的不仅仅是儿子大了会忤逆自己，更是自己一家之长的地位被深深动摇。

"我怎么就痴心妄想？！我沈守财有手有脚怎么就不能出去打工赚钱，难不成和你一样卖女儿过日子吗？！"

"啪——"

"守财！"

一直在旁边默不吭声的王英花赶紧走到沈守财前面，心疼地看着他脸上被沈根山打的地方，果然马上就红肿了起来。

"好了好了，"坐在一边的陆小丽眼见着自己唯一的孙子被打也忍不住了，"孩子还小不懂事，你这个做老子的跟孩子计较什么，"见沈根山怒目圆睁地看着儿子，陆小丽又走到沈守财面前想要两头浇火，"守财啊，你还小，我们沈家又只有你一根独苗，你跑到上海那么远的地方，万一出什么事……"

"奶奶，我是去赚钱，能出什么事。"

还没等陆小丽开口，沈根山又动了怒："你上房揭瓦倒是可能，赚钱？癞蛤蟆想吃天鹅肉！"

沈守财的年纪正好是自尊心最强的时候，一听父亲说出这样鄙夷自己的话立马就怼了回去："你等着！我沈守财一定会混出个人样给你看看！"

沈守财放下沉重的蛇皮袋，坐在父子树下冰冷的石凳上，忽然有几个小孩子从村里嬉闹着跑了出来，他们好奇又害怕地望着他。

"妈呀……"

小孩们大声叫喊着便跑开了，丝毫都没认出来他是谁。

沈守财低下头看了看自己，看到了开胶的破鞋身上的衣服因为和狼打斗而破烂不堪，浑身沾满了污泥和血迹，那装着狼尸首的布袋往外渗着血，看着的确瘆人。

父子树下又恢复了刚才的宁静，沈守财叹了口气，抬头望了望天，和记忆里似乎也没什么不同，许是这两天都没吃饱，他感到一阵晕眩。

两年了，他始终和沈根山怄着一口气，不曾回来过，可再次回来，他依旧还是当年那个从孝信村里走出去的沈守财，落魄不堪、一无所有，不，终究是不一样了，变得更加落魄，更加不堪。

"你给我站住！"

沈家的院落里传来一声震耳欲聋的嘶吼。

沈艳芬抱着不满三岁的儿子慌乱地在院子里躲避着乱窜，他们身后是举着荆棘条面目狰狞的沈根山。沈艳芬自然记得这根荆棘条，打他们姐弟记事起这根荆棘条就已经跟着存在了。

"你看我不打死你！"

一边坐在竹椅上的陆小丽手里拿着一把自己晾晒的南瓜子颇有闲情地看着眼前的热闹，就跟自己是个局外人似的。

"我就说嘛，你看看生女儿有什么用，当年自己跑出去，现在离了婚还带个拖油瓶回来，你们倒是去打听打听，这十里八乡哪有个离了婚的女人？这以后出去，叫我这张老脸往哪里搁？！"

在那个年代，即便放在北京、上海这样的地方，"离婚"这个词的威慑力就已经如同核弹爆炸，小地方人家，家家户户有点鸡毛蒜皮的小事都能被以讹传讹放得无限大，更何况是在人人熟识的小山村。

孩子在沈艳芬的怀里吓得哇哇大哭，她忍着眼泪，轻轻拍着娃娃的背安抚着："宝宝不哭，宝宝不哭。"见孩子情绪稍稍稳定了些，便一下子跪倒在沈根山面前："爸，我求你了，打死我不要紧，可孩子是无辜的，我要不是走投无路也不会回来麻烦你们……"

"呸呸呸，"陆小丽嘴里沾着的瓜子壳终于被她吐在了地上，仿佛又打开了话匣子一般，"当年走的时候怎么就没想着给娘家留点颜面，走投无路倒是想起娘家来了，什么离婚，说得倒是好听，放在旧时候，那就是夫家不要了的女人，现在倒好，还带个孩子回来，怎么？是嫌我们老沈家钱太多，多个人来添口饭是不是？！"

王英花挡在沈艳芬母子前面，不停地向沈根山求情："根山，算了吧，艳芬既然能平安回来就是福气，何况现在还有个孩子，你这样会吓着孩子的，你不看在我的面子上也要看在孩子的面子上吧？"

孩子大概是受了惊吓，这会儿号啕大哭起来，沈艳芬愣是怎么哄都不管用了。

"哭哭哭，就知道哭，这孩子关我们沈家什么事？"陆小丽脸色一变，正襟危坐，不满地看着王英花，"他姓沈吗？嫁出去的女儿泼出去的水，生的孩子也是别人家的。"

"奶奶！"

沈艳芬再也控制不住内心的情绪，吼了出来，这里是她的家，而这些人应该是她最亲近的人，此刻却比任何陌生人都要恶毒。

陆小丽显然是被沈艳芬的怒吼给吓了一跳："哎哟，我这心脏啊，你个死丫头你想要了你奶奶这条老命啊！所以我说女儿就是来讨债的……"

"我是沈家的女儿啊，"沈艳芬嘶声控诉着，"人家对个外人也不会这么过分！"

"你个死丫头，到底谁过分？你倒是自己说，是谁把好端端的家弄成这样？！当年要是你安安分分地跟人家过日子，我和你爸这两年也不会在人前直不起腰！"

沈根山深吸了一口气，手紧紧地捏住了荆棘条："妈，别说了，今天就让我打死这个不孝女！"

"你打吧，打死我好了，反正我也不想活了！"

"艳芬，你就少说两句吧。"

王英花努力地拦着沈根山，可哪抵得上一个男人的力气，一下子就被推倒在地上。

沈根山抡起荆棘条正要朝着沈艳芬身上狠狠抽去，沈艳芬将孩子紧紧地护在怀里闭上了眼睛，却迟迟没有等到荆棘条打在自己身上，等她睁开眼睛才看见有人死死地握住了沈根山的手，而这个人正是自己的弟弟沈守财。

沈根山皱着眉头，望了望地上一匹狼的尸首，又望了望一旁的沈守财，此时他洗了脸换了身衣服，正在逗弄着沈艳芬怀里的孩子。

"小朋友，你叫什么名字呀？"

"建力，小名叫力儿。"

"哦，原来叫力儿啊，我是你舅舅。"

力儿大概刚才被吓得不轻，这会儿见着生人便直往沈艳芬怀里钻。

沈守财忽然想到了什么："对了，舅舅给你个好东西。"他从怀里掏出用报纸包裹好的八个青菜肉包，将其中一个递给力儿，"来，力儿，这可是上海城隍庙的包子，好吃得不得了，你尝尝。"

力儿抿了抿嘴唇，但还是抬头看了看沈艳芬，沈艳芬点点头，他立马抓过包子狼吞虎咽地啃了起来。

"快说谢谢舅舅。"

"谢谢舅舅。"

沈守财有些不好意思地挠了挠头："哎呀，自家人还这么客气干吗，姐，这给你吃。"

还没等沈艳芬的"不"字开口，沈守财就将一个包子塞进了沈艳芬的手里，转身又去分包子了。沈艳芬愣愣地看着手里冰凉的包子，却觉得那比自己吃过的任何一顿饭都要来得温暖，沈守财不知道，这是沈艳芬回来的第一顿饭。

沈守财将包子分给了陆小丽和王英花："奶，妈，你们尝尝这包子，这可是我在城隍庙排队买的包子，好吃得不得了。"

"哎哟，到底是大上海的东西，这包子做得都和画的一样，"陆小丽稀奇地上下打量着，张嘴一口咬下去便觉得更加不同，"哎哟喂，你说都是包子，这大上海的包子还真就和我们小地方做出来的不一样。还是我们守财有本事，一回来就给奶奶吃香的，不像女儿，回娘家什么也不带只有伸手来拿的份。"

一句话立马就将沈守财刚活跃起来的气氛又弄得尴尬起来，沈守财见王英花坐在一边低着头只是出神地望着手里的包子却不动口，不解地问道："妈，你怎么不吃？对了，我二姐呢？"

王英花立马伸手抹了抹双眼，这时候沈守财才发觉母亲的双眼红红的，大概只有做母亲的才会明白这些来之不易的包子是儿子多少辛苦换来的。

"妈不饿，你二姐到五家村卖菜去了，你该饿了吧？妈这就给你去做饭。"说着起身就要往灶房走。

"你这是怎么回事？"一个低沉且严肃的声音传来。

沈守财顺着沈根山的眼神看了看地上的死狼，轻描淡写地说道："哦，回来路上遇到了，这皮毛多少也能换些钱。"

自打沈守财进了家门，沈根山便一言不发地坐在长条凳上，手指拨弄着那副褪了色的算盘，一个一个拨上，又一个一个拨下。

"你在上海混出个人样来了？"

那话里的语气带着一丝轻蔑和不屑，还有那种对于自己早就猜到结局的笃定和傲然，要是换作两年前沈守财定是会立马回嘴，可两年已过，如今的他只有紧握双拳的沉默。他能带回来给家人的除了青菜肉包，再无其他。

"虫就是虫，一辈子都不可能变成龙！穷人就是穷人的命，别一天到晚瞎想做梦，既然回来了你就老实待在家里，老沈家这一亩三分地好好做也还是有饭吃的。"

"我没打算留在这里。"

沈根山听了沈守财的话怒目圆睁，嗓音也提高了八度："你说什么?!"

"我这次回来是想自己干，我要做老板。"

第二章
孝信村的"沈疯子"

沈守财在孝信村里是出了名的，当然不是那种好名声。

他出了名地大胆和调皮，小时候还好些，不是上房就是爬树。沈守财七岁的时候，有一回上山砍柴被蛇咬了，换作普通的孩子早就吓得哭爹喊娘，他倒好，掐了蛇的七寸，一溜烟跑回了村里，把村里人都吓得够呛，就连赤脚医生都被他搞得有些手足无措。

"你……怎么把蛇给抓回来了？"

"我也不知道这是什么蛇，有没有毒，索性就把它抓来了。"

"你不怕吗？"

"它都咬了我了，我还怕什么。"

不过也幸好，沈守财如此胆大的行为让医生能及时判断蛇并没有毒，自此，这小子些许疯狂的行径倒是在村子里传开了，大概就是从那个时候开始，孩子们之间便有意无意地喊沈守财"沈疯子"，他听着倒也不生气，还是一副我行我素、没心没肺的样子。

孝信村的西面有座破庙，年久失修也无人打理，于是变成了义庄—

样的地方，村里若是死了人又没到下葬的日子或者死了不明身份的人都会先把尸体装在棺材里抬到破庙里头暂且放着。13岁那年，沈守财为了给常常欺负同学的张三胖子一点教训，于是两人下了赌约去义庄玩一个"半夜放馒头"的游戏。游戏规则便是必须半夜在每口棺材上放上一颗石头，到了第二天由另一方来验收。那一晚，沈守财早早就"埋伏"在了那里，张三胖子虽然经常仗势欺人，可毕竟也还是个十二三岁的孩子，进了这种地方免不得心生害怕，没想到放到第8个"馒头"的时候，从棺材里竟然飘出一句"再给我一个"的声音，害得张三胖子不仅当场尿了裤子，回去还发了三天三夜的烧，嘴里竟说着有鬼的胡话。结果是沈守财又吃了一顿"好果子"，被沈根山倒吊在房梁上狠狠地打，可身上虽疼沈守财就是倔强地不吭一声，家里四个女人跪在地上哭成一片，最后还是陆小丽以死相逼，沈根山这才把沈守财给放了下来。

到了这时候，人人都知道沈家有个疯儿子了。

他们说起沈守财的时候总是说："哎哟，沈家的老幺，无法无天。"想着那孩子精瘦，又顽劣不堪，活脱脱像极了取经之前的孙悟空，便又加上一句："这孩子怕不是孙猴子转世，他要是能上天，这天庭都得被他掀了。"

15岁那年，沈守财迷上了打弹珠，就是一种打玻璃珠的游戏，那时候将别人的玻璃珠全部赢过来就成了男孩子间争相攀比的事情，谁腰间的布袋子鼓得越高谁就越获得威望。刚开始，沈守财只是在课间和放学的时候打弹珠，到了后来竟然旷了课和别人比赛打弹珠。当然，这事还是没能瞒得住沈根山，为了抓个现行，沈根山搞了个突然袭击，沈守财吓得抓了一把弹珠撒开脚丫子就跑。

沈根山抓着荆棘条在后面一路追,嘴里骂骂咧咧地喊着:"小兔崽子,你给我站住!你这个不争气的东西,居然学会了逃课,看我逮到不打死你!"

沈守财一听沈根山这话跑得更加快了,父子俩一个追一个跑,从山上跑到了山下,从村东跑到了村西,撞翻了王大妈一扁担的青菜,吓跑了村子里四处闲逛的狗,孝信村人人都看到了这有趣的场面,却也习以为常。

"这沈疯子一定又是做了什么让他爸闹心的事了。"

最后追到了河边,这个夏天比往年任何时候都还要热,在江南这样的地方碰上一连十几天一滴雨都不下也稀罕得很,就连这条四季湍急的小河也露出了满是石头的河床。沈根山实在跑不动了一屁股坐在了路边,沈守财此时站在桥上,艳阳高照加上持续在烈日下奔跑,只觉得脑袋嗡嗡作响,眼前一黑,竟连人整个摔了下去。要说沈守财也是福大命大,四五米的高度摔下竟然只是轻微的擦伤,而就在离他掉落地方大概不到二十厘米的位置就有一块尖锐的石头,想想也真是福大命大。

可后来七嘴八舌,沈守财的意外落下就变成了自己跳下,这下,"沈疯子"的名号算是愈加响亮了。

当然,沈守财也不光只会整天调皮捣蛋,什么砍柴放羊都还算勤快,更重要的是,他特别会做生意。每天早上五点半,王英花都会挑着满满两筐菜走到镇子的集市上去卖,有时候三姐弟也会跟着母亲去帮忙,说来也奇怪,只要沈守财在的日子菜就卖得格外快格外好。

"漂亮阿姨,你看我们卖的菜多新鲜啊,都是我妈刚从地里摘的,保证你吃了以后更漂亮。"

"这孩子嘴巴跟抹了蜜似的,好,那就买点吧。"

"伯伯，快来看看新鲜的黄瓜和番茄，买去给孙子吃最好了，买得多还有的送！"

"还有送东西啊，那我来买点。"

原本，王英花是不想让沈守财帮着卖菜的，这孩子一会儿要送菜一会儿又抹了零头，她心里只觉得沈守财是来捣乱闹着玩的，可没想到最后回去一算赚的钱竟然比平时多出了好些，便也开始慢慢放心让沈守财张罗生意了。再加上也不知是不是得了沈根山会算术的真传，沈守财不仅打得一手好算盘，心算也是比两个姐姐快出许多，卖菜时候往往几个人还在掐着手指算钱，沈守财就已经报出了正确答案。久而久之，沈守财在这个集市上竟也混了个脸熟，积累了一帮老主顾。

沈疯子虽然有点"疯"，但也还算是个不讨人厌的"疯子"。

"我要做老板。"

当着沈家人的面，沈守财又坚定地重复了一句，明显语气和声音比刚才响亮了许多。

气氛沉默了一会儿，只听得沈根山清了清嗓子，淡淡地说了句："别说胡话。"

"我没有说胡话，这次回来我就是想开个绣花枕套作坊，自己当老板。"

"人人喊你'沈疯子'，你莫不是真疯了吧？你以为当老板就和喊喊一样简单?！两年前还说要混出个人样，你混出来了吗？我看田间地头的乌龟王八都比你活得有样子！"

"你怎么就知道我一定混不出个人样？现在和两年前不一样，改革开放，人人都起来做老板，我沈守财有手有脚怎么就不行了?！"

"别以为自己在上海待了两年就是城里人了,人要有自知之明!"

"这么说,乡下人就得一辈子做个乡下人?!"

"对!这就是命!"

"我沈守财偏不信命!"

离开两年再遇上,这对父子还是和从前一样针锋相对、剑拔弩张。

王英花眼见形势不妙,赶紧走到沈守财面前,轻声说道:"守财啊,你爸他也是为了你好,你看我们是农村人,比不得那些城里人有钱有背景,你安安分分待在孝信村不也挺好吗?"

"妈,你知道外面是怎么样一个世界吗?现在改革开放了,遍地都是赚钱的机会,我怎么就不能自己做老板了?"

沈根山将手里的铁杯子重重砸在了桌上,怒吼道:"那你这么有本事还回来干什么?"

沈守财哑口无言,即便他再信誓旦旦,可巧妇难为无米之炊,没有本钱,说什么都是空谈。

"我这次回来……是想向家里借点钱。"

"借钱?"

听到"钱"这个字,陆小丽的耳朵立马尖了起来。

"借钱做什么?"

"我把赚的钱都给买了边角料了……开作坊请人还得花钱。"

"我还说生个儿子就是给吃香的,想不到都是些白眼狼,来讨债的啊。"

陆小丽的一句感叹让坐在一边抱着孩子的沈艳芬沉沉地呼了口气。

"孩子睡了,我把他放屋里去。"

"姐,我帮你。"

见大姐要离开，沈艳芳也坐不住了，她原本就是家里最不起眼最沉默的一个，这一点倒是像极了王英花的逆来顺受，她唯恐城门之火烧到自己身上，所以明智地选择早早逃离。

姐妹俩一走，陆小丽和王英花也借故去了灶房，偌大的屋子终于只剩下了沈根山和沈守财父子两个。

屋外，原本已经放晴的天空却又开始零星飘起了小雪。

"借一百块钱，你放心，我会还的，按照银行利息给你。"

沈根山并不马上接话，只是在算盘上又拨弄了一会儿，最后才抬头望向沈守财："不借，明着就是打水漂的事。"

说完，沈根山也走开了。

沈守财慢慢走到角落，愣愣地看着那沉重的蛇皮袋，里面装的不仅仅是快两百斤的边角料，还有他最后一搏的希望。

冬日里的夜总是来得格外早，寒风呼啸，如同一头猛兽一般听着让人发怵。不远处，村里的狗又开始焦躁地狂吠起来，依稀还能听到小儿吵闹的哭声。

吃了晚饭，夜色已经开始暗暗沉了下来。

沈艳芬托了妹妹沈艳芳帮忙照看孩子，便拉上弟弟沈守财说要散步走走。

在沈守财的记忆里，他从来没有和大姐这么肩并肩地散过步。说起来，小时候他们的关系并不算太好。沈家老爷子死得早，也就留下了沈根山这一条血脉，所以对于男孩就格外看中。其实，母亲王英花在相继生下沈艳芬和沈艳芳姐妹俩之后还生下过两个孩子，第三个便是个男孩，可惜生下来没多久就夭折了。因此，当沈守财出生的时候，沈家人的欢喜和雀跃真是无以言表的。当然，有人受宠就有人被冷落，也正是这个原因沈艳芬一直都不太喜欢这个弟弟。

"离开村子两年，这里真的是什么都没变。"

沈艳芬边走边看着周遭感慨，外面的世界一天一个样，可孝信村的时间仿佛凝固在了岁月的缝隙里。

"是啊，什么都没变。"

"你还记不记得，那会儿你打弹珠逃学爸来逮你的那次？"

"怎么不记得，追了这老远都把我给跑中暑了，还好我福大命大，不然从那么高的地方掉下去，不变成个瘸子也得没了半条小命。"

"你可知道爸是怎么知道的？"

沈守财不解地望着沈艳芬，忽然从她的眼神中读出了什么。

"是我，"沈艳芬继续说道，"那会儿真是烦透了你小子，明明全家都掏心掏肺地对你，可你还是那么不争气。"

沈守财10岁的那年，沈家着实到了三餐不继的地步，要想同时供三个孩子上学显然是不可能的了，眼下的状况也只能勉强让一个孩子读书。那会儿姐弟三人都已经长大，沈根山寻思着要是指定谁读书一定会被另外两个孩子抱怨，于是思来想去准备让三个孩子抓阄决定。二姐沈艳芳成绩还可以，但毕竟是随了王英花的性子，对父母之命言听计从，所以上不上学也只是爸妈一句话罢了。可大姐沈艳芬就不一样了，她独立好强，有自己的主见和思想，对重男轻女的恶习深恶痛绝，为了证明自己不比弟弟差，她更是发奋读书，永远都是班级里的第一名，一向看重男孩的沈根山都对这个女儿有些莫名的偏爱。然而，她怎么也不明白，这看似公平的抓阄背后，每一张纸上却都写了同一个名字，沈守财。那一天，沈艳芬和沈根山大吵了一架，那是沈守财第一次看到姐姐发那么大的火。

"我恨爸，我恨妈，我恨奶，我恨守财！我恨这个家里所有的人！"

"啪——"

沈根山的手重重地落在了沈艳芬的脸上，随后气急败坏地在屋里寻找着，嘴里还大声嚷嚷："我的鞭子呢？我的鞭子呢？"

然后就是王英花哭着央求沈根山，沈守财平时调皮顽劣，可这样的场面他也知道是动了真格，原本是想上前安慰安慰姐姐，可向他投来的却是姐姐愤怒和仇恨的眼神。都说亲情这东西血浓于水，恨归恨，沈守财每次闯了祸受了伤，还是这个姐姐给擦屁股，沈艳芬不像他的姐姐，倒像半个妈一样。

姐弟俩一前一后走着，没一会儿便走到了村口的父子树，沈艳芬走到石凳边坐下，又对着沈守财拍了拍身边的位子，他便也乖乖地跟着坐下。那石凳带了夜的凉气越发觉得冰冷，沈守财将双手插进了自己的两只衣袖里才渐渐觉得温暖起来。西北风呼呼地吹，引得父子树的枝叶在半空中沙沙作响，沈艳芬抬头痴痴地望着，沈守财这会儿才正眼看清了两年不见的姐姐。她原先梳着两条又长又粗的辫子，现在却变成了齐耳的短发，明明才二十多岁的年纪脸上却出现了细纹，嘴唇因为干裂还渗着血丝，看着像是个三十多岁的农村妇女。

"姐，这两年……你受苦了。"

风依旧在吹，叶依旧在响。沈艳芬转头望向弟弟，这是她回来以后第一次有一个人对她说这样的话，她原本以为会是母亲王英花，却不承想竟然是从前那个只会调皮捣蛋的弟弟。

思绪又将沈艳芬拉回了她离开孝信村之前，辍学没多久，奶奶陆小丽就自作主张给她说了一门亲事，那人是五家村生产队长的儿子，按理说原本是看不上一穷二白的沈家，可那家的儿子天生有些傻，所以也就答应了这门亲事。当然，对于沈家人来说他们自然有自己的盘算，沈家山穷水尽的情况会因为这门高攀的亲事得到缓解，而嫁了女儿得来的彩礼便可以给家里唯一的儿子说门令人满意的亲事。

"芬啊，为了这个家，为了你弟弟，你也得嫁过去啊。"

"妈啊，你们这是卖了我啊……"

王英花听了眼泪止不住地流，她抹着眼泪扒拉开人群走到了沈根山身后，沈根山面无表情地看着女儿，好像就在看陌生人一般，只有一边的陆小丽笑脸盈盈地招呼着前来吃喜酒的亲戚。身旁的迎亲队伍吹着唢呐、敲着锣鼓，终是将所有人的喜怒哀乐淹没在了这份喧嚣中。

沈艳芬坐在牛车上随着迎亲队伍离开了沈家，经过沈老爷子投湖的那片池塘，一行人朝着出村的方向走着。到了父子树下，她隐约听到从身后传来一个渐行渐近的声音。

"姐！"

竟是弟弟沈守财！她没有下车也没有叫唤，只是低下头继续坐着，直到那孩子跑到了自己跟前。

"姐。"

"你来干什么？"

"姐，要是他们欺负你，你就回来。"

沈艳芬一愣，不由得抓紧了自己的衣角，那身上的鲜红真是刺眼。

"姐……"

撕心裂肺的一声，却也被这迎亲的喧闹掩盖，一滴眼泪从沈艳芬的眼眶中落下，滴在了她红色的嫁衣上。

"姐，姐……"

沈守财的一声叫唤将出了神的沈艳芬给拉了回来,她赶紧扭头抹了抹自己的眼泪。

"这风迷了眼……"

"你以后打算怎么办?"

沈艳芬硬生生挤出一丝苦涩的笑容:"你也看到了,离了婚,带着孩子,还能怎么办……其实我早就猜到了爸妈的反应,可要不是走投无路,谁会愿意投奔娘家……"

是啊,孩子还小需要人贴身照顾,前夫在外偷了人也不出钱给孩子,沈艳芬一个女人又要工作又要带孩子,不是精力跟不上就是没有人愿意雇一个带着孩子上班的女人。

"姐,你放心,你们母子俩没人养,我养!"

沈艳芬听了,笑了笑:"你才多大,自己还养不活自己呢。"

"姐,时代变了,不一样了,上海现在人人都自己创业当老板,你知道现在一个绣花枕套在上海卖多少钱吗?一块五一个啊!你想想妈每天起早贪黑地种地卖菜才赚多少钱啊,我这次啊一定能发大财!"

沈守财说得情绪激昂、眉飞色舞,好像此刻已经成了有钱人一般。

沈艳芬看着这样的弟弟笑了笑,什么话都没说,只是默默从衣服内侧的口袋里拿出一个小小的布袋子,将它放在了沈守财的手中。沈守财不解地望着沈艳芬,他已经能猜出那布袋子里的东西,没错,是钱,整整两百块钱。

"姐,这钱我不能收,力儿还小,你们娘俩现在有的是用钱的地方。"

"你拿着,就当姐投资你,姐和你一起干。"

沈守财怔怔地望着眼前这个坚强的女人,别人都在意我飞得高不高，只有你在乎我飞得累不累。

忽然，风小了，天也不冷了。

有了资金，沈守财就托人去买了一台缝纫机回来，再加上还有沈艳芬这样会绣活的合伙人，这个绣花作坊总算是有了雏形，接下来就是开始制作成品了，沈守财是摩拳擦掌准备好好大干一场。

而沈家老幺打了条狼回来这事已经让村里的人瞠目结舌，听说沈守财又要做生意当老板就更觉得这小子疯疯癫癫。

"这沈疯子怕不是真疯了吧，居然做这样的白日梦。"

谁知道沈疯子是不是真的疯了呢？

第三章
重新回来的朋友

夜半三更,村子里静悄悄的,月光的笼罩下,山仿若是山又不是山,房仿若是房又不是房,一切都显得如此静谧和诡异。

沈家主屋靠西面不到十米的距离有着单独的一间屋子,里面不时传来一阵一阵咯噔咯噔的声音,夜凉过半,沈艳芬和沈守财姐弟俩还在作坊里忙碌着。说是作坊,其实就是腾了半间猪棚。虽说是冬天,可猪棚里的味道着实刺鼻,还好两人从小就闻惯了倒也不碍事。

沈守财在桌上将边角料量好尺寸,一片片裁好,再用缝纫机将它们缝制成一个枕套,在这之前,他从来没有干过这种事,眼下没有人手,倒也是赶鸭子上架,将他给逼了出来。没多久,沈守财做的枕套已经垒起了一摞,可沈艳芬这边依旧边绣边摆弄着沈守财从上海带来的样品,眉头紧锁的样子似乎有些不得要领。

"姐,怎么样?"

沈艳芬长长地叹了口气,摇了摇头:"总是觉得哪里有些不对。"

沈守财放下手里的活,走到姐姐身边,沈艳芬将自己绣的图案和样品的图案放在弟弟面前。

"你看。"

沈守财瞪大着眼睛仔细地看了看:"有什么不一样吗?"

"你看啊,它这花绣得立体、有层次感,可我这花就总觉得差了点火候,看着死板……"沈艳芬边说边看着自己绣的图案若有所思,嘴里轻声嘟囔着,"要是有个人能手把手地教教就好了。"

"好了好了,这都两点半了,你别琢磨了,赶紧去睡吧。"

沈守财把姐姐从位子上拉了起来,硬生生将她往屋外赶,沈艳芬也没办法只得回主屋去睡觉。

"那你也早点睡。"

"知道了。"

沈艳芬一走,沈守财走到姐姐的座位上,将姐姐的绣品和样品仔细对比,确实,虽说沈艳芬女红厉害,平日里绣朵花缝只鸟没什么问题,可这是一幅完整的组合图案,一个门道有一个门道的学问,她毕竟不是正儿八经的绣娘。

"要是有个人能手把手地教教就好了。"

沈艳芬的话回荡在沈守财的脑海里,他默默地说着:"是啊,要是真有个人能教教就好了。"

梦想不一定能如期实现,但天亮总是会准时到来。

沈守财昨晚又是忙活到了早上四五点才睡,这会儿正趴在桌上打着呼噜睡得正香。忽然,那木门被咯吱一声轻轻推开,一个小孩蹑手蹑脚地朝屋子里走了几步,门外几个孩子轻声嚷嚷着,那孩子也不管不顾,更加大胆地往沈守财走去,他捂住自己鼻子,忍着笑将手里拿着的一根竹棍慢慢放到了沈守财的鼻子底下,那竹棍的一头分明沾着什么黑色的东西。

就快要碰到沈守财嘴巴的时候，沈守财忽然睁开了眼睛，那孩子明显被吓了一跳。

"什么东西！"

沈守财一甩手，那竹棍连同黑色的东西落在了新做好的枕套上。

"沈疯子醒了！沈疯子醒了！"

孩子直嚷嚷着赶紧逃，沈守财眼疾手快，一把抓住那个最大胆的孩子："小毛孩，你跑这来干什么坏事了！那棍子上的是什么东西?!"

"我奶说你沈疯子只会给家里添乱子，是个臭虫，我就想看看你是不是和臭虫一样吃……"

沈守财刹那间明白了那落在枕套上的是什么东西，他也顾不上和孩子多费口舌，赶紧拿起枕套闻了闻，果然是那东西。报废了两个辛苦做好的枕套，沈守财别提有多心疼。

"好你个小兔崽子，居然欺负到我沈守财头上了！"

沈守财拿起角落里的扫帚就往外冲，可那几个孩子早已和一阵风一样跑远了，依稀传来他们新编的童谣："臭虫似的沈疯子，痴心妄想拍板子，做个老板甩脸子，可惜还是没票子！"

被家里人数落也就罢了，这会儿连几个小毛孩都上门来欺负，搞得沈守财一肚子的气。

"我沈守财再窝囊，也轮不到你们几个小兔崽子来笑话我！"

刚说完，就看到沈根山扛着锄头一步一步往家的方向走来。

这些天沈守财和沈艳芬天天躲在屋子里忙着研究样品的事，父子两人始终没什么碰面的机会，这会儿见着了还是一如既往的相顾无言。

父子对视，沈根山马上避开了沈守财的眼神，正要进门还是停住了脚步，回头望向一边的沈守财："你到底什么时候才不胡闹？！"

"我没胡闹。"

父亲一听更觉得儿子无理，情绪也不由得开始激动起来："你还没胡闹？你知不知道现在村里人人都在看我们家的笑话？！你能不能让我和你妈安生地过上几天舒坦的日子？！"

"爸，我就是想让你们过上好日子才想做老板的！"

沈根山听了，沉默了一会儿，无奈地进了门，远远地还是传来一句话：

"你可真是让我们老沈家丢尽了脸。"

沈守财只觉得心中烦闷又憋屈，觉是睡不着了，只好去外面走走。

"我就不懂了，我做生意赚钱又不是什么偷鸡摸狗的坏事，怎么你们人人都只知道挖苦我呢？你们越是这样，我沈守财越是要让你们所有人都看看我真正做老板的样子！"

话音刚落，他就看到不远处有个人急急忙忙地掉头就走，好像刻意躲着自己的样子。不用看到那人的脸沈守财都知道，这人是赵家宝。

赵家宝一步一踉跄地走在回家的路上，他一只手扶着鼻梁上少了一条腿的眼镜，刚才为了不和沈守财照面，他一心急，踩上了石子，不小心扭到了脚，摔断了眼镜。

孝信村本就不大，家家户户都是熟识的关系，再加上沈守财和赵家宝都是同一年生的，自然而然就成了玩在一起的朋友。不过，两人的性格完全是一个天上一个地下，风马牛不相及，沈守财天不怕地不怕，赵家宝则是谨慎又胆小，经常被同校的小霸王张三胖子欺负，虽说还长了沈守财几个月，可凡事都是沈守财冲在前头，赵家宝倒成了被保护的弟弟了。

"家宝，有我在，你不用怕的。"

这是沈守财对他说过最多的话，只要沈守财在，他便觉得多了一份安心，可如今，见着了两年未见的好友，他却选择了逃避。

赵家宝心不在焉地走在路上，而在一旁的草丛里，正有一把弹弓对着他。

"哎哟！"

石子打在了赵家宝的身上，他疼得一下子蹲在了地上。

"哈哈哈哈……"

赵家宝只听得身旁传来一阵哄笑，只见张三胖子一伙人从身旁的草丛堆里走了出来，他们的手里正拿着弹弓。

张三胖子的爸爸是生产队的队长，村里人想着生产队队长大小也是个官，自然都是毕恭毕敬，而这张三胖子便仗着有这样一个有权势的爹平日里就作威作福，经常欺负同学，尤其是胆小懦弱的赵家宝。以前沈守财在的时候，张三胖子还收敛些，可沈守财离开孝信村之后，张三胖子就又开始欺负起赵家宝来了。

"你们看他那副孬样。"

张三胖子走到赵家宝面前蹲下，因为胖，他重心不稳竟摔在了地上，正巧一屁股坐在了水里。

"哈哈……"

周遭的人都开始哄笑起来，赵家宝也忍不住扑哧一笑。

"他娘的，笑什么笑！快扶我起来！"

好不容易将张三胖子拉了起来，他一把掐住了赵家宝的下巴："好你个赵家宝，你刚才是不是笑了？！"

"没，没。"

赵家宝说话的声音有些哆嗦，他自然知道接下来会发生什么。

"我看好久没有收拾你，你皮痒了是不是？"说着，张三胖子就恶狠狠地在赵家宝脸上拍了拍：

"兄弟们！"

"是！"

"给我把人抬到破庙去，今天本大爷要好好教教这小子怎么做人！"

张三胖子一声令下，几个人就把赵家宝架了起来，刚要迈步，却听得一个熟悉的声音传来。

"给我放下！"

来的人正是沈守财。

"哟，我说是哪个好管闲事的，原来是我们的——沈老板！"张三胖子故意将最后三个字重重地读了出来。

"怎么，张三胖子，两年不见，你怕不是还尿裤子呢。"

张三胖子自然知道沈守财提的正是13岁那年半夜去破庙放"馒头"的事，他当时以为见了鬼吓得当场尿了裤子，回去发了三天三夜的烧，这事后来也是在村子里传了很长的时间，让张家在人前真真失了好久的面子。

张三胖子一听沈守财哪壶不开提哪壶，恼羞成怒："现在村子里谁不知道你沈守财是大老板？是那种白日做梦的大老板！还有脸出来，都不怕被人笑话！"

"我要是怕也不会回来，他们说他们的，我又没缺斤少两，再说我干的是正事，哪能和你三胖子比，快20岁的人了，整天也就知道拿个弹弓欺负人。"

"你！好你个沈疯子，"说话间，张三胖子脸上的横肉开始抖动起来，"我们兄弟几个今天就好好伺候伺候沈老板，我看你以后还敢这么猖狂！"

几人将赵家宝甩在了一边，沈守财倒也不慌不忙，煞有介事地摆出了架势。

"我在上海正好拜了师父学了点功夫，你们，"沈守财看了看眼前的几个人，"要不就一起上吧，反正这两天也正好没人和我练手。"

沈守财徒手宰狼的事张三胖子也略有耳闻，现在一看沈守财这模样仿若是得了武功，只怕又要当面吃亏，于是只得骂骂咧咧地说道："你这个沈疯子，我今天就不和你一般计较！下回我保证让你好看！我们走！"

几个人逃也似的没了影，只剩下沈守财和赵家宝两人。一时间，两人竟相顾无言。

"家宝。"

"守财。"

赵家的屋子，冷清又昏暗。

进屋的角落里正放着一口缸，里面用塑料纸盖着一些腌渍的芥菜。桌上放着半碗芥菜和一碗粥，除此以外看到最多的就是书了。

"屋子里乱得很。"

赵家宝有些不好意思地将饭菜收拾进了灶房，拿了块抹布在桌上擦了擦转身又忙什么去了。

沈守财冷不丁地瞥见了正对门墙上挂着的照片，原先只有赵家宝父母的照片，现在却多了赵家奶奶的照片。

"喝水。"

赵家宝把水端到沈守财面前,在另一边坐下。

沈守财望着昔日的好友,他原本就瘦,两年不见好像整个人只剩下一层皮,眼眶凹陷,根本没有一点精气神。

"奶奶什么时候走的?"

"你离开村子半年不到,在山上砍柴摔了一跤,人就没了。"

赵家宝说话越来越轻,他低着头,看不到脸上的表情,可沈守财知道他在流眼泪。

话说起来,赵家宝大概是这村子里最命苦的人。母亲生他的时候难产大出血死了,父亲因而酗酒在一天夜里也摔死了,从此以后,他便跟着奶奶生活,祖孙俩相依为命。正因为如此,村子里便有人说赵家宝是灾星转世,他的父母都是被他克死的。有些迷信的村民都不愿意经过赵家门前,生怕沾染了晦气。父母们更是不愿意让自己的孩子和赵家宝做伴,都避得远远的。而赵家老太太的突然离世,似乎让这样的谣言更加得到了印证。

陆小丽这般迷信,自然是不同意唯一的孙子与赵家宝来往的,而王英花也受了婆婆的怂恿,总是有意无意地提醒着沈守财离赵家小儿远一些,可他只觉得是无中生有的事情并不理睬,所以沈家人也只能任由着他们在眼皮底下玩到一起去了。

沈守财端起水杯喝了一口,赵家宝正坐在一边用胶布将眼镜腿缠起来。

一时间,这屋子里很是安静,不像是两个久违的朋友,倒像是两个陌生人一般。

赵家宝将缠好的破眼镜戴在了鼻梁上,终于先开了口:"门口那包子……是你放的?"

"嗯。"

回来的那天晚上,和大姐沈艳芬散步聊天后,沈守财就来了赵家宝的家,可是他在门口站了许久都没敢敲门,只是将包好的包子放在了赵家门口,走到半路想着怕被狗吃了又折返回去敲了敲门,听到屋里的声响却飞也似的逃开了。

"很好吃。"

"那可是城隍庙的包子,当然好吃,只可惜利民不在,我这包子还留了一个给他的。"

"快过年了,也应该快回来了。"

沈守财嘴里的"利民"是同他们一起长大的另一个发小,名叫高利民,参加了第一届高考并且顺利考上了省城的大学,可以说是孝信村里唯一的大学生。

沉默,又是沉默。只听得冷风在耳旁呼呼作响,似乎拥挤着想进入屋子一般。

"守财,"赵家宝愧疚地望向沈守财,"对不起。"

沈守财愣愣地看着赵家宝,往事历历在目。1976年的年尾,也就是沈守财15岁的时候,那会儿沈家终于因为贫困而不得不让两个孩子辍学,家里重男轻女,从而爆发了沈艳芬和家里不可调和的矛盾,没多久她便被家里许了亲事嫁给了五家村的傻子。沈守财眼见着沈家为了他的将来而断送了姐姐一生的幸福,虽说只有15岁,可作为一个有尊严和有责任感的男人也没有办法让他这么做。于是他不顾沈根山的反对毅然而然辍了学并且决定去上海打工赚钱,因为高利民一心求学并不愿意辍学打工,所以只有赵家宝半推半就地勉强同意和沈守财一起离开。然而，在离开的那个晚上，赵家宝害怕了。原先，他被沈守财的豪情壮志所点燃，如今冷静下来，他却只剩下迷茫和恐惧。赵家宝没去两人约定好碰头的父子树下，沈守财见等了半天都没人来于是便找到了赵家，然而，赵家宝却将大门紧锁假装屋里没人，沈守财见不着人又没得到拒绝的答案只好一个人悻悻离开。沈守财离开以后赵家宝确实想给他写信讲明原因，可是当拿起纸笔的时候他却又放下了，紧接着奶奶又突然离世，他便真觉得自己是个不祥之人，也就断了和他人联系的念头。

"我那会儿年纪小不懂事，你可别怪我。"

沈守财当然明白赵家宝不愿意离开孝信村的原因，他本就胆小懦弱，又不擅长和人交际，加上赵家只剩下了年事已高的奶奶，祖孙情深，他又怎能扔下奶奶自己去闯荡。

"我从没怪过你，想想当时你答应我和我一起去上海的时候也是被我赶鸭子上架。"

"真的？"

"我什么时候骗过你。"

"我听说你要做老板，这次回来还走吗？"

"走，当然走，你也知道这孝信村我可待不住。"

赵家宝一听，眼神就黯淡了下来，沈守财、高利民的相继离开，以及奶奶的突然离世让他在村子里连一个亲近的人都没有，有时候一天也说不上十句话，只有这满屋子的空气陪着他发呆。

"家宝，你要不要和我一起干？等到时候绣花枕套全出货了，我们一起去上海卖货怎么样？"

"我？我行吗？我怕……"

"有我在，你怕什么？"

眼前的这个朋友依旧和从前一样，正直乐观、斗志昂扬，当然还带了点"疯"。

赵家宝忍不住笑了起来。

沈守财只觉得有些莫名其妙："你笑什么？"

"我笑你还是和从前一样，是个'沈疯子'。"

沈守财一听也笑了："可不是吗，这疯疯癫癫的毛病估计这辈子都改不了了，怎么样，行不行给句准话啊。"

赵家宝望着沈守财，那种感觉，忽然就像回到了小时候。

"守财，你慢点，等等我。"

"来，你试试。"

"不，我怕。"

"有我在，你怕什么？"

"怎么样？怎么样？"沈守财的话又将赵家宝的思绪给拉了回来。

"反正现在我也就孤家寡人一个，没什么好怕的，我和你一起干。"

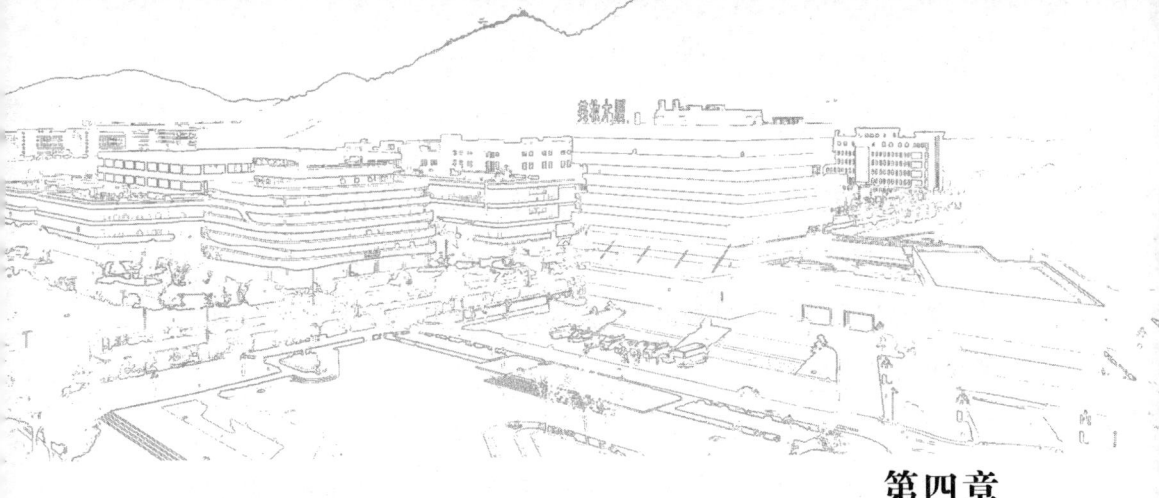

第四章
开头难，难于上青天

"出去！都给我滚出去！"

一大早，沈家院落里就开始吵吵嚷嚷起来。

孩子号啕的哭声充斥着沈家，沈艳芬只得抱着儿子站在一边哄着。

"力儿乖，力儿不哭，你看你再哭小鸟都要笑话你了。"

"这清清早的，干什么这是，小声点，你就不怕别人听到笑话！"

陆小丽从里屋走出来，压低着声音埋怨着儿子。

"还怕鸟会笑吗？"沈根山愤愤不平地吼着，"现在孝信村有哪个人不在笑话我们老沈家?！我沈根山也不知道上辈子做了什么孽，女儿逃婚，又离婚，还带着个拖油瓶回来，儿子疯疯癫癫的，癞蛤蟆上天，痴心妄想要做老板！"

沈根山怒不可遏地看着坐在一边的沈守财。

"两年前你走的时候不是说要混出个人样回来给我看看吗，现在呢？人活着要有自知之明，是虫是龙自己得心里清楚！天天被人笑话，我们沈家的老脸都被你们给丢尽了！"

"笑话，笑话！我看笑得最起劲的人不是别人，是你！"

沈守财怒目圆睁，显然是真动了气，这些天作坊的绣品本就没有什么进展正心烦，这会儿沈根山劈头盖脸的一顿辱骂算是终于把冒着火星的柴堆给点着了。

"啪——"

沈根山把筷子扔在了桌上："你这是什么态度！没本事就老实种地，讨个老婆生孩子，安安分分过日子，你要是非要这么折腾，早早地给我滚出这个家！"

"滚就滚！我也受够了，"沈守财一下子站了起来，对着一边的沈艳芬说道，"姐，咱们一起走，此处不留爷自有留爷处！"

说着，就要拉上姐姐到里屋去收拾东西，却被从灶房出来的王英花一把拦住。

"守财啊，这都快过年了，你们姐弟带个孩子能上哪儿去？"王英花拉着沈守财的衣袖，压低了声音说道，"守财啊，听妈一句话，别和你爸耍脾气，你也知道他这人吃软不吃硬。"

沈守财听了母亲的话，又看向坐在堂上面无表情的沈根山。

"拦他干什么，让他走，他这么有本事，沈家容不下他这尊大佛。"

沈守财原本还觉得母亲的话在理，这时候要是沈根山态度稍微缓和些，有了台阶他便也就下了，可老爷子竟又说了这样的话，若还拉下面皮留在这里那沈守财也就不是那个天不怕地不怕、敢作敢为的沈守财了。

"姐，我们走！"

为了替自己争上一口气，沈守财便又扛了一麻袋的枕套、布料，还有一台蝴蝶牌缝纫机，带上沈艳芬和孩子离开了沈家。

而这一天距离除夕也很近了。

第四章

方才在沈家脑子一热便说了很多逞强的话，这会儿出了家门，冷风一吹，沈守财真真切切打了一个喷嚏，整个人倒是清醒了不少。他看了看身边站着的沈艳芬，还有在她怀里被冷风吹得小脸红扑扑的沈建力，心里不禁懊悔起来。

"姐，对不起，都怪我一时没忍住，害得你们和我……"

沈艳芬叹了口气："算了，爸每天这样，是个人都受不了，现在出来了也好，可我们该去哪儿呢？"

沈守财望着蜿蜒绵长的乡村小道，久久地发起呆来。

"东西随便放就行，大姐和力儿睡东面的屋，我和守财睡西面的小屋就行。"

"家宝，我们这么突然就来了，怪麻烦你的。"

"姐，你别这么说，我一个人冷清得很，你们来我还巴不得呢。这家，真的是好久没有这么热闹过了。"赵家宝说着望了一眼墙上挂着的奶奶和父母的照片，语气也低沉了下来。

"妈妈，我饿。"沈建力用稚嫩的嗓音说道。

"我们力儿肚子饿了呀，叔叔给你去做个水炖蛋，要不要吃？"

"要！"

"走，跟叔叔去咕咕鸡那里拿蛋蛋去。"

"好。"

虽是第一次见赵家宝，沈建力倒也不怯生，拉着赵家宝的手就出了屋。

沈艳芬看着赵家宝牵着孩子离开的背影，忽然感叹了一句："不知道为什么，这么看，倒觉得我们真像是一家人一样。"

正在一边忙活的沈守财听着愣了一愣，转而又立马开始干起活来。

吃了晚饭，沈建力便睡了。

沈艳芬将孩子的被子盖好，稍稍带上门，从里屋走了出来，沈守财和赵家宝正坐在一起对着绣品研究。

"力儿睡了？"

"嗯。"

沈艳芬拿起自己缝制的绣花枕套说道："守财，姐没用，帮不了你的忙。"

"姐，你这是说的哪儿的话，我已经和家宝商量了，明天一早我们就去找绣娘。"

"你们知道哪里有绣娘？"

"不知道，"沈守财看了看赵家宝，又笑着望向沈艳芬，"可有人知道。"

到了第二天，老天赏脸，格外给了一个好天气。

南方本就潮湿，这些日子又一连下了几天的雨，一出太阳，女人们便拿着积了好久的衣服来到了池塘边洗衣。一会儿说着东家长，一会儿诉着西家短，好不热闹的样子。

"哎，你们知不知道沈家姐弟俩从家里搬出来了？"

"真的假的？"

"这还有假，听说和老沈吵了一架，年轻人一赌气就给搬出来了。"

"也是，一个女儿先逃婚又离婚，一个儿子非要折腾当老板，也不知道自己几斤几两重，要我是他们爸妈我也得气死。"

"你们猜姐弟俩搬哪儿去了？"

一帮妇女们都凑了上来："搬哪里去了？老王，你就别卖关子了。"

"搬去赵家了。"

"什么？搬去赵家？呵呵，一个灾星，一个单亲，一个疯子，这可真够热闹了。"

沈守财听着也只当是耳旁风，还没走到她们跟前就热情地叫唤起来："王大妈！"

"哎哟，这不是守财吗？"王大妈脸色一变，假装熟络地招呼着，"回来也不见你人影，该多在村里走动走动。"

"王大妈说的是，我这不正好在忙嘛。"

"你看我这记性，都知道了，你当了老板了，发财了可别忘了我们啊。"

"是啊是啊。"周遭一群妇女都连连附和着。

"王大妈说笑了，我想跟你打听个事。"

"你可找对了人，这十里八乡谁家什么时候杀了几只鸡招呼客人，哪对夫妻昨晚床头吵架床尾和，我老王心里啊可都是一清二楚。"

"不知道王大妈认不认识离孝信村最近的绣娘？"

"绣娘？"

正在洗衣服的沈大妈直起了身子："你要是想找这附近最有名的绣娘得去余家滩，那里有个绣娘叫燕三娘，这手上的功夫可是了得。"

余家滩，沈守财自然是知道这个地方，依稀记得儿时去山上砍柴时，还得往东翻过两座山头才到。

"不管怎么着，说什么也得去找找了。"

回到家，沈守财就将想法告诉了赵家宝，第二天天还蒙蒙亮，二人就出发去了余家滩。

从孝信村到余家滩有村路，但村与村之间并没有公交车，全村上下也只张三胖子家里有一辆自行车，要是靠着双腿行走至少要走上两三天，若是打上一个来回就需要一个礼拜的时间，沈守财他们还想着一过完年就把绣花枕套带去上海卖，按照这样的时间进度肯定是不行的。于是，两人临时决定走大家不常走的山路，虽然路上有些危险，可一个来回也只要两天半的时间。

一开始，天气不错，尽管已经有两年没走山路，沈守财倒也还算习惯，只是正午一过，老天就突然间变了脸色，黑压压的乌云顷刻便遮掩住了天穹，雨水一下子倒落下来，这荒山野岭也没地方可躲，沈守财和赵家宝只得冒雨前行。山路本来就鲜少有人走，两边的荆棘已经长得茂盛，人稍不留意便会被划破皮肉，这会儿又加上雨天路滑，赵家宝脚下一个没踩稳便滚了下去。

"家宝！"

沈守财心急如焚，也顾不得其他就连滚带爬地跟了下去。幸好赵家宝没伤到什么要害，只是扭了脚，可要是继续走山路肯定是不行了，眼看翻过这个山头就到了余家滩，沈守财决定继续前进。

"来，你上来，我背你。"

一个人冒雨走山路已经很是吃力，况且还要再背上一个成年人。

"守财，我没事。"

"你就别跟我逞能了，你才多少斤，我在上海做木工的时候搬的木板都比你重。"

沈守财也不等赵家宝自己上来，一把就将他背了起来。沈守财一步一个脚印吃力地爬着坡，他也不知道脸颊上落下的是汗珠还是雨水，幸好，不多久雨势便渐渐小了起来。

赶到余家滩的时候，已经入夜了。

好不容易几经周折找了个赤脚医生给赵家宝上了药包扎好,沈守财这才真正安下心来。

"守财,你看我尽给你添麻烦,人还没找到,又花了钱……"

"钱花了可以再赚,可人有事就真什么都没了。"

沈守财笑着望向赵家宝,便又背起他上了路,打听之下又走了不少路,他们面前终于出现了一座破旧的平房。沈守财往里头张望了一会儿,只见屋子里坐着一个白发苍苍的妇人,头一顿一顿的,似乎在打着瞌睡。

"奶奶,奶奶……"

老妇人被沈守财的轻声叫唤吵醒,睁开眼就瞧见两个衣衫破烂的年轻人如同泥菩萨一般站在那里。

"什么事啊?"

"想和你打听一下,燕三娘是不是住在这里?"

"我就是。"

沈守财和赵家宝面面相觑,他们怎么也没有想到燕三娘竟已经到了这般岁数,原本两人还想着把燕三娘请去孝信村,可眼前这般情景想来是不可能的了。

"这可怎么办,要是没有绣娘,开了年就不能去卖了。"

沈守财皱着眉头,一副心事重重的样子,想着父亲的极力反对和村里人的背地嘲笑,他的心底忽然蹦出一个不曾有的想法,那个想法在质疑他这样做是否真的正确,可转而他不服输的傲气还是占了上风。

"请不了燕三娘,我们就找其他的绣娘,我沈守财就不信找不到绣娘!"

燕三娘瞧着两个年轻人眼神清澈又为人正直,况且为了找她一个还扭了脚，弄得如此狼狈不堪，于是想了想说道："我以前收过些徒弟，其中一个好像就是嫁到了孝信村。"

"真的?!"沈守财欣喜地惊叫起来，两眼瞬间都亮了起来。

俗话说"踏破铁鞋无觅处，得来全不费工夫"，沈守财大概怎么也不会想到他想要找的绣娘远在天边近在眼前。

一早上起来，王英花的眼皮就开始跳，她不由得喃喃自语起来："左眼跳财，右眼跳灾，这怕又是有什么坏事要找上门了。"

当然，来找她的自然不是什么坏事，而是儿子沈守财。

"妈。"

虽说到了自家门口，可沈守财唯恐碰上沈根山，躲在墙角处就跟做贼似的，左等右盼终于等到王英花提着水桶出来，于是赶紧轻声叫唤起来。

"守财?"

为了方便说话，沈守财把王英花拉到了赵家。

"妈，喝水。"

王英花并没有接过沈守财手中的水杯，而是四处打量着，比起一穷二白的沈家，赵家显得更加家徒四壁。不小心跟赵家宝对上了眼，两人都略显尴尬。

"你这腿……"

"在山上摔了，多亏守财一路背着我下了山。"

王英花听了，心中不禁五味杂陈起来。

"妈，燕三娘你可认识?"

"燕三娘? 当然认识，我当时还没嫁过来的时候跟着她学了半年针线活。"

沈守财和赵家宝两两相望，喜形于色。

"那真的太好了，妈，不瞒你说，我们作坊现在就卡在刺绣的阶段，你要是能来帮我们，或者，或者做个老师都行，那个工资我给你发。"

"对，工资要发。"赵家宝也赶忙附和着。

"守财，不是妈不想帮你们，你爸本来就不同意你们做什么生意，要是知道我帮你们的话肯定得说我。"

"妈，不是我说你，你难道一辈子都要听我爸的吗？要是哪天我爸不在了……"

还没等沈守财把话说完，王英花就立马变了脸色："你这个混小子，别人说你疯子，你还真疯了啊？！哪有儿子诅咒自己老子的？！"

"我这不是打个比方吗？"

"有这么打比方的吗？"

王英花是典型的农村妇女，大字不识，从前传下来的那些老古套思想是一个都不少，不知是骨子里生来的脾气性格还是嫁了人之后才如此逆来顺受，没了主见，反正只要是沈根山和陆小丽让她往东她就往东，根本不会多说半个字，更别说去做些他们都不同意的事情了。

"妈……"

可为了自己的事业，沈守财还是想争取一下，刚开口，沈艳芬抱着沈建力从里屋走了出来。王英花立马喜笑颜开，迎了上去。

"力儿，我的心肝，阿婆想死你了。"说着一把从沈艳芬的怀里接过孩子，迫不及待地在孩子脸上亲吻着。

沈艳芬看着祖孙俩的亲热劲儿很是感触："他奶奶都没这么亲过孩子。"

虽说农村是重男轻女，可到底是自己身上掉下来的肉，哪有不疼的道理。眼见着女儿眼光泛泪，王英花心里说不出地憋屈和心疼。

"不怕，他们不要孩子，我们要，回头我就和你爸说去，这孩子啊随我们沈家的姓。"

沈艳芬倒是有些迟疑："爸他会同意吗？"

"怎么不同意？爸做梦都想抱上自己的孙子，这不眼前就有我们力儿嘛。"沈守财抓着力儿的小手轻晃着："力儿，以后不叫阿婆了，我们叫奶奶，好不好？"

王英花没说话，却是满眼的期待。

力儿也不懂其中含义，看了看母亲，跟着应道："好。"

"那该叫我什么呀？"

"奶奶。"

"哎哟，奶奶的心肝。"

这一声稚嫩的叫唤暖化了王英花的心，她将怀中的力儿抱得越发地紧了，直到小家伙挣扎了，才舍得松开了一些。

"那力儿可是我们沈家第一个孙子了。"沈守财笑盈盈地说道。

沈守财的一席话又将王英花的思绪给拉了回来，儿子女儿和孙子有家不住却住在别人家，在这小小的村子里，他们沈家是迟早要被别人的唾沫星子给淹死的。

"芬、守财，你们姐弟俩也别和你爸过不去了，你们也知道他这个倔脾气，这眼看没几天就要过年了，你们要是还住在家宝这里，就真的是给别人看笑话了。"

"妈，"沈守财打断了王英花的话，"你看那个家真的是家吗？姐离了婚，我只是想做生意，怎么就变得和杀人放火了一样？！"

"守财，我们是乡下人，乡下人就该本本分分种地讨生活，不该想些有的没的，你们自己好好想，想清楚了就回来，我走了。"

看着母亲离去的背影，沈守财只觉得胸口堵得慌，他久久坐在门口的竹椅子上望着路的尽头。

"守财。"赵家宝搬了把椅子也坐在了沈守财身边。

"家宝。"

"嗯？"

"你说，怎么就这么难呢？"

"万事开头难，咱们一起渡过了这个难关就好了。"

沈守财深深吸了口气，笑着望向赵家宝："你说得对，万事开头难，咱们还没经历过真正的大风大浪呢，怎么遇到这么点困难就要趴下呢，一条路走不通我们就从其他的路走，要是没有其他的路，那我们就自己修一条，条条大路通罗马，总有一条路能走得通！"

"嗯！"

两兄弟信心满满地相视而笑，在他们身后，一直默默听着的沈艳芬也走上前去。

"要是做生意这么容易，岂不是人人都要做老板了？弟，你就放着胆子往前冲，我和家宝弟都支持你。"

"姐……"

沈守财听着只觉得一阵感动，并没有注意到路的尽头，有一个熟悉的身影正朝着赵家气势汹汹地走来。

沈家父子关系紧张早就是村子里人人皆知的传言，可这次沈守财和沈艳芬从沈家搬了出来无疑是坐实了传闻。人就算再穷，没有里子，可依然要面子，沈根山便是这种人。他闲来无事正好在村子里四处闲逛，恰巧听到一群人正集在一块儿讲琐事，于是便听到了他们对沈家的闲言碎语。想着自家事情终是被人家给笑话，却没料到背地里说得如此不堪入耳，气不打一处来的沈根山索性就回家抄起一根扁担怒气冲冲地来到了赵家。

"跟我回去！"

沈根山强拉着沈艳芬母子俩，根本不管孩子已经哭得上气不接下气。

"我沈根山不能让我们沈家的脸面在你们姐弟俩身上丢尽！跟我回去！"

沈守财眼见父亲如此野蛮粗鲁，再也忍不住一把推开了沈根山，拦在了沈艳芬母子俩身前。

"你够了！我们怎么会有你这样的爹！你想让我们走我们走了，你想让我们回我们就得回？你怎么能这么自私，从来都不管我们怎么想？！姐为什么逃婚？那婚是她想结的吗？她离了婚带了孩子，你们是娘家人，你们都不问问她过得好不好，要不是走投无路她会回来求你们吗？我也一样，我在上海两年，每天给人干活到半夜才拿那么一点钱，人家吐口痰我还得给人赔不是，要不是受尽了欺负，我会那么想做老板多赚钱吗？！别人看不起我不要紧，我自己的爸妈都看不起我啊！"

身边抱着儿子的沈艳芬哭得泣不成声，赵家宝低着头眼眶也早已湿润。沈守财的这番话想说太久，也压抑太久了，以至于他说这些话的时候整个人都是颤抖的。沈根山诧异地看着眼前的儿子，他一直都是吊儿郎当、玩世不恭的样子，从小到大就会闯祸，可从来没有如此指责过做父亲的沈根山。

几个人就这样站了好久，直到沈根山拖着扁担落寞地消失在了路的尽头。

第五章
是黑夜,也是黎明

再过两天就到了除夕夜,作坊里还是毫无进展,沈守财和赵家宝决定去更远的地方找绣娘,只留了沈艳芬和沈建力母子在家中。

沈守财和赵家宝在的时候,都是他们出门去买东西,沈艳芬也就只管着家里边的事,这些天他们不在,又心想着快过年了,家里虽没置办什么拿得出手的年货,可一顿年夜饭总是要吃的,于是用布将沈建力缠在背上出了门。

刚走了不到半里路就听到有人在身后喊自己的名字。

"艳芬!"

沈艳芬回头,是村里的王大妈。

"王大妈。"

"哎哟,早听说你回来了,怎么都不出来走动走动?"

沈艳芬尴尬地笑着。

"妈妈……"

沈建力在背上柔声地叫着。

"哎哟，这就是你那大胖小子吧，"王大妈的注意力立马被沈建力吸引，忍不住逗弄着孩子，"这孩子长得好看，额头高高的，一看以后就有福气，辛苦你了，一个人带着孩子……"

沈艳芬听了，又是尴尬地笑了笑，她自然知道无论别人当面怎么好心和善意，也不代表他们不会在背后闲言碎语。

"我听说你们现在住在赵家？"

"嗯。"

"哎呀不是我说，你一个女人还带着孩子，住在别的男人家里总是要落人话柄的，况且那家宝还没成家不是？怎么样，要不要大妈给你介绍门好亲事，我和你说东头的庆园村有个卖鱼的老张，去年刚死了老婆，要不你们……"

沈艳芬紧紧地拽着自己的衣角，她原本不想当着孩子的面情绪爆发，可这会儿这好事的王大妈真是将自己往绝路上逼，刚想开口只听得旁边传来一个声音。

"王大妈，你儿子和儿媳怎么样了？上次我听说小林还寻死觅活的，怎么样，现在夫妻俩不吵架了吧？"

说话的不是别人，正是高利民。

高利民和沈守财、赵家宝是从小一起长大的好朋友，不同于其他两个兄弟，高利民的性格更加谨慎和沉稳，从来不会做逾矩的事情，有时候沈守财闯出点小祸事还是高利民帮着化险为夷，算是三个小子里面最让人觉得可靠的。

"两年没见了。"

"是啊，好久了。"

两个人面对面，站着说话。

刚才那好管闲事的王大妈见有人揭了自己的短处，原本是肯定要说些什么强撑面子的，可那人却是孝信村里唯一的大学生高利民，便也只得自己吃了这黄连。

那个年代在孝信村那种闭塞又穷困的村子里，哪家要是出了一个高中生就已经是了不得的事，更别说是同黄金一样金贵的大学生了，恐怕在这十里八乡也找不出第二个，高利民自然就成了被仰视和尊崇的对象。

沈艳芬望着眼前的高利民，依稀记得两年前他只比她高了不到半个头，再见时她竟只能看到高利民的下巴了。他外头穿着最时髦的夹克衫，灰格子的毛衣背心露出了里面白色的假领子，无论是穿着还是气质，俨然就是一个彻头彻尾的城里人。沈艳芬看着这样和自己不大一样的高利民，心里不自觉地感到自卑起来。

"果然读了大学，人也变得不一样了。"

"怎么不一样？"

沈艳芬想了想，终于找到了合适的形容："像个城里人。"

"什么城里人乡下人，人人生而平等，都是一样的。"

沈艳芬笑了起来："你这么文绉绉地说话真像教书的先生。对了，你什么时候回来的？"

"昨天晚上，我听说守财也回来了，本来想着去找你们，可时间太晚了怕打扰你们休息。"

高利民还是和以前一样，什么事情都是想得面面俱到、照顾周全。

"守财和家宝出去了，说是会赶在除夕前回来。"

"哦，这样啊。"

一时间，两人便没了话。其实在沈艳芬的印象里，比起高利民，赵家宝似乎跟她更亲近一些，也不知是不是因为年长了几岁的缘故，高利民总是对她毕恭毕敬的，她心想许是将自己当长辈了才有些隔阂吧。

"孩子是不是睡着了？"

沈艳芬瞥头往后瞅了瞅，力儿果然在妈妈的脊背上呼呼大睡起来。

"小孩子嘛，总是这样的。"

高利民将孩子的衣服紧了紧，意味深长地望向沈艳芬。

"这两年，你过得好吗？"

"结了婚，又离了婚，还有什么好不好的，反正我现在一个人什么都不去想，只想好好把孩子带大就够了。"

高利民怜惜地望着沈艳芬，他还依稀记得那一年，他气喘吁吁地跑到村口，沈守财正站在父子树下远远地望着迎亲的队伍越走越远，原本以为沈艳芬会和所有孝信村出嫁的女人一样结婚生子过着普通得不能再普通的日子，可传来的却是沈艳芬从五家村逃跑的消息。无论在什么时候，一个逃婚的女人注定是要被淹死在众人的唾沫星子中的。高利民还记得那天，五家村的生产队长带着一伙人上沈家来讨人，沈根山更是跪在地上不住地求饶，后来彩礼钱悉数还了不说，还将自家几头羊给搭了进去这才平息了愤怒。这事在村子里传了好久，沈家人只觉得家门不幸、失了脸面，看到人就躲着走，也不同村里人多打交道，直到时间慢慢抚平了记忆，这才又恢复如前。

人人都当沈艳芬是个只顾自己不顾家人的"罪人"，可高利民自然是清楚的，若不是沈家人先将她置于不堪的境地，她大概也不会做出这种常人觉得出格的事。

"说实话，当初知道你从五家村逃婚，你晓得我有多高兴，你这么好的一个女人怎么可以嫁给一个傻子呢？"

沈艳芬一愣，高利民说话的口吻以及那眼神，根本就不像是一个弟弟对姐姐的，而是一个男人对女人的，可她又觉得自己多想了。

大概这孩子是打心眼里可怜我吧，沈艳芬心想。

"利民！"

说话间，正碰上回村的沈守财和赵家宝。

"守财，家宝！"

村里的狗成群结队地经过赵家门口，忽然被里面传出来的笑声给吓得四处逃散。

"好你个高利民，现在可了不得了，你可是村里唯一的大学生。"

沈守财热情地招呼着，沈艳芬将水端到了高利民面前。

"我估摸着整个镇也就出了利民一个大学生。"

赵家宝跟着附和道。

高利民赶紧接过沈艳芬手里的水："谢谢。"转头又对沈守财说道："你们别笑话我了，那你们呢？守财，我听说你做老板了。"

沈守财一脸苦笑："是啊，自个儿封的老板。"

"怎么了，"高利民望着沈守财，又瞧了瞧赵家宝和沈艳芬，三人脸上的表情都带着一丝苦涩，"这是遇到什么难处了？"

沈守财便把事情一五一十地告诉了高利民，沈艳芬也将自己的绣品和样品给了高利民。

"你看，平常缝缝补补我还行，可要做得和这一样真是不行。"

高利民望着手上的两件绣花枕套，思索了片刻。

"对了，我记得现在省城有卖那种工具书，什么刺绣啊、缝纫啊、织毛衣啊，什么都有，还都是现在大城市里最流行的款式，明天我就去镇上给我省城的同学打电话，让他帮我买两本，要是有人正巧从省城回孝信村就让他们给我捎回来，怎么样？"

"哎呀，那真的是太好了！"

"利民，你现在可真够能干的。"

"是啊，在省城读书就是不一样，还有同学可以帮忙。"

沈艳芬和赵家宝七嘴八舌地说着，只有沈守财什么也没说，羡慕地望着眼前这个从小一起长大的兄弟。

几个人许久未见，只觉得聊了不多时却已经是夕阳西下，为了感谢高利民的帮助，沈守财他们一定要留他在家里吃饭，眼见开饭还有些时间，沈守财和高利民便到外面去走走。一路上，时不时地碰上些熟识的村民和高利民打招呼。

"哎哟，利民回来了啊。"

"叔。"

"什么时候回来的。"

"昨晚。"

"哎哟，你可真是有出息，这十里八乡啊也就你一个大学生，又在省城上学真是不得了……"

即便那些村民走远了，似乎还依旧能听到他们口中的赞许。

"老乡都夸张了。"

"他们哪有夸张，说的都是事实，"沈守财用脚扒拉着路边的小石子，"其实别说他们，我也羡慕你，又是大学生，又是省城读书，以后肯定能给分配个好工作，多好。"

沈守财说话的时候虽说有些漫不经心，却很是落寞，想想自己回来爹不喜娘不欢，村里人人都等着他失败看笑话，而高利民回来却是衣锦还乡、光耀门楣，仅仅只是两年未见，他们兄弟已经是天差地别，心里总有些不是滋味。

"哎，你说要是当年我也好好读书该多好，说不定也能考个好学校，我爸瞧着也乐意。"沈守财不由自主地感叹起来。

"没你说的那么好，我们家也不富裕，省城读书开销大，除了上学我还打了几份零工，也算是勉勉强强凑合，班里的同学个个又都拼命读书，以后能不能分着好工作还说不定呢。"

沈守财若有所思地望向高利民，看着他脸上略微疲惫的神态，果真是应了那四个字：冷暖自知。

"走吧，回去吧，饭肯定做好了。"沈守财说道。

"嗯。"

两人转头朝着来时的路走去。

日子无情地走着，终究还是到了除夕之夜。

沈家这边沈根山、陆小丽、王英花和沈艳芳四人不声不响地吃着饭，显得异常冷清。

"哎，明明孙子就在跟前，也不能一起吃顿年夜饭，还算什么团圆。"

陆小丽埋怨着望了儿子一眼，没吃几口便放了筷子回了里屋。

沈根山一声不吭，脸上的表情却更加严肃，草草扒拉了几口也进了屋，只留下王英花和沈艳芳还在灶房里收拾一堆锅碗瓢盆。

"妈。"从吃饭到现在沈艳芳就一直不停地看着家里唯一的那口钟。

"怎么了？"

"那个……我能不能去姐那一会儿？"

王英花有些慌张地朝正屋看了看，生怕被沈根山听了去。

"你去吧，等等，"王英花从锅子里取出一碗还热乎的鸡肉，将它用布包裹着交到沈艳芳手里，"这是妈特意留下的，你给拿去。"

"知道了。"

沈艳芳怀揣着鸡肉穿过夜色，敲响了赵家的门，区别于沈家的冷清，这会儿赵家可真是前所未有的热闹。高利民吃了自家的年夜饭也早早地赶到了赵家，现在又来了沈艳芳，几个人从小到大，如今依然能聚在一起别提有多高兴。

"喏，这是妈给你们留的鸡。"

沈艳芳将怀中热腾腾的鸡肉放到了桌上，沈守财忍不住用手拿起一块就啃了起来。

"这么大个人了，也不是小孩，还不懂得用筷子。"沈艳芬边笑着埋怨，边将筷子塞到了沈守财手里。

"这不是好吃嘛，"沈守财边嘴巴嚼着边说道，"我都多久没吃肉了。"

"好吃那就多吃点。"沈艳芳看着弟弟狼吞虎咽的样子也忍不住笑了起来。

在沈家也只有两种日子能吃上一块肉，要么就是有客人来访，要么就是过年。客人不知道哪天会来，可年是一定会过的，小时候姐弟三人数星星盼月亮地算日子，眼巴巴地等着过年母亲杀鸡给他们吃。

"你们也吃嘛，利民、家宝，"沈守财夹起一块鸡胸肉走到沈建力面前，"力儿，这是咕咕鸡的肉肉，可好吃了，来，张嘴。"

几个人你一口我一口，就一碗鸡肉，真分到嘴里的恐怕每个人最多也就两块，可眼见着大家聚在一起充满欢声笑语，未来有再多的艰难险阻似乎都变得不值一提。

除夕过了没几天，正巧赶上有人从省城回来，沈守财终于收到了高利民托人带来的刺绣书。

沈艳芬原本在学校里就是个品学兼优的尖子生，有了工具书的帮忙，没多少工夫，她就掌握了要领，也终于完成了一件像样的绣花枕套，这让沈守财他们十分高兴。可是马上又有一个巨大的问题摆在面前，原本沈守财是想赶在年前将绣花枕套全部做出来，一开年就和赵家宝去上海贩卖，但是按照进度，原先的计划是根本不可能实现了，他们便商量着至少在15天之内做完手上所有的枕套。然而，要想赶制一幅刺绣，沈艳芬最快也需要花上一天一夜的时间，虽然高利民空了便来帮忙，说到底他们三个是男人，对于刺绣这种需要细心耐心的针线活来说还是没多大用处。招兵买马已是迫在眉睫，就算找不到绣娘，农村的女人大多都是针线活的一把好手，只要沈艳芬稍加培训便可以马上上岗。不过，巧妇难为无米之炊，这一来二去手里的钱也用得差不多了，要想再花钱请人真的是牙缝里抠肉的事。眼看离成功仅一步之遥，却又陷入了僵局。

"不知道我能不能试试？"

二姐沈艳芳犹豫了一会儿轻声说道。

其实沈守财压根都没想着让二姐帮忙，沈艳芳从小性格就内向、不善言辞，父母之命更是不敢忤逆，小时候沈守财偷了沈根山床底下藏着的饼干罐头，大家都吃得津津有味，就唯独沈艳芳碰都不碰。所以作坊缺了人手，沈守财也没有向沈艳芳开过口。

"二姐，你也知道爸妈都不同意我干这事……我……不想你为难。"

"让我试试吧，"沈艳芳这次竟出乎意料地坚定，"我的针线活确实比不上大姐，不过小时候妈也是手把手教的，应该也是没问题的。"

沈守财见二姐如此执着，便也不再推辞。

两个姐姐本就绣活了得，沈艳芳在沈艳芬的教导下也很快上手，没多久便适应了工作，姐妹俩还自创了很多妙招，大大缩短了一幅绣品需要花费的时间，很快一件件成品在姐妹俩的巧手下完工。几百件绣花枕套竟真让姐妹俩在半个月里全部完工，万事俱备只欠东风，就等着沈守财和赵家宝把这些来之不易的绣花枕套带到上海贩卖了。

可临行前，王英花却急匆匆赶来。

"守财，你爸晕倒了。"

沈守财这会儿也顾不上其他，姐弟俩跟着母亲就赶到了沈家。沈根山躺在床上，双眼紧闭，似乎很虚弱的样子，听着屋外有吵闹的声音，勉强睁开了眼睛。

"外面什么事这么吵？"

话音刚落，只见沈守财和沈艳芬跑了进来。看着进来的是儿子，沈根山又闭上了眼睛。

"爸，你怎么样？"

"活着，死不了。"

沈艳芬转头望向王英花："找人来看过了吗？"

"看是看过了，配了几服中药。"

"什么病？"

王英花顿了顿，想了想还是开了口："说是气结，心里事太多了，急火攻心了。"

沈守财当然知道这病的来由归根结底是在自己身上，原本总是面目凶悍、总是要追着他打的沈根山如今却病恹恹地躺在了床上，沈守财望着他心里终于还是生出了愧疚的感情。

是不是，一开始回来就是个错误呢？

沈守财正想着，陆小丽端着一碗黑色的药水走了进来，边走还边说道："英花，你也真是的，弄好了也不给根山端过来。"

"我正要拿来，给忘了。"

王英花接过婆婆手中的碗，一不小心竟没拿住，碗直接摔碎在地上。

"你看看你！怎么这么一点点的事情都做不好！"

陆小丽忍不住埋怨着。

王英花默不作声，低头用手捡拾着摔碎的碗碴，沈守财也蹲下身子帮母亲收拾。

"你别动，小心划了手。"

村里的一只猫此时不识趣地进了屋，跑到他们面前，竟旁若无人地舔舐起地上的药水来。

沈守财只觉得奇怪，中药一般都苦口，猫是断断不会碰的，除非……那碗里的根本不是汤药。沈守财伸手蘸了一点汤药放进嘴巴里，瞬间明白了一切。

"这不该是药吗？怎么是碗糖水？！"沈守财诧异地望向王英花和陆小丽，还没等二人开口，他转身望向躺着的沈根山，似乎明白了一切，"难不成你这是装病在骗我？！我真是佩服得五体投地，你为了不让我去上海卖枕套居然还能合着妈和奶想出这种歪招！"

"你说什么？！"

"守财，其实……"

王英花的话还未说出口，沈守财就又打断了她。

"不管你寻死还是寻活,我沈守财一定会混出个人样让你好好瞧瞧!"

沈守财恶狠狠地扔下一句话便拉着沈艳芬离开了沈家,和赵家宝扛着绣花枕套走出了孝信村。

第六章
只不过是从头再来

上海，全中国最繁华的地方。

从孝信村去上海得先走十几里路到吉里镇上，接着坐公交车到市里，再换乘大巴到上海，沈守财和赵家宝扛着绣花枕套辗转于各个枢纽。虽说因为年轻即便路途颠簸也尚存体力，可等到上海的时候，已是入了夜，两个人也早已经疲惫得快要虚脱。

孝信村的夜晚总是被黑色笼罩，然而上海的夜晚却如白昼般灯火通明。

"哇，太漂亮了。"

赵家宝望着眼前如烟火绚丽的夜景忍不住张大了嘴巴，疲惫感也渐渐被新鲜感所取代，这是他第一次出远门，也是他第一次来到上海，从前的他只在书里读过上海的热闹与繁荣，却不曾真正领悟什么才叫灯红酒绿、车水马龙，这会儿只窥探了城市的一角便已经迷了眼，看看这里，瞧瞧那里，目光都不知该放在何处。

沈守财离开上海不过一个月，再见这熟悉的繁华却恍如隔世一般，两年来他走过这座城市大大小小的街道巷弄，看过不计其数的稀奇玩意，可那些东西从没有一刻真正属于过自己，对穷人来说，这些美丽都如泡沫般虚无缥缈、不切实际。

"你看，守财，那辆车被一根绳子牵着走！"

赵家宝指着有轨电车雀跃地叫着，惹得周围的人一阵哄笑。

沈守财赶紧捂住了赵家宝的嘴，低声嚷嚷着："你别搞得和乡下人进城一样好不好？"

赵家宝挠着头，不好意思地傻笑着："没办法，我就是乡下人啊。"

二三月的南方依旧是天寒地冻，尽管已经入了春，可依旧时不时地来几次倒春寒，加上水汽湿重，实在是比冬天更加阴冷。

为了节省费用，沈守财熟门熟路地带着赵家宝来到了一座桥下，有很多流浪汉睡在那里。

"家宝，委屈你了，"沈守财一脸愧疚，"等赚了钱就好了。"

"有什么委屈的，又不是没有过过苦日子。"

其实，沈守财没说，他一开始从孝信村来上海的时候，住的就是这里。孝信村的房子虽然破旧不堪，可好歹也是一处避风躲雨的地方，然而这里大风肆虐，人在这样的寒夜里睡上一晚上恐怕就真的醒不过来了，沈守财那会儿也确实见过那么一个流浪汉，早上的时候人已经僵了。然而，对他们这样的穷人来说有什么办法呢，生活，有太多的无可奈何，没有办法改变的时候，便只能适应它。

沈守财将满满几袋绣花枕套摆在一边放好，生怕会出了闪失。

"家宝，你先睡吧。"

"那你呢？"

沈守财坐到麻袋的旁边："我看着。"

第六章

对沈守财来说,那不仅仅是他的希望,也是他和姐姐、家宝所有人的命。

"那我陪你吧。"说着,赵家宝就要坐起来。

"别,明天我们还得养足精神去南京路上卖枕套呢。"

"可是你也不能不睡觉啊。"

"这样吧,你先睡,等过了十二点我再叫你换我睡。"

沈守财这样说了,赵家宝才安心地睡下。老人家常说"冬冷不算冷,春冷冻死人",赵家宝越睡越冷,忍不住打了几个喷嚏,醒来时候,天却已经灰蒙蒙地发亮了。

沈守财一宿没睡,眼睛直勾勾地盯着四处,好像从四面八方都会出现抢枕套的人,见赵家宝醒来才露出了笑容。

"你太荒唐了,你太荒唐了。"

去南京路的路上,赵家宝就一直在埋怨着沈守财没有叫醒自己。

可沈守财虽然一夜没睡,却似乎比任何时候都有精神。

南京路是上海最繁华的地段,路边满是卖着各种物品的摊贩。

沈守财和赵家宝早早赶到了南京路上,选了一个最显眼的位置,刚铺上布料把枕套一个个摆出来便有人上前来要赶走他们,一方水土自然有一方水土的生存法则,这条小小的南京路自然也有先来后到的规矩。

还没等沈守财他们将摊位摆好,便有两个一脸横肉的男人走了过来。

"侬晓得是啥地方伐?"

沈守财见来者不善,自然也是有些小心翼翼。

"两位大哥什么事啊?"

"这是我们龙哥。"其中一个介绍道。

"龙哥，不知道有什么事？"

那个龙哥朝着沈守财做了一个手势："那什么，懂吗？"

沈守财没想到还没挣钱便先要亏钱，只得装傻。

"大哥，你看我们兄弟两个也是刚来这里摆摊，没赚什么钱……"

男人朝着同伴嗤鼻一笑，又恶狠狠地望向沈守财："阿拉管侬赚没赚什么钱，一个地方就有一个地方的规矩，交不出钱就别想在这里混！"

"龙哥，你看这样行不行，我们先欠着，等赚了钱了再给你们……"

沈守财边说边尴尬地笑着，龙哥听了也露出笑脸，走到他面前，边说边拍着沈守财的脸："怎么，没钱就别在这里摆摊，滚到一边去！"

"滚到一边去！"那个跟班几脚就踩在了摆好的绣花枕套上。

"你！"

赵家宝怒不可遏，可面对眼前的两人，胆怯的他终究还是将已经冲到喉咙的话给咽了回去。

沈守财的双手紧紧握成了拳头，脸上早已是相当不悦的表情。照着他从前的性子，那定是断然不会忍让的。然而，他的脸上这会儿又慢慢浮现出了笑意。

"龙哥说得对，我们兄弟不识好歹了，这就滚了。"

他转身便对着赵家宝使了个眼色，以最快的速度收了摊位，逃也似的离开了，直到两人寻了一处不起眼的地方，沈守财仿若什么都没有发生似的开始整理，他看着那些被踩的绣花枕套有些心疼，拍了拍上面的灰又放回了袋子里。

"哎，真是可惜了，只能洗洗自己用了。"

一边的赵家宝偷偷望着沈守财，想要开口却不敢说。

"怎么了？是不是觉得我很窝囊？"

"没……"过了一会儿，赵家宝又补了一句，"只是觉得不像你。"

沈守财一怔，这两年在上海给人做木活，他也遇到了好些人情世故，稍稍明白了硬碰硬总归要吃亏的道理。

"我那是不跟他计较，"沈守财笑着说道，"好汉不吃眼前亏，我们是来赚钱的，不是来跟这种人打架的。"

在社会这个大熔炉里，所要经历的试炼不是一招两招，若是改变不了既定的规则，那么只能等自己变强，有了资格以后再来改变。

"来吧，帮我把这些枕套给放好。"

两人便又开始忙活起来。沈守财想象了很多开局不利的情景，然而，却没想到从日出到日落连一件枕套都没有卖出去。不起眼的角落本就没什么人流量，加上天气寒冷，路人都行色匆匆，并不愿意在外头多停留片刻。

"阿嚏——阿嚏——"

在凛冽的寒风中待了一天，身体再强壮的人都受不了，更别说是原本就身子单薄的赵家宝了。

"我们回去吧。"

"守财，我没事。"

"回去吧，反正今天是肯定开不了张了。"

赵家宝记得那天晚上回到桥下，沈守财一句话都没有说，他把买的馒头塞到了沈守财手里，那是他们一天里吃的第一顿饭，可沈守财却将馒头又塞回了他手里。

"你吃吧，我吃不下。"

那一个夜晚,沈守财觉得如同几个世纪一样漫长。他想起了同父亲沈根山的抗争,想起了淳朴而善良的妈妈和两个姐姐,想起了走出孝信村说要活出人样的信誓旦旦,他望着上海绚烂的夜,那点点灯火却没有一盏是为他点亮,心中便有着无法言状的难过。

到底哪一天……哪一天,在这座城市,我沈守财也能有一盏为自己点亮的灯呢……

"奶奶……奶奶……"

赵家宝呓语着,脸色通红,沈守财隐隐觉得有些不对劲,伸手摸了摸他的额头,果然滚烫。

到了天亮,赵家宝并不见好转,神志也有些不清,沈守财顾不得那么多,只得背着他去了医院,等他疲倦地回到天桥下,那些装有绣花枕套的麻袋早已不见了踪影,他发疯似的四处寻找根本无济于事。沈守财瘫软地坐在地上,想要哭却因为一晚上的疲惫困倦连哭的力气都没有,强烈的挫折感让他有些无力招架。医院里,赵家宝挂着点滴还需要钱,而唯一能换钱的枕套却丢失不见。那些绣花枕套寄托的不仅仅是沈守财的老板梦,还有沈艳芬、沈艳芳、赵家宝每个人的心血。如今,却都成了泡影。

难道,梦就只能是梦,永远没有成为现实的一天吗?

"小兄弟。"

一双手拍了拍沈守财的肩,他慢慢抬起头,眼神空洞而无助,站在面前的人沈守财认识,是常住在天桥底下的一个老乞丐,靠拉二胡卖艺为生。

"你可是在找你的东西?"

沈守财点点头,焦急地问道:"大叔,你看到我的东西了吗?"

那老乞丐将沈守财领到了旁边,乞丐们总是各处搜寻被人们扔掉却还能用的杂物,长年累月下来也积了一处地方,老乞丐翻开一块破布,正是沈守财的几麻袋绣花枕套。

"我怕被别人给拿走了,所以就藏在这里了。"

经历了这一天一夜,眼见着绣花枕套失而复得,沈守财终于哇的一声放声大哭起来,毕竟,那一年,他也才只有18岁,即便穷苦让他过早地披上了大人的外衣,可多少还带着些孩子气。

为了省钱,挂了点滴的赵家宝执意要出院,天寒地冻,天桥下却也是他和沈守财唯一能安生的地方。赵家宝吃了药便早早睡下了,只留沈守财一个人坐在一边发呆,两天一夜都没怎么睡,此时静下来了却没有一丝困意。身旁的老乞丐拉着二胡,琴声悠长而深远,沈守财痴痴地听着,并没察觉早已湿了眼眶。

"这是什么曲子?"

"这是我胡乱写的曲子,我叫它《回家》,"老乞丐擦拭着琴身,"三十多年没回去了,可现在这副样子怎么回去呢……哎……"

沈守财听了越发觉得苦闷,只怕是老乞丐今日的模样便是明日的自己,慢慢悠悠走出了天桥下,毫无目的地朝前走去,竟走到了繁华的南京路上,他蹲在了一个糖炒栗子的摊位旁,因为那里的火炉子烧得正旺,人靠近便觉得暖和。

"快来啊,新鲜的糖炒栗子啊,这位漂亮大姐。"

摊主叫住的是一个四十多岁的中年女人,有些发福,看着很是面善。

"漂亮大姐,来点吧,带回去给家里的老人孩子吃,开胃补肾、强身健体,孩子不挑食,老人腿脚好,来点呗。"

"行啊，来点呗。"那大姐倒也爽快，称了几斤离开了。

"哎，那位大哥。"

还没等沈守财回过神来，摊主又叫住了一个推着自行车、长相斯文的男人。

"来买点糖炒栗子呗，你老婆肯定喜欢。"

"好吧，那就来点吧。"这男人也依旧爽快。

沈守财只觉得像变戏法一样稀奇，忍不住向摊主询问。

"大哥，你怎么随便街上叫个人就都买你的东西啊，难不成你会算命知道他们一定会买？"

摊主哈哈大笑起来，上下打量着眼前这个瘦弱的男孩，这孩子一脸纯真。

"小兄弟，我这可比算命准多了，做生意，第一得长一张利嘴，你得会说，打比方，你看到年纪大一点的女人，不管她多大都得叫'姐姐'，人嘛都爱听好话，夸句'漂亮'，她就愿意过来瞧瞧。这叫主动出击，懂吗？"

沈守财点了点头，似乎心中还有疑问："可你怎么知道那大姐家里有老人孩子，那男人就一定有老婆呢？"

"第二嘛，做生意，就得察言观色。我可不是胡乱叫人的，刚才那个四十多岁的女的，菜篮子里放了鸡蛋、骨头，那些东西都是补钙的，这家里谁最需要补钙，无非就是老人和孩子，看她那年纪也一定是上有老下有小。至于那个男的，要是家里没个女人照顾，那衣服领口袖口能这么干净吗？"

回去的路上，沈守财便一直琢磨着摊主的话，他忽然想起从前在集市上帮母亲卖菜的时候，也不知是不是来到上海有些畏缩的缘故，竟将那时的胆量和聪明劲儿都给忘了。于是第二天，他便寻思着一个人扛着绣花枕套去试试，可生病的赵家宝说什么也要同他一起出工，沈守财只好让其在摊位上看着绣花枕套，自己则是拿了几只枕套钻进了人流中，沈守财要做的就是主动出击，把顾客给吸引过来。

"漂亮大姐，我们的摊位在那边，那里有更多的新款……"

果然，因为绣工精美、绣图新颖一下子来了生意。可赵家宝原本就是不善交际的性子，这会儿眼见着那么多人围着自己，身体又生着病，便一下子六神无主起来。

"别抢啊，别抢……"

"这个多少钱？"

"老板，这个我要两个。"

"别怕，我会把该介绍的都介绍好，你只要告诉他们价格，听清楚他们要几件给他们装好拿了钱就好，家宝，你一定行的。"

沈守财临走的时候对着赵家宝交代了几句，虽说心里隐隐地有些胆怯，但赵家宝想着只要交了货拿好钱便也算完事了，便深吸几口气开始忙活起来。沈守财的点子初见成效，一天的工夫就卖掉了一大半。

到了晚上，两个人便寻了一处僻静的地方算账。

这一天算是收获颇丰，可对着对着沈守财便皱起了眉头。

"嗯……好像有些不大对，家宝，你确定你记的是对的？龙凤呈祥的枕套一共有八件，卖出六件，应该还有两件，现在没卖出去的却只有一件了，账也不太对……"

"不可能啊，卖一件我就记一笔，不可能错啊，"赵家宝把本子拿过去认真核对，眉头越来越紧，不禁焦虑起来，"难不成是被人偷拿了？都怪我，是我没好好看着。"

赵家宝的声音越来越轻，黑暗中他低着头，强忍着咳嗽了。

"你生着病还帮我看摊子，我谢你还来不及怎么会怪你呢？明天……"

"明天我还是会去。"

"可是你的病……"

"我没事的，不能把所有担子都压在你身上。"

见赵家宝目光坚定，沈守财也不再多说什么。

然而，做任何一件事不是有信心就可以的。连着几日，赵家宝依然出错，不是多找钱就是少算了钱，到了第四天，他的内心防线终于被现实打破，怎么也不肯跟着沈守财出工。在那个小小的孝信村，赵家宝只要一个人过活便好，来到了这偌大的上海，他必须褪去十多年跟着自己的保护色，眼见着自己的疏忽浪费了所有人的努力，赵家宝就觉得自己完全无法承受。

"啪——"

赵家宝挥起手对着自己就是狠狠的一记。

"你这是干什么？！"

"守财，我真的没用……我只会给你添麻烦……"

"又不是什么大事，谁还不犯错呢，以后我也多盯着点不就行了。"

"你别劝我了，我就是没什么出息，人人都说我是灾星……"

"家宝，人活着就得为自己争一口气，谁都不可能一步就登天，你不是已经做得越来越好了吗？为什么非要就这么放弃？！"

"你别管我了行不行？我就是这么窝囊的人！"

赵家宝擦着脸上的鼻涕和眼泪，它们已经混合在了一起。

"我要回村里去，今天就回去。"

沈守财愣愣地望着赵家宝，眼中的怒火却渐渐熄灭，过了半晌，默默说了句"路上小心"，便扛着一麻袋的绣花枕套离开了。

那背影，满是落寞。

赵家宝坐在人来人往的汽车站，忽然一个孩子在他面前摔了一跤，他想要上前去扶，却只听到孩子母亲在旁边喊道"自己爬起来"，那小家伙看着也就两三岁的样子，原本摔了眼眶中还盈了泪水，这会儿听了母亲的话便一把将眼泪擦干爬了起来，跌跌撞撞地跑向母亲。赵家宝瞧着忽然想起了儿时张三胖子欺负他的时候，沈守财总是为了他挺身而出，他决定跟着沈守财一块儿干事业去找绣娘的时候，也是沈守财将受伤的他从山上背到了山下。只要他赵家宝有一星半点的困难，沈守财总是毫无条件地在他身边。然而，当沈守财需要他的时候，他却因为自己的懦弱和胆怯再一次做了逃兵，一如两年前。一个孩童摔了一跤尚且能自己爬起来，他赵家宝一个成年人怎么就被现实给打趴下了呢？所以，他又重新站到了沈守财面前。

因为这次小小的变故，两人的友情似乎更加加深，赵家宝在沈守财的影响下也渐渐开始放开胆子同顾客说话，闲着的时候，赵家宝也会同沈守财探讨招徕顾客的门道，虽然说的话依旧不是那么多，但总算是有些进步了。

经过这些天，沈守财他们的生意越来越好，在南京路上渐渐也有了点小名气，因为做工精美，两个小伙子又"姐姐长姐姐短"地嘴巴甜甜地叫着，哄得那帮四五十岁的大妈还主动给他们介绍生意，进账也明显多了起来。可还没等沈守财他们把这个地方坐热，他们的摊位旁边也出现了同样卖绣花枕套的人。

这偏僻的位置在沈守财他们的带动下已经有了点人气，自然也给了旁边摊子生意。眼见着分了人流量，赵家宝打心眼里着急，沈守财倒是不太在意。

"没事，我偷偷看过了，他们的枕套没我们的好看。"

沈守财只当是一朝一夕的热度，可过了几天，隔壁摊位的人流量竟越来越大，心里隐隐焦急起来。因为隔壁摊位的价格比沈守财他们便宜好多，原本还给沈守财介绍生意的大妈们竟然也开始买起了隔壁摊的枕套。

"既然他们便宜，那我们就比他们卖得更便宜！"

沈守财憋着一股子劲儿，却不承想这是一个无底洞的恶性循环。他们一把价格降下来，隔壁摊位立马也降了价，沈守财便只好再降，而隔壁摊位又抛出更低的价格，几轮下来，沈守财和赵家宝一合计根本就没什么赚头。原本还冲昏了头脑的沈守财终于被现实泼了一盆冷水，要想吸引客流量就必须降价，可再降价就根本没有了利润。

那一夜，沈守财又失眠了。

到了第二天，隔壁摊位已经准备好了新的价格牌，却发现沈守财竟把价格恢复了，他们背地里嘲笑着沈守财已经放弃挣扎。

"守财，我们卖得比他们贵，你就不怕没人来买我们的枕套了吗？"

沈守财却一脸胸有成竹："家宝，你等着瞧，你看他们能撑到什么时候。"

果然，没过几天，隔壁摊位因为做了亏本买卖便再也没有出现了，原本分走的客流量又重新回到了沈守财的摊位上。

那些天，白天他们就在南京路上卖绣花枕套，后来受了几个热心的上海阿姨启发便走街串巷地贩卖，就这样过了小半个月，他们手上的绣花枕套终于全部卖光了。那是第一次，沈守财手上有3000多块钱，想想沈家一家六口人一年也只有200多块钱的收入,这手里的3000多块钱简直就是一笔巨款。沈守财得意扬扬地想着,兴许孝信村还没有一个人见过这么多的钱哩,他要赶紧回去,让沈家人,尤其是沈根山瞧瞧,自己终于混出了个人样。

从上海回到吉里镇上,沈守财破天荒地打了一辆电动三轮车。因为离开上海的时候,沈守财又去买了几百斤的边角料打算回孝信村以后再扩大产量,所以原本可以坐下四五人的车子硬生生就被他们和几袋子边角料给填满了。车主见状自然要求沈守财他们出包车钱,若是以前,沈守财一定要好好讨价还价一番,可这次他什么也没说便掏出了钱给了车主。一路上,他望着车窗外的风景,不知怎的,竟觉得一切都如此美丽。

人靠双脚要走上一天的路程,三轮车很快便也到了。

远远地,沈守财就看到了那两棵父子树。

他们走的时候,父子树还是光秃秃的,这会儿已冒出了新芽。

"哟,守财回来啦。"

两人刚进村迎面就碰上了村里的"喇叭"王大妈。

"是啊。"

和王大妈客套了两句便各自离开了。

"守财,你信不信,今天咱们回村的事情大家马上就都知道了。"

沈守财无奈地笑笑:"随他们怎么说吧。"

王大妈瞧着两人离开孝信村的时候就背着几麻袋的东西,这次回来依旧是几麻袋搬回来,只以为是验证了自己的猜测,于是便又开始左邻右舍地将自己的臆断散播开来。

"瞧啊，几袋子搬出去，又几袋子原封不动地给搬回来，肯定是什么钱都没赚到。"

回到赵家，沈守财就赶紧关起了门。

"守财，干什么呀，弄得这么神秘兮兮的。"

沈艳芬望了望沈艳芳，两人都被弟弟的举动弄得有些摸不着头脑。

沈艳芬的视线一直落在弟弟们背回来的两麻袋上，忍不住还是开口问道："弟啊，你和家宝你们俩一件都没卖出去吗？"

沈守财听了，又看了看站在一旁忍着笑的赵家宝，也不说话，只是默默地从上衣口袋里拿出一个布袋子，里面装好了几个信封，他将信封分别给了沈艳芬和沈艳芳。姐妹俩将信将疑地打开信封，里面各放着一张存折，数了数里面的存款居然有700块钱，这回姐妹俩更觉得不可思议了。

"你哪来这么多钱？"沈艳芬看了看角落堆放着的麻袋，又看了看沈守财，一脸疑惑，想了想说道，"你小子，该不会做了什么伤天害理的事情了吧？"

"姐，瞧你说的，我是这样的人吗？"

"君子爱财取之有道，昧着良心赚来的钱，姐不要。"说完便把存折扔给了弟弟。

沈艳芳见大姐如此，也将存折放在了桌上。

这回，沈守财和赵家宝笑得更加大声了。

"姐，我和家宝把所有的枕套都给卖光了，这些钱就是赚来的！"

沈守财将两个存折分别放在了两个姐姐手上。

"那这东西呢？"

沈艳芬指了指放在角落里的几麻袋，沈守财走过去将它们全部打开，满满的全是边角料。

"这是……"

沈守财捧起了一把边角料："大姐、二姐，这次我和家宝去上海一共赚了3000多块钱，刨去买边角料、吃饭和杂七杂八的费用，我把余下的钱平均分成了四份，我和家宝的都已经拿了，这些钱是你们该拿的。"

姐妹俩这才安下心来收了存折。

接下来，四个人陷入了良久的沉默。

过了好一段时间，沈艳芬才开了口。

"这么多钱，我长到这么大还是第一次见。"

"姐，你掐掐我，我怎么觉得像是在做梦，不，做梦都没梦到过那么多钱。"

700块钱，沈家三四年的收入，如今个把月就赚到了，几个人自然是有些惊喜交加又难以置信。

"姐，你拿了这些钱想干吗？"

"给力儿做几身新衣服吧，二妹呢？"

沈艳芳手支着脑袋想了好一会儿，最后还是摇了摇头："还是存着吧，反正我也没什么花钱的地方。"

"家宝呢？"

"我啊，我去买几本书吧。"

"弟，那你呢？"沈艳芬问道。

沈守财一副若有所思的样子。

沈家门口，沈守财已经徘徊了好久，这时，王英花正要出门。

"守财，"见是儿子，王英花一脸欣喜，赶紧拉着他要往屋里去，"你回来了，来，去屋里喝杯水，妈正好挖了些红薯，这会儿在锅里正热乎呢。"

沈守财还犹豫着是否要进屋，毕竟离开时同沈根山闹得如此僵。

见儿子站着不动，王英花自然明白沈守财的顾虑。

"怎么了，还和你爸怄气呢?"

"没有。"

"其实你爸上次生病……"

"谁啊?"

一个声音从院子里传来打断了王英花的话，一听便知道是沈根山。

"我还有事，这给你，"沈守财从衣服口袋里拿出一个信封给王英花，塞到她口袋里，又把放在地上的一个用牛皮纸包裹的长方体交到母亲手上，看样子似乎还挺沉，"这个给爸。"

"这什么?"

"妈，我还有事就先回去了。"说完便匆匆离开了。

王英花一脸疑惑地望着儿子远去的背影，拿着东西进了门，此时，沈根山正坐在院子里捣鼓着手里的收音机，那是他几年前从镇上淘回来的二手货，买来时便已经是残缺破损的物件，几年下来传出的声音都已经失真，他焦躁地用手大力拍着收音机，嘴里埋怨着："什么破烂玩意儿，现在连声音都放不出来了。"见王英花进来，又问："刚才外头是谁啊?"

"哦，是守财。"

沈根山一愣，立马又假装不在意地拍打着收音机："那小子还来干什么?"

"儿子拿了点东西，"王英花走到沈根山面前，将手里的大物件给他，"儿子说这是给你的。"

"这是什么？"

"看看不就知道了。"

沈根山放下收音机，两只手在身上擦了擦，从王英花手里接过东西，打开牛皮纸，里面是一台春雷牌收音机。

那时候，春雷牌收音机绝对是一件奢侈品，像孝信村这样的小村子是绝对不会有人家能拥有这么一个贵重的物件的。沈根山去打听过，一台全新的春雷牌收音机需要花掉80块钱，那可是沈家半年的开支。

"败家玩意儿，不会挣几个钱，倒是能花钱！你明天就让他来，把这个拿走！"

王英花从口袋里拿出沈守财给的信封袋，里面是一本存折，她大字不识，沈家也从没有结余让她去存款。

"根山，这是什么？"

沈根山有些不耐烦地看了一眼："这不是信用社的存折吗？你从哪儿弄来的？"

"守财刚才给的。"

沈根山打开存折，过了一会儿，只见他一脸错愕地抬起头来。

"怎么了？"

"500块钱，500块钱……"

这之后的两个月，沈守财迎来了自己事业上的第一个顺境，他的绣花枕套事业做得红红火火，产量也开始慢慢增加，请的绣娘也越来越多了起来。虽说还是个没有什么资质的小作坊，可沈守财、沈艳芬、沈艳芳和赵家宝四人入股，也算是一块儿干事业了。

村里的乡亲们一看这副架势，便都知道沈守财这回真是正儿八经干了一番小事业，于是都对这个"第一个吃螃蟹的人"毕恭毕敬起来。

"哎哟，沈老板，出来散步啊。"

"沈老板，饭吃过了没？"

"沈老板，最近地里没什么活，你那里要是需要人手，随时叫我。"

说到底，那一年沈守财也就十八九岁的年纪，好话听多了自然有些飘飘然，加上每次去上海都赚得盆满钵满自然是扬扬得意。

转眼，村口的两棵父子树又是绿意盎然，枝叶繁茂遮天蔽日。

轰隆隆，一声夏雷，孝信村终于入了梅。

"滴答滴答——"

赵家宝抬头看了看漏雨的屋顶，拿来了一个铁盆放在下面接雨，自顾自地说道："等天晴了得找个师傅来翻修一下。"

"别把我们绣好的枕套弄湿就行。"

沈艳芳放下了枕套，揉了揉眼睛，走到门口伸了个懒腰，望着窗外的雨皱起了眉头。

"这雨下了几天了？"

赵家宝搭话道："好像有四五天了。"

"再下上两天雨，村口的池塘都要溢出来了。"

沈艳芬边说边干着手中的活。

"是啊，今年的雨水可真多。"

"对啊，我听说隔壁五家村雨下得都塌方了，有两个人不见了。"

"那肯定就是死了。"

"是啊。"

干活的阿姨们边绣着枕套边七嘴八舌地议论起来。

"守财什么时候回来?"

"说是两天后。"

沈守财在枕套上尝到了甜头,又听说市里有个地方边角料卖得特别便宜便去了。原本赵家宝也是要一起去的,后来沈守财听说若是量大他们会把货送到孝信村,于是便将赵家宝留在了家中。

赵家宝望着门口沈艳芳的背影,默默走进灶房,将刚采的梅子敲碎了放进碗里,又小心翼翼地加了些金贵的糖,倒上凉白开,犹豫着还是走到了沈艳芳面前。

"艳芳,给。"

"你怎么知道我喜欢吃青梅?"

"前两天去山上采的。"

"家宝。"沈艳芬说道。

"哎,姐。"

沈艳芬笑着看向赵家宝:"我说你偏心了啊,就只给二妹弄碗梅子汤,就没我们的份呀。"

赵家宝腾的一下子,脸就开始灼烧起来,一直红到了耳根子。

"我这就去弄。"

"不用了,姐就是跟你开个玩笑。"

赵家宝抬头看了一眼沈艳芳,发现她正笑脸盈盈地望着自己,立马低下了头,走到一边继续算起了账。

屋子里的人继续编织着梦想,干得热火朝天,可雨继续哗啦啦地倾盆而下,也不知是否会在某一天将这生生不"熄"的火焰浇灭。

那一天,沈守财恰巧拉着货回孝信村。

沈守财刚进了村口，想着货终于安全到达，悬着的心也终于放松下来，可忽然就听到不远处有人疾呼。

"快跑啊！塌方了！"

几个人还没弄清怎么回事，那泥石流便已经来到了眼前，他们赶紧丢弃了边角料，快速跑到了父子树下，那边原本就是小憩纳凉的地方，所以地势自然是比别处高出很多，几个人倒也算是暂时安全，可惜那满满一车边角料便这样被泥石流吞没，打了水漂。

此时沈守财愈加着急起来，他担忧地望向自家的方向，虽说沈家地势比较高，可也不知到底是哪边的山体塌方，与其在这里干着急，还不如回去看看。和沈守财一同拉货到孝信村的几个人自然是极力阻止，要想过去就必须先蹚过泥石流到对面稍微高耸的山坡上，但沈守财做了的决定除非自己放弃否则是没人能够阻止他的。只见他在旁边寻了一根稍显粗壮的木头棍子当作拐杖，便寻了一处最短的距离，迈开步子慢慢蹚进了泥石流中。沈守财一进入泥流中只觉得有千万双手抓着自己的脚，似乎要将他整个人都扯进去。而此时，雨却越下越大。

"当心啊。"

沈守财忽然有些踉跄，庆幸的是那拐杖插得深，他死死地抓紧才化险为夷，而岸上的人个个都替他揪心。他勉强走到了对面，又只能沿着倾斜的小坡往前慢慢行走，那坡上原本就生着些杂七杂八的植物，稍不留神便将他裸露在外的皮肤给划破了一道道的口子，鲜血一下子便冒了出来，被雨水冲刷落入了泥土中。然而，此时的沈守财眼里只有回家的路，他艰难地在坡上往前走着，几次险些被泥石流卷走，终于还是看到了不远处的沈家，庆幸的是沈家这边的山体并没有塌方，沈根山、王英花和陆小丽都安然无事。

"妈,你们先在家里待着,千万别出去。"

"那你呢?"

"我得去看看大姐和家宝他们。"

"不行,"陆小丽一听便抓住了沈守财的手臂,"守财,你可是我们沈家唯一的香火,你这要是万一出点什么事,你让你爸妈,还有奶怎么活啊。"

"是啊,不能去。"王英花赶紧说道。

沈根山冷冷地望着自己的儿子,也开了口:"别去了。"

沈守财望向父亲,眼神异常坚定:"我们是一家人。"

说完,他便转身消失在了雨中,而身后隐约传来王英花的呼唤。

"回来啊,你疯了吗,儿子!"

沈守财也不知道在大雨中前行了多久,也不知道在泥地中摔了几个跟头,等他来到赵家的时候,赵家已经淹没在了泥石流中。他愣愣地站在雨中望着,忽然放声大哭起来。

"大姐!二姐!家宝!你们在哪儿啊!你们在哪儿啊……"

沈守财只觉得全身瘫软,不由自主地跪倒在地。

渐渐地,雨停了下来。

"守财!守财!"

耳边传来呼喊的声音,沈守财只觉得自己幻听,直到他抬头看到对面的屋顶上站着几个人向他挥舞着红色的布,没错,那鲜艳的红色,正是绣花枕套,而朝他拼命挥舞着枕套的几个人正是背着沈建力的沈艳芬、沈艳芳和赵家宝,还有王大妈。

"大姐!二姐!家宝!你们还好吗?"沈守财激动地叫唤着。

"我们还好,你呢?"

"我没事，爸妈和奶奶都没事。"

忽然，一边的王大妈大哭起来。

"我们家建良啊……我们家建良怎么办啊……要是孩子爸妈回来知道我把孩子弄丢了该怎么办啊……"

王大妈嘴里那个叫"建良"的孩子，沈守财也算认识，那会儿沈守财刚回来在沈家的猪圈里开起作坊，林建良便带着一堆孩子来捣乱，还将沈守财给狠狠数落了一顿。

"你最后一次看到建良是在哪里？"沈守财喊着。

"在家里睡觉，"王大妈说着更加伤心地大哭起来，"你说这塌方了他在睡觉也不知道，没了，孩子肯定是没了……"

"王大妈，你别哭！我去找找看！"

王大妈的家在孝信村的北面，那里地势相对来说较低，有非常大的概率被淹没，恐怕孩子的生还希望十分渺茫，但即便如此，沈守财也想冒险试试，毕竟，这是一条生命。他绕了好些路才到，果然同预料的一样，王大妈的家被淹没在了一片泥石流中。想着姐姐们和赵家宝都幸免于难，沈守财抱着试试看的心态对着王大妈家里喊了喊。

"建良！林建良！"

耳边，除了偶尔的一声鸟鸣和风吹的声音，再无其他。

"建良！林建良！"

"呜呜呜……"

就在沈守财想离开的时候，他隐隐约约似乎听到了什么声响，有点像小老鼠窸窸窣窣的声音。

"建良？是林建良吗？"

"哇——"

号啕大哭从房子里传来,沈守财的眼睛瞬间亮了起来。

他不管不顾地跳入泥石流中,费尽千辛万苦掰开了窗子的框架,只见孩子正趴在横着的房梁上瑟瑟发抖,沈守财喊了几声,却不见林建良应答。毕竟也就是个八九岁的孩子,一个人遇上了泥石流已经吓得魂飞魄散,这会儿眼神涣散,完全六神无主,旁人说什么都听不进去了。

"建良,肚子饿吗?你下来,你奶奶说要给你做你最喜欢吃的肉包子,你要是不下来,我们可都吃光了啊。"

"奶奶……"

林建良的眼睛慢慢恢复了神采,在沈守财的鼓励下慢慢挪了下来。

沈守财刚想上前,没想到此时房子的横梁却忽然掉落……

另一边的屋顶上,沈艳芬、沈艳芳、赵家宝和王大妈都焦急地望着林家的方向。

"这个疯子,真的是疯了……"

沈艳芬一遍又一遍喃喃自语,眼睛却一刻也不离开林家的方向。

忽然,一声巨响,一片房顶慢慢坍塌下来。

"那是王大妈家的方向……"

"那守财他会不会……"

几个人都不再说话,只是静静地望着房子与泥石流混为一体却无能为力,直到王大妈哭喊着一句"建良啊",沈艳芬他们回过神来才发现自己也湿了眼眶。

"守财……守财他……"

"姐……"

沈艳芬背上的沈建力也开始号啕大哭起来。

"姐……姐……"

一个虚弱的声音在不停地叫唤,大家这才发现背着林建良的沈守财死死地抱着一棵树桩,正随着泥石流朝他们的方向而来。沈艳芬急中生智,赶紧解下绑住孩子的腰带,将腰带甩了出去,沈守财拼劲最后一丝力气牢牢抓了上去,这才被他们拉上了屋顶。

赵家宝慢慢拉开沈守财背上的衣服,擦去他身上的泥渍,背上一片青紫,仿佛是被什么重物狠狠撞击过。

"哦,估计是那横梁掉下来砸的,现在才觉得有些痛。"

说这话的时候,沈守财依旧漫不经心,似乎刚才经历过的生死考验根本不值得一提。

"哥哥,谢谢你。"

林建良真诚地望着沈守财。

"谢什么,都一个村上的,都是一家人。"

在这场灾难中,大家总算是都保住了性命,可刚买的边角料和做好的成品全部报废,沈守财再一次变得一无所有。

"守财……"

沈艳芬有些担心地望着自己的弟弟,沈守财只是笑了笑便出了门,他找了处开阔的地方坐下,就那样望着眼前的夜色发着呆,他想着自己在上海的两年受尽冷眼,想着同赵家宝沿街叫卖,想着大家拿到分红的喜悦……

"弟。"

身后传来沈艳芬的声音。

"啊,姐。"

沈守财赶紧擦拭掉眼角的泪水。

"我知道你心里不好受，姐也没什么能帮你的，这里六百块钱，你先拿着。"

沈艳芬将钱塞在了沈守财的手里，这次损失惨重，沈艳芬他们自然也是难逃厄运，如今这六百块钱一定是东拼西凑的。

沈艳芬了解弟弟，她知道他一定会拒绝。

"怕什么，不过就是从头再来一次，"沈艳芬笑着说道，"要是这次再不成功，大不了我们就留在村里种地，反正又不是没过过苦日子。"

"姐……"

是啊，只不过是从头再来。

第七章
他乡遇贵人

炎炎烈日下，一辆大巴缓缓驶入上海。

南方出了梅便迎来了真正的夏日高温，在车里的时候已经觉得那是个大烤箱，沈守财和赵家宝两人身上也不知出了几身的汗，下了车才发现比起车里外面更加热得蝉喘雷干，更何况他们还必须背着几百斤的绣花枕套徒步前行。

招待所铁定是住不起了，他们便又来到了当初去过的桥洞下，睡在一帮流浪汉之间。比起冬天的严寒，夏天更加难熬，臭味倒是其次，酷热的高温已经很是难熬，蚊子不识趣地骚扰让沈守财他们根本就没法安安稳稳地睡上一会儿。于是，折腾了一夜，天还没亮，两人就扛着几百斤的麻袋到了南京路。

他们大概怎么也没有想到，一个月前还如此畅销的手工绣花枕套却在一个上午的时间里没有卖出一件。改革开放的大门一打开，加速了工业化进程，尤其是在变化迅速的上海。机械制造的绣花枕套开始走进百姓的生活，相比手工缝制，机械制造的枕套花色更多更复杂也更好看，人人都一窝蜂地去"尝鲜",自然是没有人来光顾沈守财他们这个小摊了。

沈守财并不甘心,他们又背着几百斤的绣花枕套继续走街串巷,想要在夹缝中找到一线生机,可过去了三天绣花枕套也不过卖了十来件,沈守财粗粗地计算了每天在上海需要消耗的成本,不仅没赚还倒贴了十来块钱,不禁觉得有些心慌起来。

华灯初上,黄浦江沿岸灯火璀璨,就连江水中倒映着的美景也是如此夺目非凡,可是,无论是眼前美景还是镜花水月,始终没有一盏是为自己点亮。想着孝信村的沈艳芬、沈艳芳——两个全力支持自己的姐姐,又想着母亲王英花、奶奶陆小丽,还有那个一直觉得自己混不出人样的父亲沈根山,沈守财望着滔滔不绝的黄浦江水不发一言。

"哎,你听说了没有?"

旁边一个邋遢胡子的男人正同另外一个男人说话。

"怎么了?"

"老杨发财了。"

"这么快?"

"是啊,他就是把上海的东西给卖到陕西、山西、河北和河南去,销路不要太好哦。"

"那肯定啊,上海的东西卖出去不都是疯抢的吗,那个老孙,也是在甘肃发了财。"

"对,那些地方赚钱可比上海容易多了……"

后面他们说什么,沈守财已经听得不是很清楚了,可他脑子里便一直回想着那句话"那些地方赚钱可比上海容易多了"。

"家宝。"

"嗯？"

沈守财突然说话把一直跟在身边的赵家宝给吓得眼镜都掉了下来，他赶紧捡起戴上。沈守财的目光中仿佛闪烁着星芒，赵家宝明白那种眼神，他有办法的时候总是露出如此的目光。

"怎么了？"

"家宝，我们离开上海吧。"

"咔嗒咔嗒咔嗒——"

绿皮火车如一条绿色的长蛇在大地上卖力地奔跑。

"哎，让一让啊，借过借过。"

车厢里人头攒动，座位上、座位下、过道里都挤满了人。

为了节省成本，沈守财和赵家宝买了站票，在火车站选了最快出发的一班火车，随命运把他们带向远方。

刚上车那会儿，两个人只能挤在过道里，到了后半夜，眼尖的赵家宝终于看到车厢连接处正好有空着的地方，还好他们行动得快，不然就被别人占去了。

赵家宝醒来的时候，阳光已经洒到了他的身上，透过车窗他看了看外面，眼前的景色已是广袤无边的平原。

"刚进河南。"

赵家宝望向沈守财，他一直望着窗外。

"我去洗把脸。"

赵家宝起身离开，等他再回到座位的时候却发现沈守财一脸焦急，全身上下在寻找着什么。

"怎么了？"

"钱丢了。"

"不会吧,你再找找。"

"我找了几遍了,肯定是夜里睡着的时候被人给偷了。"

两人站在那里,沉默。

"啪啪——"

两记清脆的耳光。

"守财!"

"都怪我,要不是我睡死了,钱也不会丢……"

沈守财懊恼地坐在麻袋上,将头沉沉地埋在自己的臂弯里,赵家宝看不到他的表情,可赵家宝明白沈守财的难过和自责,然而眼前的现状,根本就没有任何话语能够安慰到他。

这之后的路上,沈守财再也没有说过一句话,一个白天一个黑夜,他们终于到了最后的目的地——河北。

沈守财和赵家宝从来没有来过北方,人生地不熟,他们也不知道该去哪里卖掉这些绣花枕套。当初脑袋一热便上了火车,如今看来确实有些心血来潮。可现在身无分文,也只得硬着头皮先将这些绣花枕套卖掉才能有钱回家。

两人背着绣花枕套走了许久,正巧遇见一个国营工厂下班,沈守财赶紧上前推销,女工们从未见过如此精美的绣花枕套,一听沈守财介绍又是江南来的货都争相购入,算是给沈守财和赵家宝来了个开门红。

此时,工厂的厂区门口,一个看着约莫四十岁的男人,穿着白色汗衫,腰间别着一串钥匙,拿着包走了出来,身边的工人们看到了都热情地同他打着招呼。

"金工,我们走了啊。"

"好好好，路上慢点。"

"金工今天不加班啊。"

"是啊，家里有点事情。"

"金工可真是工作狂啊，天天加班。"

"你不知道？"

"知道什么……"

金建国骑上自行车就往厂门外走，刚出厂门就听到一阵吵闹，循声望去，只见门卫正在驱赶沈守财和赵家宝。

"你们不能在这里摆摊！"

"为什么？我们又没影响你们。"

"不行就是不行，赶紧走！"

金建国看了一眼便骑上自行车离开了。

没有办法，沈守财和赵家宝只能挪了几百米。一天一夜没怎么吃东西，赵家宝本来就身子孱弱，这会儿似乎饿得有些虚脱，沈守财咬了咬牙，拿着口袋里还没有焐热的钱去买了两个馒头。

"家宝，你赶紧吃。"

"那你呢？"

"我吃过了。"

"守财。"

"啊？"

赵家宝什么也没说，将其中一个馒头塞进了沈守财的嘴里。

"吃吧。"

赵家宝坐到一边大口大口吃起了馒头，他当然明白这个自小就在一起的朋友，沈守财总是有着那么一股子倔劲儿，总是那么尽力地罩着身边每一个人。

沈守财也不再说什么,大口地啃着馒头,兄弟二人相视而笑,这馒头似乎就和抹了蜜一般甜。

天还蒙蒙亮,金建国就起了床,这是他这十年来养成的习惯,虽说已经是车间主任,可他总是第一个上工的人。这两天的上班路上,他总能看到两个摆摊的年轻人。其实,这个厂附近外来人口众多,流氓小偷也不少,没什么胆量的根本不敢来这一片摆摊,要是能壮着胆子在这里待上几日最后也会离开。但这两个年轻人似乎有些不同,天还没亮就出来摆摊,快半夜金建国下班回去的时候,他们也依旧在那里。有时候,沈守财和金建国四目对视了,也会点头微笑,仿若相识一般。

"今天生意怎么样?"

"还行。"

因为摆摊的少,对买东西的人来说也没什么可货比三家的余地,至少这一点对沈守财他们来说还是幸运的。

"这片流氓小偷多,你们得注意着点。"

"嗯,谢谢啊。"

这天夜里,金建国如往常一样加班到深夜,经过沈守财他们身边时,他笑着打了招呼。

"还不收摊啊?"

"嗯,快了。"

沈守财望了望四周,寒冷的天气入了夜便更显冷清,很长时间也只有一两个行色匆匆的人。

"家宝,我们今天也收摊吧。"

两人正开始收拾东西，沈守财便听到厉声尖叫。

"快来啊！抢东西了！"

沈守财想也没想就追了上去。

金建国手足无措地站在那里，自行车也倒在地上，见沈守财追了上来，声音颤抖："有小偷，有小偷抢我东西！"

沈守财二话不说便往前追去，儿时被沈根山追着打倒是将他的耐力训练得十分出色，追了有十来分钟，小偷终于气喘吁吁地败下阵来，沈守财把他交给了警察，将公文包还给了金建国。金建国原本是想给些钱谢谢这个见义勇为的小伙子，可是沈守财说什么也不肯收下，于是金建国看到了他们正在贩卖的绣花枕套。

"那我买一对枕套吧。"

第二天，金建国一早便来到了沈守财他们的摊位前。

"小伙子，你们这绣花枕套做工真好，睡着也舒服，今天我到厂里帮你们推销推销，怎么样？"

沈守财喜形于色："那真的是太好了！"

因为金建国在厂区里的卖力推销，工厂里的好多女工都赶到沈守财他们的摊位来买绣花枕套，只不过是一个中午的休息时间，沈守财他们带来的绣花枕套就卖出了一半。

为了感谢金建国，沈守财执意要请他吃一顿饭，见无法推辞两个年轻人的好意，金建国便带他们来了一家常去的小饭店。

"这里老板烧菜好吃，也便宜。"

沈守财忙给金建国端茶倒水。

"金工，这次要不是您帮我们介绍生意，我们兄弟俩可能还要喝西北风呢。"

"说的什么话，要不是你帮我追上小偷把公文包抢回来，我可能饭碗都得丢了。"

两个人边说边笑了起来。

"守财，我说你们看着也不大啊。"

"我和家宝都是十九岁。"

"我生日大几个月，不过都是守财照顾我。"

"怎么想到从浙江跑到河北来了呢？"

金建国这话一问，沈守财的脸色就黯淡了下来，金建国这才知道了他们的故事。

"真没想到，你们经历了这么多……你们和我儿子也差不多大……"说着，金建国举杯饮了一口。

"金工您有个儿子。"

"嗯，要是活着的话……"

沈守财一愣，原来金建国的儿子在十年前去水库游泳溺毙，因为儿子的死，妻子同他离了婚，一直压抑情绪的他便把所有精力都转移到了工作上。

"所以我一看到你们就觉得有点感触，好像早就认识了一样。对了，我把你们的绣花枕套给了我一个做生意的朋友，他说他想把你们剩下的绣花枕套都收了，怎么样？你们给个价吧。"

"真的？那太好了，金工您介绍的朋友，我们一定按成本价给。"

"别，朋友是朋友，做生意还是按照做生意的来，不能让你们吃亏。"

听到这样的消息，沈守财和赵家宝简直高兴坏了，两人举起酒杯要敬金建国。

"金工，不知道该说些什么，您就是我们的贵人！您的大恩大德，我沈守财这辈子一定会报答的！"

"是啊，是啊。"

"傻孩子，我只是顺手帮个忙，也是你们的绣花枕套质量确实不错，你们放心，年轻人这么能吃苦一定能够成功的！来，"金建国举起酒杯，"叔叔敬你们一杯，祝你们前程似锦，早日发财！"

三个酒杯碰撞在一起。

因为提早卖完了货，沈守财他们决定提早回家，临别前，金建国还赶到火车站给他们送行。

坐在火车上，沈守财一路望着窗外，一语不发，全然没有赚钱的喜悦。

窗外的天空，白云渐渐被渲染成了灰色，一束白光穿过云层直射大地。

"轰隆隆——"

雨，下了。

第八章
村口的父子树

回到孝信村，赵家宝和沈守财商量着说要去市里拉一批边角料回来，可沈守财却一直一言不发。其实，从河北回来的火车上他就如此，一副心事重重的样子。

第二天，沈守财把赵家宝、沈艳芬和沈艳芳都找来开了一个会议。

"我决定，咱们不再做绣花枕套了。"

沈守财这突如其来的决定确实让几个人有些丈二和尚摸不着头脑。

"不做绣花枕套？"

"嗯。"

"弟，"沈艳芳试探着问道，"你是打算放弃了吗？不过放弃也好，安安分分在村里也没什么不好。"

沈艳芳原本就是最安分守己的那个，现在既然连沈守财都有了放弃的想法，倒也是说到她心坎上了。

大姐沈艳芬却不这么觉得，这个从小就执拗的弟弟从来都不是那种轻易认输的个性，即便现在屡屡遇到困难，但她总觉得沈守财定是有了其他的想法。

果然，沈艳芬还是了解沈守财的。

"我打算……做点别的，"沈守财挠了挠头，"不过，做什么我还真没想好。"

沈守财这没边没际的话确实让大家有些诧异，但这些话并不是他随口说说的。

离开河北之前，金建国前来送行，他拉着沈守财说了些发自肺腑的话。

"守财啊，你和我儿子差不多年纪，叔叔是真把你当儿子看待，所以有些话我想了想还是觉得应该对你说。"

"叔，你说。"

"叔虽然不是做生意的，可到底没吃过猪肉也见过猪跑，你既然出来做生意一定要多条腿走路，分担风险，你明白吗？"

"叔，你的意思是……"

"你看啊，现在国家改革开放，对一些传统行业的冲击是很明显的，我听你说你就是因为在上海碰了壁才会误打误撞来了河北，可总有一天工业化的进程会影响到全国，如果到那时候再转变思路就晚了，你明白叔叔说的话吗？"

这些话就那样在沈守财的脑子里转悠了几天，金建国的话显然是一针见血，可到底要发展什么事业，沈守财一时半会儿却没有一点方向。

灶房里，沈艳芬正坐在灶后往里头添着柴火，那火焰的投影斑驳，火光映照在她的脸上，此时她手里也没闲着，正做着一件小孩的衣服。

忽然，外头传来孩子的哭声，沈艳芬慌慌张张赶紧往外头跑。

第八章

"怎么了，力儿？妈妈来了。"

赶到里屋，发现高利民正怀抱着沈建力，嘴里念念有词。

"力儿不哭，你看妈妈来了，来，妈妈抱。"

沈艳芬接过高利民怀里的孩子。

"你怎么来了？"

"不是快到中秋了吗，回家来看看，对了，守财和家宝呢？"

"哦，他们有事出去了，一会儿就回来。"

"对了，"高利民走到一边，角落里放着好些东西，他抓了一把糖放到力儿手里，"力儿，你看这是什么？"

"糖。"

"这些都是给你的，还有其他好吃的。"

"你来就来吧，每次还拿这么多东西给力儿干吗？"

"小孩嘛嘴馋，我拿些来给我们力儿尝尝鲜嘛。"

自打高利民知道他们回了孝信村以后，就三不五时地从省城回来，美其名曰是看守财，可每次来都是带上一大堆好吃的好玩的给沈建力，有时候还会给沈艳芬买上几件衣服。高家也不是什么富裕人家，这些钱自然是高利民课余辛苦打工赚来的，一回两回如此还好，可回回都这样，沈艳芬就读出了其他的意味来。

沈艳芬不再说什么，放下沈建力就要往灶房走。

"我给你去泡杯茶吧。"

"不用了，艳芬。"

沈艳芬一愣，眼神有些闪躲。

"你这孩子，怎么就直接叫姐的名字呢。"

"啊？"

高利民一愣，犹豫着走到了沈艳芬的面前，沈艳芬本能地往后退了退，高利民眼见如此便走到角落，从包里拿出了几件小孩的衣服。

"几件衣服，给力儿买的，我也不太会买，你看看码子合适不合适。"

"你干吗又乱花钱，力儿小，长得快，我自己也会做衣服，犯不着花这些冤枉钱。"沈艳芬说着，避开了高利民滚烫的眼神。

"这是给力儿穿的，怎么是花冤枉钱呢，衣服舒服，力儿也高兴，对不对啊，力儿？"高利民逗弄着孩子。

沈艳芬的语气一沉："利民。"

"嗯？"

沈艳芬鼓起勇气抬头望向高利民："你听姐一句话，你还没有成家，以后有钱别往我们娘俩儿身上乱花了，我和力儿什么都不缺，这几件衣服你就带回去给退了吧。"

"退我是不会退的，你要是不想要就扔了吧。"

说完，高利民就将衣服塞在了沈艳芬的手里，两人忽然感受到了彼此的温度，都默默地望着对方。

"哎呀，这天都十月了怎么还这么热？"

门外传来沈守财的声音，沈艳芬赶紧缩回了手，衣服掉落在了地上。

沈守财的性子虽说工作时仔细谨慎，可到底这十九年来也没谈过一场恋爱，属于完全的"愣头青"，眼前这尴尬的气氛环境自然也是没有多加猜疑。

"哟，这么漂亮的衣服怎么给扔地上了？"沈守财捡起地上的衣服，用手拍了拍，掸去上面的灰尘。

沈艳芬脸色有些尴尬，回避着视线。

"是我不小心。"高利民连忙说道。

沈守财不经意地看了看衣服上的吊牌，不由得瞪大了眼睛："杭州百货?!"他有些发愣地望着高利民："利民，这衣服得多少钱啊。"

"没多少钱。"

"怎么会没多少钱？谁不知道杭州百货的东西贵啊。"

百货商店，在那个时代就是货品最全、质量最好、价格最贵的代名词，那样的地方，沈守财自然是没有进去过的，那根深蒂固的穷人思想多少给了他一些自卑感，即便现在也能拿兜里的钱买上几件，可他即便路过百货商店的门口也会不由自主地加快步伐，生怕那个带着欲望的大门会将他吸到另一个世界里去。

"25块钱。"

高利民拗不过沈守财的追问终于松了口，他说得如此云淡风轻，就好像他出身显贵，25块钱只是平常的消费一般。但事实是高家也不富裕，况且高利民还在读大学，全职工作根本是不可能的，为了给沈艳芬母子买些东西，他就趁着课余时间去兼职，这25块钱是他一个月的工资，而他还要负担起自己的学费和生活费。即便如此，高利民还是想给这个女人和她的孩子最好的东西，当然，他并不打算把这件事情告诉其他人，一来是不希望沈艳芬觉得这是在可怜他们母子，二来也并不想让这个女人觉得欠了自己，做这一切，高利民完全是心甘情愿。

"25块钱?!"沈守财大吃一惊，好奇地翻看着衣服，自顾自地琢磨着，"就这么两块布拼在一块儿就要25块钱?!我的乖乖，做上二十五六件的枕套才能抵得过这一件衣服呢。"他笑着对坐在床上的沈建力说道："力儿，你高叔叔可真舍得在你身上花钱，不知道的人还以为他是你爸爸呢。"

一句不经意的话，就好像一根划了的火柴，瞬间将隐藏在黑暗中的小心思照得通明。

"力儿在这只会吵，你们先聊，我抱力儿去外面转转。"

沈艳芬赶忙抱起孩子，逃也似的离开了。

少了孩子咿咿呀呀的说话声，整个屋子瞬间安静了下来，沈守财眼见姐姐离开，突然一本正经地望向高利民，看得高利民很是紧张。

"守财……"

"利民，省城里有没有教人做衣服的书？"

"做童装？"

沈艳芬、沈艳芳和赵家宝有些疑惑地互相望了望，最后又将目光落在了沈守财身上。

"姐，力儿的衣服都是你做的吧？"

沈艳芬点点头。

"那你看看要是我们做这小娃娃的衣服，你可会做？"

沈艳芬接过衣服，仔仔细细地看了做工，抬头望着沈守财点了点头。

"做是会做，可是……我们做的衣服自己穿穿还说得过去，要是卖到城里去，人家会不会说太土了，看不上啊。"

"是啊。"

沈艳芳附和着，两姐妹都有同样的担忧。

"你们看。"

沈守财转身从房里拿出了几本制作童装的书，那是他托了高利民从省城带回来的。

"这里面都是最新的童装款式，我们先就照着上面做，怎么样？"

说话的时候，沈守财的眼里放着光。

"大姐，你觉得呢？"

沈艳芬看了一眼身边坐着的沈艳芳和赵家宝，抿了抿嘴，又望向沈守财。

"好，那我们做童装！"

安静了个把月的赵家又开始响起了缝纫机咔嗒咔嗒工作的声音，因为有了先前做绣花枕套的经验，做童装也是个换汤不换药的事情，所以几个人很快就上手了。沈艳芬和沈艳芳两姐妹都会做衣服，还将绣花的工艺给搬在了童装上，没多久样衣便制成了。可不比较就不觉得，只要同百货公司里的童装一比较便显现出了差距。

沈艳芬原本在学校里就是个爱钻研的性子，这回碰到了难题自然是更加上心。每每夜深人静，将孩子哄睡后，她还是在那里拿着样衣不停地研究，眼看着几日下来人也消瘦了一圈，高利民打心眼里有些心疼，可他知道沈艳芬的性格，和沈守财一样绝对没有半途而废的道理。于是，他跑遍了省城所有的书店去找制衣的书，借了同学的相机去百货公司拍照，硬是被人轰了出来。为了解决沈艳芬在实际操作中遇到的困惑，高利民四处托人找工厂里熟练的技工并向他们请教，师傅们手把手地教学，久而久之，他竟然都能做出一件样衣成品。

"给你。"

高利民将厚厚的一沓笔记本塞到了沈艳芬的手上。

沈艳芬一脸疑惑："这是什么？"

打开笔记本，上面是满满的一堆做工笔记。

"你这是……"

"哦,没什么,我正巧认识个做衣服的老师傅,那老师傅人特别好,就把他这几十年的经验告诉给我了。"

"这些都是你记下来的?"

"你知道的,我笔头快。"

说话的时候,高利民的脸上依旧一脸云淡风轻。

沈艳芬不是不知道这段日子高利民做的事情,每次他拿来什么做衣服的书,什么拍的衣服照片,都会加上一句"想到你能用,顺便就带来了",好像对他来说什么都是轻而易举的事,而沈艳芬自然知道在那个物资匮乏的年代从来没有"容易"二字。

"你一定能做出最好看的童装。"

走的时候,高利民也总会说上那么一句鼓励的话,虽然简单,却让沈艳芬的心头一暖。还好,功夫不负有心人,在高利民的帮助下,沈艳芬终于做出了满意的童装样衣。

这一次,沈守财决定去省城卖童装。

眼见着临近中秋,王英花已经来了赵家找了好几次沈守财,希望他能回家吃个团圆饭,其实自打那次遇上泥石流之后,父子俩的关系有所缓和,见了面虽说说不上几句话但也能勉强打个招呼,于是,买了些东西,沈守财、沈艳芬带着沈建力回到了沈家。沈家人已经好久没有在一张饭桌上吃饭,大家都有着说不出的高兴,就连一向说话刁钻刻薄的陆小丽也欣然接受了沈建力,气氛原本应该其乐融融下去,却终究还是被打破了。

"你什么时候结婚?"

沈根山突如其来的一句,让沈守财有些招架不住,他现在一门心思都在干活赚钱的事上，又怎么会在这个节骨眼去成家。

"我还没想过，等赚到钱再说吧……"

"你什么时候赚得到钱？要是一直没有钱是不是一直就不结婚了？"

沈守财一听，脸色黯淡下来，一语不发。

"我已经让王婆子给你说了门亲事，姑娘刚18岁，是余家滩的，后天人就来，你们见见。"

"你和王婆子说一声，让人别来了。"

"什么意思？你不同意？"沈根山一脸严肃。

"爸，现在都提倡自由恋爱，我要结婚也得找个我自己喜欢的吧！再说了，你怎么都不和我商量一下呢？"

"和你商量什么？我们那会儿成家娶老婆哪个不是父母之命媒妁之言，到时候人来了你见见就是，差不多可以就把喜酒给办了。"

方才还是面无表情，这会儿沈守财已经是一脸愤怒。

"爸，是你结婚还是我结婚？不和我商量，那你还让我结婚干吗？你自己娶了不就得了吗？！"

"你这个混小子，你说什么？！"

沈根山怒目圆睁地望着沈守财，沈艳芬赶紧抱着孩子进了里屋，沈艳芳也立马跟了进去。

一时间气氛变得很是紧张，王英花便赶紧出来打圆场。

"守财，你爸也是好意，这样吧，人来了你就见见，不喜欢我们就回了人家，怎么样？"

"说了不见就是不见，他没和我商量就给我说了亲事，到底有没有想过我的感受？！"

"守财，"陆小丽清了清嗓子，"你这是怎么和你爸说话的呢，见见人家姑娘又不会让你缺斤少肉，再说了，沈家就你这一条香火，你要是能早点成家，开枝散叶，奶奶我也少操一份心。"

陆小丽一向最疼惜这个孙子，可沈家的香火才是她最看重的，其实原本她也还不曾如此着急，只是那场突如其来的泥石流真是把她吓得三魂去了两魂，沈守财义无反顾地去救人差点丢了性命，也让她下定了决心。所以当沈根山提出要给沈守财说门亲事的时候，陆小丽当机立断便去找了王婆子。

"要不奶、爸，你们再多生几个吧，没事，你们只管生，到时候孩子我来养，行吧？"沈守财似笑非笑地打趣道。

"这个臭小子，说的什么混账话！疯了啊，这么拿你奶奶和你爸说笑！"

陆小丽一听，气不打一处来，收拾收拾只管自己进了里屋。

沈守财赶紧拉着沈艳芬母子便出了沈家门，又是一次不欢而散。

中秋一过，沈守财和赵家宝再一次踏上征程，两人刚走到村口的父子树下就听见身后隐隐传来王英花的叫唤。

"守财！守财！"

"妈，什么事？"

"你爸他又晕倒了！"

沈守财一听，只以为沈根山玩的又是以前的老把戏。

"妈，你让爸别再这样了，都几十岁的人了，这不是放羊的孩子吗，你和奶奶好好照顾自己，我先走了啊。"

"守财！守财！"

沈守财头也不回地和赵家宝消失在路的尽头。

第八章

因为有高利民的提前观察,所以沈守财和赵家宝将童装摆到了武林广场,这里临近西湖,人流密集,再加上沈守财的童装物美价廉,几百斤的童装一下子被销售一空。

"家宝,你知道我们赚了多少钱吗?"

"多少?"

"一万多块钱呢!"

沈守财兴奋得惊叫起来,却又怕招来旁人的注意马上又压低了声音。

"真的假的?!"

赵家宝也无法相信自己的耳朵。

一万多块钱,那一年,沈守财不过19岁。

他堂堂正正地走进了杭州百货商店,为全家人精心挑选了礼物,路过家电柜台的时候,他看到了最新款的春雷牌收音机,上一次给沈根山买的收音机也还不到半年,按理来说也不需要再买个新的,可沈守财不知为什么就在那里站着看了好久。

"同志,我要那个收音机。"

沈守财并不知道,在孝信村的沈家院落里,即将发生什么改变沈家的事。

那一天,上午还阳光正好,吃了午饭天就开始灰蒙蒙。王英花在屋子外的空地上整理着明天要卖的菜,陆小丽在太师椅上打着盹,沈根山正小心翼翼地摆弄着收音机,那是沈守财第一次挣钱买回来送给他的。忽然,他只觉得胸口发闷,转身想喊人却已经来不及发声,王英花收拾得有些累了,仰了仰脖子,不经意地瞥向屋子里,竟看到沈根山就那样直直地倒在了地上。

"根山!"

王英花飞也似的冲进里屋。

"吵什么!"

陆小丽从熟睡中被吵醒显然有些脾气,眼见着自己唯一的儿子倒在地上,只觉得身上发软,连滚带爬地来到了沈根山的身边。

"儿子!儿子!"

沈艳芬和沈艳芳两姐妹听到消息便也火速赶来,沈根山的病来得突然,村里的赤脚医生根本不敢治,连劝带哄地将王英花他们给送出了屋。

"你们赶紧送镇上医院吧,不然这人可真没了!"

"这可怎么办啊……"

陆小丽望着板车上奄奄一息的儿子哭得泣不成声,王英花整个人也蒙住了,她们自然明白沈根山得的肯定不是感冒一类的小病。

危急关头,还是沈艳芬当机立断找了小车将父亲送进了医院。庆幸的是送医及时,沈根山暂时保住了性命,可是醒来以后的沈根山再也不愿意留在医院里了,无论沈艳芬姐妹俩说什么他都要回家。

沈艳芬自然明白其中道理,沈家本就穷困,沈根山的病又需要长期住院,那就意味着要花数不完的钱,而心肌梗死这样的病无疑已经给他判了死刑,怕的是欠了一屁股的债又没有保住人,那对于还要活下去的人来说便是地狱般的折磨。面对沈根山的选择,陆小丽和王英花也已经默许,沈艳芬也只得同意。

因为,在穷苦面前,命真的不值一提。

这一次,沈守财和赵家宝喜气洋洋地回到了孝信村,透过电动三轮车的车窗远远地就看到了村口的那两棵父子树,微风轻拂,树,开始落叶了。

"家宝。"沈守财下了车叫住往前走的赵家宝。

"怎么了?"

"我想……回家去看看。"

"也好,赶紧把你买的东西送过去。"

"嗯。"

沈守财手提着一麻袋,里面装的可是村里几辈子都没见过的稀罕物,他想要在第一时间将这份喜悦带给沈家人,一路上他的脑海里就浮现出奶奶陆小丽和母亲王英花不住夸奖的场景,那画面里的沈根山虽然依旧板着个脸也不会称赞他一句,可那投射来的目光已经多了几分肯定,想着这些沈守财不由得加快了脚步。然而,刚走到门口,他便看到二姐沈艳芳站在门口捂着嘴大哭。

"二姐。"

"守财,你终于回来了,爸他……你赶紧去看看吧……"

沈守财只觉得耳边嗡嗡作响,疯了似的冲进里屋,只见陆小丽瘫软地坐在外头,不住地抹着眼泪,年幼的沈建力站在陆小丽身边,看到沈守财来了便喊着"舅舅",显然根本不明白发生了什么事。沈守财晃晃悠悠地进了里屋,王英花和沈艳芬在床头伺候着,两个人都泪眼婆娑,高利民站在一边,无助地望着窗外。

"爸,你说什么?"

"守财……"

沈艳芬将耳朵凑近沈根山的嘴边,从他嘴里蹦出虚弱无力的两个字。

"守财快回来了,他快回来了。"

沈艳芬边说边不住地流眼泪。

"你爸这是在等守财啊……"

王英花再也不忍看眼前这样的情景，悲伤地转过身去，正看到了站在门口的沈守财。

"守财！你可算回来了！快，看看你爸爸，他一直在等你啊……"

沈守财怔怔地望着躺在床上的沈根山，上回一起吃饭时，沈根山依旧身体健朗，可再见面却为何变成了如此这般，他一时间还未能接受现实，便一个踉跄跪倒在沈根山的面前。

"爸……"

"守财……"

沈根山用尽力气呼喊着沈守财的名字。

"爸……"沈守财的眼泪夺眶而出，声音也变得哽咽，"我回来了……"

沈根山慢慢抬起手，沈守财一把抓住，此时的沈守财已经泪流满面。

"爸，你要什么……"

"收音机……收音机被我摔坏了……"

"没事，"沈守财努力控制住情绪，"我买了，我在省城给你买了最新的春雷牌收音机。"

"别……别乱花钱……"

"爸，我赚钱了，这次……我赚了一万多块钱，我……是万元户了……所以你得赶紧好起来，知道吗？你……你还没享福呢……"

沈守财说着说着便泣不成声，将头沉沉地埋在沈根山的臂弯处，听了沈守财的话，沈根山也湿了眼眶。

第八章

"做事情……就要脚踏实地、认认真真……要做就做到底……别一点困难就不做了……丢……丢老沈家的脸……"

"嗯……"

沈守财有气无力地走出了屋子,沈建力跑过来一把抱住他的腿。

"舅舅。"

沈守财低头,摸了摸沈建力的脑袋。

"舅舅,大家为什么要哭啊?"

沈守财没有回答他,只是抬起了头看着头顶灰白的天,一朵云都没有的苍白。终于,在他的身后传来了王英花和沈艳芬撕心裂肺的哭喊声,他眼眶中强忍的泪水又再次落下……

接下来的几天,沈家迎来了前所未有的热闹。

按照当地的习俗,人过身以后要在家里摆放三天让赶来的亲戚好友吊唁,孝信村本就那么几十户人家,人人都是自小熟识的关系,沈家的白事他们自然都会前来吃碗豆腐饭。

沈家人一面要张罗沈根山的身后事,一面又要招呼前来奔丧的亲友,根本是无暇顾及其他,还好赵家宝和高利民也一起帮忙,总算是能让沈家人稍稍喘口气。不过,沈守财却已经几天几夜没有合眼,眼看三日已过,到了下葬的日子,他却迟迟不提起灵的事,全家人都跟着有些着急。

吃了晚饭,沈艳芬就不见沈守财的身影,放心不下弟弟,便把沈建力给了王英花照顾,自己出门去找弟弟。

此时,沈守财一个人坐在村口的父子树下,秋夜凉意正浓,他的衣衫单薄却并不觉得冷清,大概身体再冷也无法比得过内心的寒意。

"外面怪冷的，回去吧。"

沈艳芬找了一圈都找不到沈守财，好不容易才在父子树下寻到了弟弟的身影，自从沈根山死后，沈守财都没说上十句话，作为姐姐自然很是担心，见弟弟依旧不作声，于是在他对面的石凳上也坐了下来。

"姐。"

"啊？"

"我有点后悔。"

"后悔什么？"

"你说要是我和爸不这么对着干该多好……"

"其实……爸没和你对着干……"

沈艳芬想了想还是开了口："你知道爸为什么一直不同意你做生意吗？"

"为什么？还不是说我心比天高吗？"

"在爷爷那一代，我们家在孝信村也是大户人家，要钱有钱。爸7岁以前，吃的穿的样样都有人伺候，读书写字都有先生教，那可是沈家唯一的少爷。可惜啊，我们的爷爷做生意亏了很多钱，败了不少家产，后来又染上赌博，把家里的家业都给败光了，老爷子气不过就投湖自尽了。沈家家破人亡，爸就觉得这一切都是因为做生意和赌博。他和我说过，他说，做生意就是一场赌博，所以当初爸才会那么反对你，可是后来……"

沈守财怎么也不会想到，一开始沈艳芬和沈艳芳能够如此快速保质保量地完工，竟是因为沈根山让王英花偷偷帮助他们，而后来沈守财因为泥石流变得一无所有，沈艳芬拿出的钱大部分也来自沈根山。

"爸第一次昏倒的时候是真生病了……"

"怎么会？那药倒在地上我尝过，是糖水。"

"那是他喝了药觉得嘴巴苦才让妈给他泡了碗糖水！没想到被你误会了。"

"那你们为什么都不告诉我?!"

"爸让我们都不要和你说，怕耽误你做事，免得你干着急。爸他……其实真的最疼你。"

沈守财默默地坐着，他也不知道沈艳芬是什么时候离开的，他只知道回过神来的时候，头顶的树叶被风吹得沙沙作响。

"爸他……其实真的最疼你。"

沈守财忽然记起来了一些事情。

夏天的傍晚，父子树下就聚满了拿着蒲扇前来纳凉的人，沈根山原本也不是那种爱凑热闹的人，可只要晚饭吃罢，沈根山就让小小的沈守财骑在脖子上，一摇一晃地走到父子树下。到了树下，沈守财便缠着沈根山讲故事，什么鲁智深拳打镇关西、武松打虎、梁山好汉的故事都是在沈根山那里听来的。夜深回家以后，沈守财便爬到沈根山身边，央求着沈根山继续讲故事，于是沈根山就继续讲到深夜，那是两个姐姐从未得到过的殊荣。

后来沈守财长大一些，开始调皮捣蛋。那一年，几个小伙伴一起比赛谁抓的蝉多，沈守财为了抓到更多更大的知了，于是爬上了父子树，整个人重心不稳，一脚踩空，是沈根山奋不顾身地一扑才接住了沈守财，而自己的手却骨折了个把月才康复。

时间仿佛是一片又一片的落叶，将沈守财内心深处的记忆一点一点渐渐埋没。

沈守财回到灵堂的时候，只剩下沈艳芬一个人在守灵。

"姐,你先去睡吧,我来守灵。"

沈艳芬起身没有说什么,只是在沈守财的肩膀上拍了一拍。

"姐。"

听到沈守财唤她,沈艳芬停住了脚步。

"明天……"沈守财顿了顿,"起灵吧。"

"嗯。"

沈艳芬走出了灵堂,身后终于传来了放肆的哭声。

"爸……爸……"

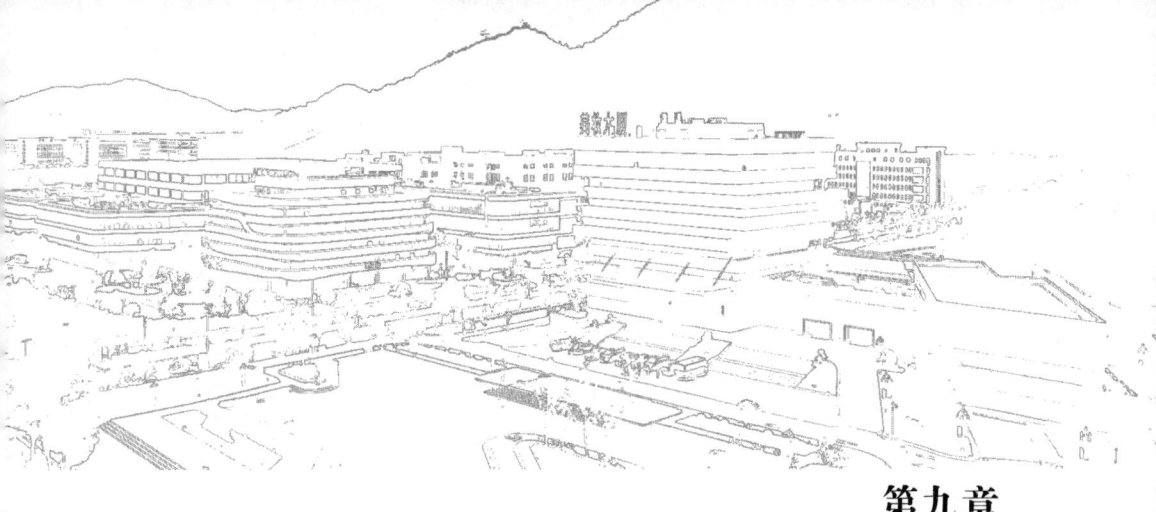

第九章
背着蛇皮袋走天涯

浙江的秋天，就爱下雨。

浩渺的苍穹除了夜的玄青色便只有昼的鱼尾灰，偶尔抹上几笔锌钛白，便再无其他惹人怜爱的色彩。穹顶之下的一念一想，极力地支撑着这漫天迷蒙带来的阴郁，可路面上一处处积起的小水坑却也映照出了人的仓皇和无力。

沈守财站在人群的前头，深吸一口气，仰天长啸一声。

"起灵！"

沈根山的灵柩被缓缓抬起，随着人群慢慢朝着东面的乔厉山上移动，纸钱飞撒、漫天飘扬又缱绻落下，人的一生起起伏伏，最终也只是归于尘土。

回到沈家，一切似乎都没发生过一样，原来一个人的痕迹是如此的深刻，好像轻轻一抹便将他的所有翻页。然而活着的人却终究是难掩心底的悲伤，陆小丽怎么也没想到白发人送黑发人，不过几天就白了满头，王英花和沈艳芳也是整日躲在角落向隅而泣，沈守财和沈艳芳鲜少说话，大多时候都是沉默不语，只有沈艳芬一直没有哭，前前后后张罗着。高利民在一旁看着忙碌的沈艳芬，想起了从前的时光，那时候沈家穷只能让一个孩子读书，沈艳芬则是三个孩子里最优秀最刻苦的那个，可因为是女孩，父母把读书的机会让给了弟弟，面对父亲沈根山的威严和偏袒，沈艳芬一点都没有惧怕，据理力争，即便是最后被父亲打了，她还是没有掉一滴眼泪，然而一个人躲在角落里的时候，她还是哭了。那时候的高利民还太小，不懂得怎么安慰人，他只是偷偷地站在一边，等沈艳芬哭完。后来，沈艳芬为了这个家而不得不嫁人，高利民虽心有不甘可到底也没有表露心迹，因为那时候的他什么都没有，又怎能像一个真正的男人般担当起责任呢。然而，此时的他再也无法克制住自己。当他默不作声地跟着沈艳芬到僻静的角落，看到这个心爱的女人捂着嘴克制着声音失声痛哭时，他便再也无法理智对待眼前的这个女人，高利民冲上前去，紧紧地抱着她，而此时的沈艳芬并没有抗拒，只是在他怀里号啕大哭起来。

等沈艳芬回过神来的时候，她才意识到和高利民的逾矩行为，连忙推开了他走到一边。

"对、对不起……"

"干吗对我说对不起，你又没有做什么错事。"

"我……那个力儿要找我，我去看看力儿……"

沈艳芬慌乱得不敢看高利民的眼睛，只想匆匆逃走，却没想到被高利民一把抓住。

"我们能不能不要再避开对方了？"

"我没有避开你。"

"那你逃什么呢？"

高利民鼓起勇气说道，一针见血的话语让沈艳芬无所遁形。

"艳芬，你……觉得我怎么样？"

沈艳芬笑着抬头望向高利民："你多好啊，年轻英俊，又是大学生，以后毕业了一定能分配个好工作，喜欢你的姑娘都可以从孝信村排到余家滩去，就怕你到时候眼光高了，挑不好了。"

"要是我说我已经挑好了呢？"

高利民的眼神热辣，沈艳芬赶紧闪避。

"你还年轻，婚姻这种事情不是儿戏，应该多看看。"

"我看了快二十年了，看得够久了！艳芬，你真的不知道我的感情吗？！"

沈艳芬显然是被高利民这突如其来的表白吓了一跳，手足无措地慌乱起来。

"利民，你和守财自小就在一块儿，我一直把你当作弟弟。"

"那你现在能不能就把我当作一个男人来看呢？"

"我配不上你，我结过婚，还有一个孩子，可你不一样，你可以选择更好的姑娘。"

"我不要更好的姑娘！"高利民语气坚决，"我只要你！"

沈艳芬明显有些慌乱，躲避着高利民炽热的目光。

"我还有事要忙，我就先走了。"

高利民却一把拉住了她："就让我照顾你吧，我会是个好丈夫，也会是个好爸爸……"

"你别这样，你别这样！"沈艳芬拼了命挣脱开了高利民的手，"我们不能在一起！你是守财的朋友，也是我的弟弟！我就当今天什么事都没发生过，你先回去吧。"

"艳芬……"

"回去!"

高利民望了心烦意乱的沈艳芬一眼,只能怏怏离开。

沈艳芬沉重地叹了口气,却发现妹妹沈艳芳站在不远处。

"姐。"

沈家里屋,烛影摇曳。

外面传来沈艳芳的声音:"力儿乖,小姨跟你妈妈说会儿话,你先和奶奶玩,好不好?"

沈艳芬心不在焉地坐在床上,沈艳芳走进屋里,关上了房门,搬了个凳子坐到沈艳芬面前。

"姐。"

"二妹。"

"你……真不打算接受高家那小子?"

沈艳芬抬起头望向沈艳芳,眼神尽是惆怅。

"什么接受不接受?你想多了。"

沈艳芬拿起床上沈建力的衣服折叠起来。

"我想多了?那我刚才看到的是什么?"

沈艳芬死死地咬着嘴唇,紧紧地搂着手中孩子的衣服。

"姐,你到底是怎么想的?利民多好啊,长得好,又是个大学生,将来分配个好工作,你和力儿也有个依靠……"

"他好不好跟我有什么关系?"

沈艳芬转过身,继续低头叠着衣服。

"我不信你对他一点感情都没有?爸生了病,守财又不在,就他一个男人忙前忙后，他对你怎么样，我相信不只是我，妈和奶奶也是心知肚明，姐，你说上哪儿去找这么好的一个男人啊？"

"谁说我要找男人的？"

"难道你这辈子都不再找个人了？力儿还那么小，你还那么年轻……"

未等沈艳芳将话说完，沈艳芬立马打断了她。

"你别再说了，我是不会和利民在一块儿的，对我来说，他就和守财一样，都是我的弟弟。好了，时候也不早了，力儿要睡觉了。"

说着便开了门，往外走去。

沈艳芳望着姐姐离开的背影，自顾自嘀咕着："明明也喜欢，怎么就这么倔呢？"

沈艳芳说的没有错，那么好的一个男人，换作哪个女的不会动心呢？这么多天，眼见着高利民在沈家做的点点滴滴，沈艳芬有时候都会产生错觉，要是嫁给他该多好，要是力儿是他们所生的孩子多好，可不多久她便又打消了这异想天开的念头。

"沈艳芬啊沈艳芬，你真该死，你怎么能有这么自私的想法呢，你该做的就是努力赚钱，把力儿抚养成人。"

那一夜，沈艳芬辗转反侧，一夜未眠，天边刚露出鱼肚白，她便索性起了身，去池塘边挑水，没承想竟遇上也一夜未眠的高利民，她刚想逃跑就又被拦了下来。

"艳芬，你到底怎么想的？"

"有什么可想的，你好好读书，这才是你该想的事情。"

"你对我难道就真的没有感情吗？"

"没有，"沈艳芬停下来望向高利民，目光坚定，"我只把你当作弟弟，你以前是我弟弟，以后是我弟弟，也永远只会是我弟弟！"

高利民愣愣地望着沈艳芬，慢慢地松开了抓着她肩膀的手，没有留下只字片语便转身走远了。

沈艳芬看着高利民离开的背影，不知道为什么宛若有人一把掐住了她的心脏，将她扯得生疼。

那天，高利民就离开了孝信村，走之前连沈守财和赵家宝都没有打上一声招呼，就好像是逃跑了一般。

沈根山走了，沈守财和沈艳芬听从母亲与奶奶的意愿，终于从赵家搬回了沈家。

更深露重，孝信村在夜色的笼罩下显得安谧而沉静。

沈家的门口，一个男人焦急地躲在一边，时不时地还四处看看，此时沈家的院落里传来一阵窸窸窣窣的声音，他见身边无人经过便壮着胆子走到了门口。大门被慢慢打开，发出吱嘎的声音，一个年轻女人的身影从门缝里钻了出来，两人牵起手便往后山走去。

进了破庙，借着朦胧的月光，终于看清楚了两人的面容，是赵家宝和沈艳芳。

"艳芳。"

"家宝。"

两个人紧紧地相拥在一起。

虽说赵家宝和沈艳芳打小就认识，可两个人也从没往恋人方向发展，再加上他们性格相像，都言语不多、性子沉闷，自然也不会生出些别的情感来。然而，自从沈守财和沈艳芬住进赵家以后，沈艳芳三天两头地去看姐弟俩，一来二去与赵家宝便话语多了些。到了后来，她又开始加入到沈守财的创业队伍中，很多时候又窝在一块儿讨论，赵家宝也总能给她一些不错的建议，两个都是血气方刚的年轻人，日子一长就多了一份亲近和依赖，而他们身上相似的地方就更让彼此觉得是莫大的缘分，不禁惺惺相惜起来。

当然，其实按照两人什么事都往心里放的性子，是断断不可能将这层窗户纸捅破的。这事还得从那场突如其来的泥石流说起，那天山体塌方的时候，赵家宝正在屋外忙活，从山边传来一阵巨大的声响，接着便看到泥石流往赵家的方向来，他赶紧跑进屋，抱起沈建力，拉上沈艳芳和沈艳芬就往高处跑。可是，人哪里跑得过这泥流，于是赵家宝就赶紧把沈艳芬母子给拖上了一户人家的屋顶，正当他想回过头将沈艳芳拖到屋顶时，泥流已经来到了脚下，沈艳芳便被无情的泥流卷走，赵家宝想也没想就跳进了泥流中。虽说赵家宝生性胆小、性子懦弱，可此时已经危及生死，他不得不学着沈守财的沉着冷静，在他的指示下，沈艳芳抓住了一棵树，赵家宝也终于抓到了她。

自那以后，两人便确定了恋爱关系。原本是让人高兴的事情，却随着时间的推移渐渐多了一份难以言语的不安，因为他们的恋情也仅仅只是他们的恋情而已。

"家宝，"沈艳芳靠在赵家宝的肩膀上忽然说道，"我们的事情，你打算什么时候和大家说？"

"过段时间吧。"

沈艳芳不满地挣脱开赵家宝的怀抱，气呼呼地走到一边。

"过段时间，过段时间，每次问你你都是这么说，你是不是想我们一辈子都这样见不得光？"

"我不是这个意思。"

赵家宝自然有自己的顾虑，村里人人都觉得他是个"灾星"，克死了父母和奶奶，沈家人原本就不希望沈守财和赵家宝多来往，要是如今知道赵家宝还和沈艳芳谈起了恋爱定是不会同意，而这正是赵家宝最为担心的地方。

"那你就去和我妈说。"

赵家宝听了，不再说话，只是沉默。

"你是不是从来没打算把我们的事情告诉别人？"

"艳芳，你知道我不是这个意思。"

"我看你就是胆小、懦弱！你就是不敢告诉别人！算了，我们分手吧！以后你别来找我了！"

沈艳芳挣脱开赵家宝的双手，气愤地离开了破庙，只剩下赵家宝一个人在黑夜中唉声叹气。

另一边，沈守财终于从父亲的离世中渐渐走了出来，他似乎像逃避情绪一样，比从前更加拼命地工作，一门心思地赚钱。他的童装作坊也越扩越大，到了第二年开年，单单作坊里的工人就已经有了六七个。村里的人眼巴巴地见着沈家建了宽敞明亮的新屋，添置了各种闻所未闻的家电，在这个世世代代靠山吃山的小村子里，沈守财似乎鲤鱼跃龙门，一下子成了神一样的存在。那个以前人人耻笑和诟病的"沈疯子"如今成了大家艳羡的"沈老板"，他那"不切实际"的老板梦仿佛也不再只是一个"梦"，于是，村里年轻人开始纷纷效仿沈守财，开起了童装作坊。没本钱的就来和沈守财借钱，没经验的就来和沈守财讨经验，奇怪的是他从不拒绝任何一个人，无论是金钱还是经验都倾囊相授，这可引起了沈家人的不满。

"守财，你疯了？你怎么说借钱就借钱，万一不还呢？"

沈守财笑了："那我就当做好事，给庙里捐香火钱了呗。"

沈艳芬看弟弟一脸的不介意，没好气地拍了拍他："姐没在跟你开玩笑，你这钱也不是天上掉下来的，万一……"

"我的好姐姐，要是我那么一点钱真能让他们富起来，你说我是不是功德无量？"

"那经验呢？你把我们好不容易琢磨出的经验也都给了他们，以后我们还怎么赚钱？"

"姐，你知道当初我为什么那么讨厌孝信村，那么想离开这里吗？这里太穷了，你看看有些人一辈子就待在这里，从来不知道外面是一个怎么样的世界，现在眼前就有一个能让他们出去的机会，为什么不给他们呢？"

沈艳芬听了只是叹了口气，然后没好气地说了一句："你呀，就是个小疯子。"

没错，沈守财是个"疯子"，可他真的是个疯子，还是这个村子里为数不多的清醒的人呢？

在沈守财的带领下，人人似乎都成了"疯子"。

孝信村里，家家户户都开起了童装作坊，做起了童装，他们有什么困难都乐意去找沈守财，而他每次也是乐呵呵地去帮助别人。沈守财和赵家宝还将村里的年轻人带出孝信村去卖童装，他们大多都是第一次进城，这才发现外面的世界比想象中还要宽广和灿烂。

因为第一次的卖货成功，村民们也都更加信任起沈守财来。

孝信村男耕女织的时代似乎正在渐渐消失，取而代之的是女人们做童装，男人们背着童装走天涯。那一年，沈守财带着孝信村的年轻人，扛着一袋又一袋的童装坐上了绿皮火车走向全国各地，而等他们归来之时定是收获颇丰。孝信村贫穷的面目正在慢慢改善，村里出现了越来越多的收音机、自行车等"奢侈品"，而人们对沈守财的恭敬似乎也达到了一个高峰，不管老的少的都热情地称他为"沈哥"，一时间沈守财不仅仅成了领路人，也似乎成了孝信村的精神领袖。

"既然我们这么像一家人，要不我们成立个帮派吧。"有个小年轻提议着。

"小孩子家家的，你以为这是黑帮啊。"

沈守财打趣道，惹得大家哄堂大笑。

"我说，要不我们成立一个自己的组织吧，"赵家宝接话道，"一来嘛，众人拾柴火焰高，大家抱团取暖，有什么市场上最新的信息都可以交流；二来嘛，大家有什么事情也可以互相帮助。"

众人听了，思索起来。

"这个可以。"有人点了点头。

"对啊，这个好，大家一起发家致富。"

"这个好，我同意。"

"我也同意。"

每家每户当家做主的男人们都纷纷附和，有的人说叫"孝信帮"，有的人说叫"兄弟帮"，大家琢磨着总觉得有点不如人意。

"燎原派吧，"沈守财在一边想了许久，"星星之火，可以燎原，虽然我们现在还是几十个人的小家，谁能说以后就一定不会发展成几百号人甚至几千号人的大家呢？"

"燎原派，这个好！"

"对，这个好！"

有"家"就一定会有一家之"长"，沈守财果然是众望所归，被大家推举为了燎原派会长，赵家宝也成了副会长。

"我沈某不才，兄弟几个抬举让我做了这个会长，从今天起，只要是我们燎原派的弟兄，咱们有福同享有难同当！"

"有福同享有难同当！"

当了燎原派当家人的沈守财也不过是个20岁的年轻人，可经历、眼见和成绩确实是有目共睹的，自然是受人尊敬，这么一来他便更觉得身上的责任重大，如何带领燎原派的这帮兄弟过好日子就成了他常常会想到的问题。当然，沈守财也确实懂得寻法子，只要人在外头就广结人脉，竟真被他接到了一个十万块钱的大订单。

十万，在20世纪80年代初那简直就是个天文数字，是孝信村人想也不敢想的金额。

因为订单量过于庞大，沈守财便将燎原派召集起来，打算每家每户安排任务，大家眼见如此庞大的订单量都打心底里欢喜，对沈守财也是越来越佩服得五体投地。

"沈哥，跟着你我们放心。"

"沈哥，你就是能干，一下子就给揽了这么个大活。"

"对啊，以后跟着沈哥，我们就等着吃香的喝辣的！"

不仅仅外人如此，沈家人也是一样。

"我们老沈家算是祖宗积德了，出了你这么个乖孙子，奶奶就算到下面去见你爷爷他们也能交代过去了。"

因为沈守财的努力，沈家的的确确改变了原本家徒四壁的面貌，一跃成为了孝信村里的富裕人家，原本就宠爱孙子的陆小丽更是将这个家里唯一的男丁捧在了手心里。

如此，众人的恭维之辞着实将沈守财捧上了天，仿佛成了解救孝信村的救世主一般。沈守财嘴上不说，但心里确实美滋滋的。此时，姐姐沈艳芬却给他泼上了一盆冷水。

"弟啊，我怎么觉得有些心慌呢？"

"姐，你怎么了，身体哪里不舒服？"

沈艳芬放下手头的工作，一本正经地坐到沈守财面前。

"弟，你这次这个订单这么大，靠不靠谱？"

沈守财一听，只觉得姐姐天真。

"姐，你看，他都跟我白纸黑字签了订单，难道这还有假？"

沈守财从抽屉里拿出一份简易的合同给沈艳芬看，又坐到了一边嗑起瓜子来。

"可是……这么大的订货量，他们怎么就不付一点定金呢？夜长梦多，我们又都把货给做出来了，你又拉着燎原派里这么多人在做，怎么给他们交代得过去呢？"

"哎呀，我的好姐姐，"沈守财没好气地望着沈艳芬，"不是有句老话吗？疑人勿用，用人勿疑，刘经理他们厂我去过，大得很，十万块钱对他们来说根本就是小菜一碟，人家犯不着来骗我们。"

"最好是这样吧。"

为了能早点把钱带回来，沈守财他们连夜装箱，虽说一晚上没睡，可用沈守财的话说"现在的精神好得都能上山去打几头老虎回来"，燎原派的兄弟们也是一脸兴奋。第二天天一亮，沈守财和赵家宝便来到了跟他们下订单的公司，然而敲了刘经理办公室的门却没有人应，沈守财只得试着开门，竟发现门没有上锁。

"兴许是还没来上班吧。"

沈守财猜测着，和赵家宝两个人便坐下等待。

"守财。"

"嗯？"

"这刘经理的办公室是要装修吗？怎么都搬空了？"

赵家宝的疑问正是沈守财心里想的，原本满满当当的办公室现在除了桌子椅子，还有地上和桌上散落的几张废纸就什么都没有了。

沈守财用手擦了一下桌子，手指上都是灰尘，他隐隐觉得有些不妙。

这时候，门被打开了，一个女员工探进头来。

"你们找谁？怎么进来的？"

"同志您好，我们找刘经理，之前和你们厂签了一批童装。"

"刘经理？你说刘大能？"

"嗯。"

"早跑了，拿着厂里的钱跑了。"

"什么？"沈守财一惊，只觉得身上冒出一股冷汗，声音也跟着颤抖起来，"那……他签的单子怎么办……"

"这段时间已经有好几个和你们一样的来了，他签的单子你们找他去啊，找我们厂也没用啊……"

一句话，晴天霹雳。沈守财找了经理、厂长，得到的都是同一个答案：刘经理所签订的一切单子，厂里都不予接受。这无疑是给沈守财判了死刑，那些天他和赵家宝天天蹲守在公司门口，希望能够尽量挽回损失，然而老天并没有眷顾他们，两人只得败兴而归。当然，沈守财要面对的远不止这些，还有孝信村这几十户人家殷切的期望。

下了三卡车货，沈守财就一直站在父子树下，眼睛直勾勾地盯着进村的路，脚下却迈不开一步。

"守财。"

赵家宝当然知道回去就要面对什么，他完全能够想到村民的哭闹和愤怒。

"要不，你先出去两天，等风头过了再回来。"

沈守财听了赵家宝的话，默默地看向这个一起同甘共苦的兄弟。

这个世界，是胜者的世界。优胜劣汰，面对挫折和挑战，内心软弱的人只会选择逃避，只有内心强大的人才会选择面对。是啊，沈守财心里想着，难不成自己就撂下这么个烂摊子一走了之吗？这难道就是一个大丈夫所为吗？

"你这是要让我做逃兵吗？我沈守财闯下的祸，我自己收拾。"

说完，朝着村里走去。

此时的赵家，挤满了人。

沈守财站在众人中间，是他让赵家宝将所有燎原派的人给叫了过来。他抬头看着每一个人眼笑眉飞的神情，那眼神中似乎饱含着殷切的期待，却根本无法猜想到接下来将要面对怎样一个事实。

"沈哥，怎么样？是不是钱下来了？"

有人忍不住问道，所有人都期盼地望向沈守财。

沈守财神情凝重，慢慢开了口。

"这个钱……你们放心，都会给到你们。"

站在一边的沈艳芬、沈艳芳和赵家宝都一愣，不明所以地望向沈守财。

"那就好，那就好。"

大家看着彼此，依旧一副兴高采烈的样子。

"那今天能给吗？"

"是啊，什么时候能给？"

"那个……给我一点时间……把这批货卖了就给你们……"

沈守财答非所问，让大家隐隐觉得有些警觉，脸上的笑靥也逐渐消失。

"沈哥，是不是出了什么岔子了？"

"是啊，是不是钱有什么问题？"

"没有，没有问题。"沈守财赶紧解释道。

"那没有问题怎么不按照当初说的来呢？"

"是啊，当初说好了，把货收去就给大家分钱的。"

"对啊，对啊。"

"沈哥，你可别告诉我们那边不给钱了啊……"

沈守财低着头，紧紧地攥着拳头不说话。

众人见沈守财这副模样都慌了神。

"沈哥，你倒是说句话啊。"

"是啊，到底怎么回事，死也得让我们死个明白啊。"

沈守财抬起头看着大家，深深地吸了一口气："我对不住大家，那个跟我签了订单的刘经理卷款跑了，现在公司……不认这笔账。"

"什么？！"

"当初可是你让我们跟着你干的！现在搞成这样，难道让我们打碎牙齿往肚里吞吗？"

"沈守财啊沈守财，你这是坑了我们兄弟几个啊！"

"这让我怎么过啊？做童装的钱都是我借钱垫着的，我孩子生病还等着我拿钱去治呢，这不是要了我们一家人的命吗？！"

"沈守财，你得给我们一个说法！"

"对，我们不找别人，就找你！"

有的人愤怒，有的人痛哭，大多数人冲向沈守财质问，俨然成了一个不可控制的局面。推搡间，他一个趔趄撞到了桌角，顷刻间鲜血直流。

"守财，守财！"

赵家宝和沈艳芬忙上前去拉沈守财，可三人被大家纠缠着，根本动弹不得。

"够了！你们够了！"

沈艳芬嘶吼着，这时候众人才察觉见了血光，终于停止了推搡。

"这就是你们燎原派吗？！这就是你们口里说的'有福同享有难同当'吗？！"沈艳芬声嘶力竭地控诉着，"当初你们一个个跑来说要跟着守财一起做童装，我们守财哪次不是倾尽所有帮助你们？！"

在场的人一个个鸦雀无声。

"刘老三，你干童装没有钱，是不是守财借你的，你还了吗？！"

刘老三听了，低下了头。

"徐大哥，你家里几个女人绣活不行，是不是我和我妹手把手地教了一个礼拜？我告诉你，要不是我弟弟求着我和艳芳去，我们姐妹俩才不会去呢，到你们家，你们给过一口水喝没有？"

徐大哥听了也别过头去，不再说话。

"小林，你儿子建良那会儿要不是我弟弟豁出命去救出来，恐怕人都没了吧！我弟弟一直这么无私地对大家，你们为什么要这么自私地对他?!"

人群中有人小声嘀咕着:"那也不能让我们白白丢了那么多钱啊……"

"人要讲良心!我这么说并不是让你们打碎牙往肚里吞、自认倒霉,我的意思是为什么你们就不能团结起来,想想办法,大家一起把眼前的难关给扛过去?!你们建燎原派,不就是说要互相帮助的吗?你们现在帮了吗?啊?!"

沈艳芬说得声泪俱下,作为姐姐,他一直看着弟弟咬紧牙关、默默努力,即便再苦再累,沈守财也很少在她面前流露出脆弱,可她怎么会不懂他创业的艰辛。

"姐……"

沈守财喃喃地唤着。

沈艳芬一把擦去脸上的泪水,拿出手帕小心翼翼地擦拭着弟弟脸上的血渍。

"不怕,有姐在。"

此时的沈守财再也控制不住内心的伤悲,眼泪夺眶而出。

在场的人默默地看着,终于小林站了出来。

"我说各位燎原派的弟兄们,我们都是铁骨铮铮的汉子,要输也不能输了骨气,别人不买我们的货,那是他们没眼力见,我们自己卖,好不好?"

"好!"

过了一会儿,一个人应和着。

接着,是一群人的怒吼。

"好!"

小林转头望向沈守财:"守财,你姐说得对,人要有良心,你帮我们已经够多了,这次,我们一起卖货,你有没有什么好建议,我们大家都听你的!"

赵家宝将沈守财搀扶起来,沈守财望着燎原派的众人,眼神中似乎又燃起了熊熊烈火。

"大不了我们就重走长征路,大家一起跑全国卖童装!"

这之后,沈守财他们又背起了一袋又一袋的童装坐上了绿皮火车,随便火车将他们带往任何一个地方,因为在哪里他们都能生根发芽、开花结果……

第十章
姐姐的爱情

又到了一年的中秋节,因为肯吃苦,沈守财他们十万订单的童装由几十个人背往了全国各地,也算是终于挽回了损失。

在路途中,沈守财结识了一个不错的老大哥,对他多有照顾,两人也是一见如故,闲谈中才得知对方妻子早就去世,沈守财便想到了自己的姐姐沈艳芬。

要是大姐有这么一个可靠的男人,下半辈子也不至于无依无靠的。沈守财心里默默地想着,于是回到了孝信村就当着沈家人的面说起了这件事,却没想到立即遭到了沈艳芬的拒绝,沈守财只当是姐姐害羞,却不想沈艳芬当真生了气。

"不想嫁就是不想嫁,你以后别帮我瞎操心了!"

说着便抱着沈建力走出了沈家门,只留下沈守财一脸不解地站在那里。

"姐这是怎么了?怎么发这么大的火?"

"哎,还能有什么,死要面子……真是不省心……"

陆小丽似乎隐隐知道些什么，说起这事心里也是一阵烦躁，索性进了里屋。

王英花也一改常态，走到沈守财身边。

"守财啊，妈知道你是好心，可你姐的事就让她自己去琢磨吧。"

陆小丽和王英花接连的反常举动让沈守财意识到有什么事情一定是自己不知道的，他抓着二姐沈艳芳出了沈家门。

"二姐，你和我说句实话，大姐到底怎么了？怎么奶和妈都阴阳怪气的？"

"我……我不知道……"

沈艳芳一向都不太撒谎，边说边把视线转向别处，不敢直视沈守财的眼睛。

"二姐，我是沈家人吧？你说你们都知道发生了什么事，就我一个人蒙在鼓里怎么说得过去？"

沈艳芳咬着嘴唇，望向沈守财，犹豫着说道："我……大姐让我不要说的……"

沈守财心事重重地回到赵家，嘴里一直喃喃自语。

"怎么会……怎么会……"

"怎么了？这会儿和老和尚念经一样。"

沈守财抬头，赵家宝将一杯水递到他面前。

"家宝，我和你说，我大姐和利民……哎，我真的是想也没想到……"

赵家宝在沈守财对面坐了下来："没想到他们会到现在这样的地步？"

沈守财不解地望向赵家宝："怎么，你知道？"

"我看也就你这个木鱼脑袋没看出来了,你想想,怎么利民每次从省城回来只给他们母子买这买那,还净挑些贵的买?"

"那不是利民把我姐也当他自己姐,照顾他们吗?"

"有这么事无巨细的照顾?你想想,大姐只要咳嗽一声被利民听到了,他就立马放下手头上的事跑到镇上给买药回来。那次力儿发烧,你不在,利民抱了孩子一夜,本来那天他要回省城的也没去。你再想想,你爸过世那会儿,是利民跑前跑后地忙活,他为了什么?"

面对感情,沈守财本就不太明白,可经了赵家宝这么一提醒,他忽然就懂了,他只以为是高利民念在二人的兄弟之情才如此上心,竟不承想这一切都是为了大姐沈艳芬。

"你早就看出来了为什么不告诉我呢?"沈守财忍不住埋怨起赵家宝来。

赵家宝一笑:"这种事怎么能我说呢?要说也是大姐,或者是利民来说。守财,我问你,"他顿了顿,"要是……大姐和利民真心喜欢,你怎么看?"

赵家宝的一番话倒是让沈守财又想起他和二姐之间的对话。

"大姐说她不会接受高利民的。"

"为什么?"

"大姐说她离了婚又带了孩子配不上他,不想耽误人家一辈子。"

想着二姐的话,沈守财忍不住叹了一口气,一副若有所思的样子。

沈守财回去的时候碰巧看到沈艳芬正抱着沈建力坐在父子树下的石凳上,眼睛却一直望着进村的方向。

"姐。"

见沈艳芬不说话,沈守财继续说道:"还生气呢?"

"没,你给我介绍对象也是好意。"

"姐,"沈守财坐到沈艳芬对面,"做弟弟的没什么别的想法,就希望你能开心。"

"我挺开心的。"

"你真的开心吗?"

沈艳芬一愣,疑惑地望向沈守财,立马又将眼神移开。

"你怎么知道姐不是真的开心?你看现在也能赚点钱养活自己和力儿,姐知足。"

"那你自己的幸福呢?力儿说小还小,可长大也是一转眼的事,到时候他成家娶老婆,不就剩你一个人了吗?"

"我们力儿才不会那么没良心,丢了妈妈不管的,对不对啊,力儿?"

沈艳芬低头逗弄着儿子。

沈建力哆哆地回应着:"对,力儿给妈妈呼呼。"

"姐,你知道我讲的不是这个意思,你看,村里的人以前思想多落伍,现在走到外头卖童装不也跟着转变那么多吗?怎么你就……"

"好了好了,"沈艳芬岔开话题,"姐知道,姐自己有分寸,倒是你,二十出头的人了,也别光顾着做生意赚钱,什么时候给我们带个弟妹来。"

"怎么说着说着就说到我身上了……"

沈守财和沈艳芬的谈话便这么不了了之了,虽说知道了沈艳芬和高利民的关系,但沈守财毕竟是局外人,感情的事也不能过多地参与,只能每次进省城见到高利民的时候,有意无意地让他多回孝信村看看。

转眼，便又是一年春节。

村里到处能听到鞭炮噼里啪啦的响声，一副喧嚣热闹的场面。

自打沈艳芬拒绝高利民之后，高利民便再也没有回村过，她满心欢喜地等着过年的时候能远远地看上他一眼，却从沈守财那里听到了高利民过年不回村的消息，整个人黯然伤神起来，似乎原本期待的过年也不再如想象当中那么让人期盼了。

"姐。"

沈艳芬这副失魂落魄的样子，沈守财自然是看在眼里。

"我过些天要去省里一趟，利民爸妈让我捎点东西带去，你……有什么东西要带没？"

沈艳芬的表情变得慌乱："我有什么东西要带给他啊……"接着便不明所以地微笑，仿佛想将一切的感情都轻描淡写地埋藏，却不知已经完全暴露了内心。

就在沈守财要出门前，沈艳芬终于将一个土黄色的信封塞进了沈守财的怀里。

"给利民。"

沈艳芬满心欢喜地等待着高利民回来，等到的却是沈守财将信原封不动地还给了她。

"这是什么意思……你没碰到他？"

沈守财没有说话，其实他心里也不知该如何回答。

没过多久，沈艳芬终于得到了高利民回来的消息。她一听到消息，便将儿子给了母亲照看，自个儿欢喜雀跃地朝着高家奔去，因为心不在焉，其间还跑丢了一只鞋子，她也不管不顾，捡起鞋子捏在手里继续跑着，好像生怕不急着去见，高利民便会如同蝴蝶立马飞走了一般。

然而，当她跑到高家门口的时候，她愣住了。

高利民不是一个人回来的，他还带了一个女孩。透过门缝，虽只能看到姑娘的背影，可那长长的辫子，的确良的花色连衣裙，一看就是城里的姑娘。再看看自己身上，穿了几年的灰色衬衫已经被洗得发白，黑色的裤子，沾染着灰尘的布鞋，和那门里、站在高利民身边的姑娘简直就是一个天上一个地下。

"叔叔阿姨好，我是利民的大学同班同学，我叫白桦，叫我小白就好了。"

说话都是斯斯文文，一副读书人的气质。

同班同学，这四个字仿佛烙印在沈艳芬心里一样。

"爸、妈，我这次就是带小白回来见见你们，我们想，"高利民望向肩并肩站着的女孩，又将目光落回到了自己父母身上，"今年能把婚订了……"

沈艳芬是什么时候离开的，她自己也记不清了，只知道当高利民说出"今年能把婚订了"之后，她便什么都听不下去了。

"还真是男才女貌呢。"

沈艳芬一路上喃喃自语，回到了沈家，什么也不说便将自己关在了房里，任凭沈艳芳不停地敲门就是不开。过了晚饭，沈艳芬依旧不出门，沈守财担心不过，终于敲响了房门。

"你再不开门我就撞了啊，一、二……"

"三"还没有说出口，沈艳芬终于开了门。

"姐。"

沈守财有些不放心地望着沈艳芬，还好，眼睛没有红肿，脸上没有泪痕，应该没有哭。

"吃面吧，难不成还要我喂你？啊——"

沈守财将碗放到了沈艳芬面前，学着给沈建力喂饭的样子。

"所以你才会把信给拿了回来，对吧？"

沈守财将碗筷放在了桌上。

"你知道利民带了个女孩回来说要结婚吗？"

"嗯……那女孩长什么样？"

原本沈艳芬就知道答案，可偏希望能从沈守财嘴里听到些别的。

"也就那样，没姐好看。"

沈守财说得有些漫不经心，要是沈艳芬没有见过那姑娘的身姿定是被他的话给糊弄过去，可沈守财本就不太会说谎，一说谎耳根子就会红，沈艳芬看了便心里明白了，倒更教她伤心。

"利民他……喜欢那姑娘吗？"

犹豫了好一会儿，沈艳芬还是问出了口。

"姐……"

"你看我笨得，要是不喜欢也不会带回来说要结婚了……"沈艳芬佯装着笑容，眼神却不敢同弟弟对视，仿若目光对上了，她便暴露了自己的口是心非，她佯装干活，干着干着却又停了下来。

"弟，你说要是咱们家有钱，我也没有辍学该多好……也不会发生那么多事……"

"姐，你别这样，你要是难过想哭就哭，我的肩膀给你，要是你觉得你不想待在这里我们就到别的地方去，只要有我在，一定有你们娘俩儿一口饭吃。"

"姐没事，姐只是觉得造化弄人。现在这样，才是最好的。弟啊，你记住姐姐的话，一定要过你自己想过的日子，知道吗？"

沈守财望向沈艳芬，朦胧的灯光下有什么晶莹的东西在她的眼里闪烁。

原本沈艳芬已经整理了情绪，与高利民的关系也只当是人生中的一个插曲，可第二天带着沈建力上集市遇上的时候，沈艳芬才发现有些东西存在了就无法回避。

"姐！"

正当沈艳芬拉着沈建力想赶紧逃开的时候，高利民远远叫住了她。

他，从来没有叫过她"姐"。

高利民拉起白桦的手，高兴地走向沈艳芬。

"姐。"

"啊，利民。"

沈艳芬努力地控制着自己的表情，她终于看到了女孩的面容，果然是一张年轻漂亮、青春洋溢的脸庞。

"这是白桦，这是我好兄弟的姐姐，也是从小看我长大的姐姐。"

第一次，高利民将沈艳芬称呼为"从小看我长大的姐姐"，沈艳芬听了，心里不免一阵落寞。

她尴尬地朝着白桦微笑，点头。

"你女朋友真漂亮。"

"姐姐才漂亮。"

白桦腼腆地笑着，眼神不由得望向高利民，高利民也报以微笑。

"我这次带小白回来是来见父母，我们打算今年订婚。"

沈艳芬还没问，高利民就马上脱口而出。

白桦在一边害羞地埋怨着："哎呀，你怎么马上就说了啊……"

"哦，挺好，你们郎才女貌，般配得很。"

"那个……我还要带力儿买点东西……"

"哦，好，你先忙。"

沈艳芬拉着沈建力的手逃跑般地离开了高利民和白桦，只留下高利民怅然若失地望着她的背影。

"利民。"

白桦的一声叫唤将高利民拉了回来。

"哦，走吧。"

白桦牵起他的手，他苦涩地笑了笑，两人手拉手朝着前方走去。

为了款待这个即将进高家门的儿媳，原本不富裕的高家也是想方设法好吃好喝地招呼，虽说小白知书达理但毕竟是个城里的姑娘，来到穷困的高家自然是有诸多不适应，想吃肉了，高建国便二话不说杀了逢年过节才吃的鸡，想吃水果了，高建国便交代儿子辗转到镇上去买两个苹果，当然，全家也只有小白才有得吃。有时候，高利民觉得白桦有些过分了，说了她几句，高建国倒还帮起白桦来。

"利民，我们是农村人，小白是城里人，家世好又有学问，我们高家要是攀上他们家这门亲事，娶了这么个儿媳妇，你以后也不至于没个依靠，那是我们高家祖上积德，你都不知道村里这些人有多羡慕……"

听了这些，高利民便不再说话了。他明白父母的担心和肩上的责任，于是对于白桦的挑剔和需求也再无只字片语。

这天，高利民从镇上回来，白桦说被褥太硬又有味道，所以高建国让他去镇上买了一床新被子，进村的时候迎面碰上了沈艳芬。自打沈艳芬和高利民在集市上遇到之后，沈艳芬只要远远地看到他的身影便马上躲开。当然，这回也不例外。沈艳芬快步朝着前面走去，任凭高利民在身后叫唤她也没有停下脚步。

"艳芬！艳芬！"

终于，高利民一把将她抓住。

"你为什么躲我？"

"你想多了，我只是家里事多得赶着回去。"

"艳芬……"

"你还是叫我'姐'吧，毕竟我是从小看你长大的姐姐。"

沈艳芬边说边挣脱了高利民，高利民一听，扑哧笑出了声。

"你是因为这个所以生气的吗？"

"别没大没小，都要结婚的人了，别搞得和守财一样说话不着调。"

"你能不能停下，听我说句话，"高利民一把将沈艳芬抱在怀里，"你能不能听我说句话！"

隔着衣服还是传来了高利民炙热的体温，耳边吹来他沉重的呼吸声，沈艳芬只觉得浑身瘫软，人也不再反抗。

"你知不知道我从小就特别羡慕守财？你们沈家就这一个儿子，从小到大他想干吗就干吗，可我呢？"

高利民的眼神里满是神伤，高利民是高家的第三个儿子，和一心求子的沈家相反，高利民的上头已经有了两个哥哥，父母便热切地盼望着有一个姑娘，可偏偏第三胎依旧是个男孩，之后没多久高家迎来了新生命的降生，这回果真是一个女孩。相比于高家对老大的偏袒，对小女儿的宠溺，这个不上不下的老三显得微不足道，这也致使高利民从小性子就沉闷拘束。他不做逾矩的事情，生怕父母会更加不喜欢他，努力读书学习，可高家也并不富裕，要不是高利民私底下同班主任借了18块钱交学费他今天也会和孝信村里那些日出而作、日落而息的农民一样，直到他考上了大学，成了村里唯一的大学生，高家两老这才开始重视起这个金贵的儿子。

"我从小就喜欢你，艳芬，"高利民继续说道，"可是你是守财的姐姐，我不敢对你说……我知道你是心里有我的，对不对？不然你也不会生气……你告诉我，只要你告诉我你心里有我，这个婚我可以不结！"

沈艳芬望着高利民的眼神，她知道他说的是真的。

"啪——"

一个热辣的耳光打在了高利民的脸上，他抬起头望向面前的沈艳芬，她就像一只被惹怒的豹子一般。

"我真的是看错你了，我以为你为人谨慎、做事稳重，你、守财和家宝三个弟弟里面就数你最可靠，今天你把姑娘都领进了门就应该对人家负责，怎么还可以对我说这样的话！"

"艳芬……"

"你别叫我名字！我比你长了几岁，你应该和守财、家宝一样喊我一声'姐'！"

说完，沈艳芬便气呼呼地离开了，只剩下高利民一个人傻傻地站在那里，他在那个村里的小湖边坐了很久，明明家近在咫尺，他却并不想回去，直到夜晚的凉意钻进他的衣衫，侵袭进他的皮肤，高利民这才不得不回到了高家，而此时的高家已经乱成了一锅粥。白桦哭得泪眼婆娑，瘫坐在地上，她的随身行李散落一地，白家父母怒不可遏地站在一边，高家父母远远地躲着，就连呼吸也变得小心翼翼。

"白老师、白师母，你们怎么来了？"

"利民，你可算回来了，你劝劝小白的爸妈，他们说什么都要把小白带走。"高家妈妈走到高利民身边轻声说道，眼中尽是害怕。

"白老师,这是怎么了?"

"你别叫我白老师,你这声老师我受不起,"白父一脸愤怒,"本来我收你当徒弟是因为觉得你这人聪明、识时务,有意想要栽培你,哪次你来家里你师母不是烧了一桌子好菜等你,你说你朋友要做童装需要认识厂里的技工也是我给你找了路子,就连你往后的工作我也想给你介绍进一个好单位,你怎么就这么不知好歹!你还把白桦给骗到你们这个破村子,我告诉你,高利民,你这叫涉嫌拐卖妇女,我可以报警抓你,你懂不懂?!"

高建国一听报警抓人浑身吓得发颤,赶紧走到白父身边求饶。

"白老师,都是我们的错,你别怪孩子们,你要是觉得我们做错了什么,我们给你们赔个不是……"

白父嫌弃地甩开了高建国的手,高建国一个踉跄差点摔倒,幸好被高利民一把扶住。

"你们干吗呀?城里人了不起啊,有钱了不起啊!"

大儿子高广荣怒不可遏地冲到前头,小妹高玉花眼见着父亲被欺负也推搡着白家父母。

"哥,你愣着干吗呀,还不赶紧把这两个老东西给赶出去!"

一旁不知所措的二儿子听了妹妹的话赶紧过去帮忙,几人扭打在一起。

此时的高利民再也忍不住心中的愤怒,大吼道:"你们都给我住手!"

在场的人都安静了下来,纷纷看着高利民。

"白老师,我知道您对我好,在我心里也一直十分尊敬您、感谢您,可是,这不代表您可以这么践踏我的自尊,这么瞧不起我们农村人!"

"我确实瞧不起你！白桦从小到大，我们给她的都是最好的，我问问你高利民，你能给她什么?!"

"白老师，你怎么就知道我不能出人头地呢?!"

"出人头地？这四个字有那么容易？你能等，我女儿等不了，我就怕她到时候竹篮子打水一场空！"

原来，白桦的爸爸是高利民的大学教授，白家也只有白桦一个女儿，白父视这个女儿为掌上明珠，那是从小放在心尖上呵护，虽说器重高利民，可作为父亲，他是打心眼里一万个反对两个孩子的恋爱，他不愿意女儿嫁给一个一穷二白的农村小子，可不承想固执的女儿居然逃出了家，跟着高利民来到了孝信村还说要结婚，这彻底激怒了白父。高家父母对于白桦的到来，只当是白家的默许，并不知道其中还有这般曲折的故事。

"爸，你就答应我和利民吧！"

"女儿啊，你会后悔的！你就听你爸爸的话，跟我们回家吧，好不好？"一直默不作声的白母也忍不住插话。

"我不会的，妈、爸，你相信我。"

白父虽于心不忍，但终究还是把心一横，拉着白桦和白母一起走出了高家门。

"利民，利民……"

白桦的声音渐行渐远，高利民只是呆呆地望着那门外的夜色，双脚似乎被粘在了地上一般。

"呸，什么东西，"小妹高玉花恶狠狠地说道，又瞥眼瞧着高利民阴阳怪气起来，"真是癞蛤蟆想吃天鹅肉，弄得这个家都不像个家。"

大儿子高广荣也赶紧帮腔："是啊，利民，你要是早说她爸妈根本不赞成你们的事情，今天我们爸妈也不会这么受委屈！"

二儿子高利仁也赶紧附和。

得知高利民攀上了白家的亲事，这三人是最热络的，也在白桦那里拿了好些省城的稀罕玩意，这会儿倒是全都开始落井下石起来。

高利民深深地叹了口气，身后却传来了高建国夫妇无尽的叹息。

"造孽啊，我们高家到底是造了什么孽啊……"

另一边，沈艳芬回到家以后，沈守财便隐隐觉得有些不对劲，做菜没有放盐，米饭也没煮，就好像丢了魂似的，追问之下才知道白天发生的事情，也不顾姐姐的阻拦，气冲冲地直奔高家。

这会儿，高利民正坐在高家门口的石阶上发愣，屋子里时不时传来父亲的叹息，高利民只觉得胸口更加发闷，抬头便见沈守财一脸愤怒地朝自己径直走来。

"守财，你怎么……"

话还未说完，沈守财的拳头就狠狠地落在了高利民的脸上。

"你干吗？"

"姓高的，今天我沈守财为什么打你你自己心里清楚，我就想告诉你，以后管好你自己的这张嘴！"

此时，沈艳芬正好赶到，赶紧拉住了沈守财。

"弟，你这是干什么，我的事情不用你管！利民，对不住了，"沈艳芬拉扯着沈守财，"你给我回去，给我回去！"

"姐，你放开我！"

高利民从地上慢慢爬了起来，他擦了一把嘴角，上面渗出鲜红的血液，他看着沈守财被沈艳芬拉进了夜色中。他自然明白沈守财为什么打

第十章

他,从小到大,两人从来没有打过一次架、拌过一句嘴。

自那次在高家门口打了高利民以后,兄弟两人便再也没有见过面。赵家宝看在眼里急在心里,也会时不时地在沈守财面前提起高利民,可沈守财只是眼睛一横便走开了。而沈艳芬眼见着沈守财和高利民不再往来,只觉得是自己犯了错,心里感到愧疚,却也无可奈何。

日子便如此过了些时日,村口的父子树发了新芽又渐渐脱落,而高家虽将已经不存在的婚事一瞒再瞒但终究纸包不住火,白家父母拒婚的消息还是在村子里不胫而走。

这消息自然是立马也传到了沈守财的耳朵里,虽说对这件事情不胜唏嘘,可沈守财心里憋着一口气,对他来说,总觉得高利民亏欠着沈艳芬,既然当初有了对象为何要来招惹自己的姐姐,这着实是有些违背伦理道德。而沈艳芬只觉得造化弄人,明明不是自己造成高利民和白桦分手,却不知何故总觉得自己也是个始作俑者,因此也是远远地躲着高利民。

那一年,沈守财依旧在全国各地忙碌,他的童装生意也越来越好,当然偶尔他也会想起高利民。时间早已经冲淡了所有矛盾,他也不再耿耿于怀,可就是拉不下脸去见高利民,有时候碰上高家人也会寒暄几句,听闻高利民似乎快要毕业了,沈守财也跟着觉得高兴。

转眼又到了中秋节,漂泊在外的游子也都回到了家乡,赵家宝便寻思着得让这兄弟俩解开心结,于是便找了两人来家里吃饭。

沈守财一进赵家就见高利民坐在那里,也不知如何应对便转头要走。

"守财!"

所幸赵家宝及时叫住了他。

"来，我们兄弟三个有好久没在一起喝酒了，今天我们就好好喝一杯，怎么样？"

高利民望了一眼杵在那里的沈守财，低头饮了一口水。

"我随便。"

赵家宝见高利民已经走下了台阶，就赶忙戳了戳沈守财。

"那我也随便。"

三人终于坐了下来，赵家宝将三人的杯中酒倒满，举起酒杯。

"来，我们兄弟三个一起喝一杯！"

沈守财别着头碰了杯，一饮而尽。

酒过三巡，地上横七竖八地躺着不少酒瓶，赵家宝原本就不胜酒力，早早地便进了里屋，安安分分地躺在床上，而沈守财和高利民依旧坐在位子上，人虽然已经东倒西歪却还尚存着半丝清醒。

"高利民……"沈守财忽然叫了一声。

"怎么的，沈守财！"高利民也回了一句。

"没事，叫你一声。"沈守财那样子似乎又将嘴边的话给咽了下去，只是惆怅地又喝了一口酒。

"守财，对不起啊……"

沈守财一愣，抬头望向坐在对面的高利民，那个他从小到大的兄弟。

"我知道你在生我的气，你怪我是应该的，是我左右摇摆……我……不像个男人……"

"好了，别说了。"

高利民的眼眶红通通的，眼神恳切："不，你让我说，也只有喝了酒我才敢说这些话，当初以为随便找个人结婚就能忘了你姐姐，可没想到……最后，伤了所有人，都是我的错……我的错……"说着说着，高利民的身子渐渐低了下来，将头整个埋在臂弯里，后背一起一伏的，好像在哭。

沈守财从来没看到过高利民这样，他慢慢起身，走到高利民身边坐下，什么都没说，只是默默地拍了拍高利民的肩膀。

里屋，传来赵家宝的梦话："奶……奶……"耳边又是高利民隐隐的哭泣，果然，这人世间，谁都不容易。

"我们是一辈子的兄弟。"沈守财轻声说道。

过了许久，高利民才从桌子上醒来，只觉头痛欲裂，赵家宝还在里屋呼呼大睡，而沈守财将一件外衣披在了自己身上，不见踪影，他晃晃悠悠地出了赵家，一个人只身在路上走着。

乡间小道上，一群孩子正在玩着纸飞机。

忽然，一架纸飞机撞在了高利民的身上，一个长得虎头虎脑的孩子跑了过来。

"叔叔，这纸飞机是我的。"

高利民一眼便认出面前的正是沈建力，他蹲下身笑着说道："你是建力吧？一年不见，都长这么大了，你还记得我吗？"

孩子望着高利民的脸努力搜寻着记忆，终究还是摇了摇头。

"不记得也很正常，我是高叔叔，在省城读书的高叔叔。"

"哦，我记得了，你就是那个老是给我买好吃的好玩的的高叔叔，你怎么那么久没回来？"

高利民苦涩地笑了笑，将纸飞机捡了起来，不经意地一瞥，却看到了纸上有"利民"两个字，他好奇地打开纸飞机，那是前年沈艳芬写给高利民却没有送出去的一封信。

读完信，他紧张又激动。

"建力，我问你，这信你从哪儿找来的？"

"在妈妈房间的箱子里，小朋友说要玩纸飞机，我没找到纸所以……你可别告诉妈妈。"

高利民一听喜形于色，抱起建力就猛亲了几口。

"建力别怕，妈妈不会打你，还会表扬你的。"

说完便放下孩子，飞也似的朝前跑去。

高利民找到沈艳芬的时候，她正在作坊里指导着工人忙活，高利民也不解释，直接拉着沈艳芬就离开了作坊。

"利民，你什么事啊？"

"这是你写的？"

高利民晃了晃手里的信，沈艳芬一惊，上前去抢，无奈高利民将信高高举起，根本拿不到。

"你从哪儿找的？把信给我！"

"你告诉我，你上面说的是不是真的？"

沈艳芬看着高利民慢慢低下了头，却被高利民一把拽进了怀里。

"走，跟我去个地方。"

沈艳芬就这样被高利民生拉硬拽地一路走在孝信村里，人们看到后投来异样的目光。

"这不是利民吗？"

高利民也不回应，只是拉着沈艳芬往前走。

身后便传来了村民的窃窃私语："这两人是怎么回事？你说好好的一个大学生怎么就跟一个离过婚的女人搞在一起……"

沈艳芬听了只觉得羞愧，拼命想要挣脱开高利民的手。

"利民，你到底在干什么，你放开我！"

可高利民依旧不管不顾，终于将沈艳芬拉进了高家，一下子跪在了高建国夫妻面前。高家人对眼前的状况不明所以，都面面相觑。

"利民，这是……"

"爸、妈，我要和这个女人结婚。"

高利民平静且坚定地说道。

"你说什么？！"

高建国简直没有办法相信自己的耳朵。

"利民，你疯了吗？你在说什么胡话？！"

沈艳芬低声埋怨着，起身想要离开，却被高利民一把拉住。

"艳芬，我不想再继续这样下去了，我喜欢你，你也喜欢我，为什么我们不能在一起？！"

沈艳芬怔怔地望着高利民，是的，高利民说出了她的心声，他们明明彼此喜欢，却为什么总是在逃避着彼此。

"哥，你疯了吧，"小妹高玉花在一边嫌弃地望着沈艳芬，"这女人可是离了婚还带着孩子的，这事要是传出去你让别人怎么说？"

"你给我住嘴！什么时候轮到你对艳芬评头论足？！"

"爸，你看哥，他完全是被这个女人给迷了心窍了。"

高玉花害怕地躲在了父亲高建国的身后，一脸委屈地望着他们。

"你这像什么哥哥的样子，"眼见自己的宝贝女儿被骂，高建国更加气愤，"你妹妹怎么就不能说了？她说还不是因为你自作孽，我们高家怎么出了你这么个不争气的东西！"

"是啊，我不争气，大学上学的钱都是我自己挣的，你们个个都觉得我在城里吃香的喝辣的，过着神仙一样的日子，你们怎么会知道我每天上完课还要打三份工，睡觉的时候都已经凌晨三四点，我每个月只给自己剩五块钱生活费，其余全部拿来养家，你们告诉我，我不争气？"

"孽子，孽子啊！"

高建国颤抖地喊着，一副要晕厥的样子。

"爸，爸！"

大哥高广荣和小妹高玉花赶紧将老爷子扶到了座位上，高母拿来了一杯水给他，人这才慢慢舒缓过来，嘴里却依旧喃喃地念着"孽子，孽子啊"。

"弟，我们都知道你了不起，你是村里唯一的大学生，你赚钱养家，可你也别把自己说得和菩萨一样伟大好不好，是谁把你养大的，还不是爸妈吗？你就是这么孝敬他们两老的？"大哥高广荣忍不住开口埋怨。

二哥高利仁也接话说道："是啊，我看啊，有人是在城里待久了，以为自个儿是上等人看不起我们了。"

"利民，"高母苦口婆心地劝道，"这世上好姑娘这么多，你干吗非得选个离了婚带了孩子的，以你这样的条件你还怕找不到好姑娘吗？"

"妈，我几斤几两重我自己知道，你说要攀个好亲事我高利民自知没这个条件。再说了，艳芬也没同意嫁给我，她要是肯嫁给我，那是我的福气。"

"不行，我告诉你，只要我活着你就别想把那个离了婚的女人娶进高家门！"

第十一章
蜗牛需要壳

近些日子,老天连着十来天没飘过一点雨沫子,这在南方的天气里算是罕见的。

老人们这会儿在父子树下闲聊着天气,那会儿西面就黑压压地推过来一大片乌云,顷刻间便将这干旱的土地浇了个透。

叶子上,趴着一只蜗牛,它爬行得如此缓慢,仿佛时间都在它面前静止了一般。沈建力蹲在旁边,静静地望着,终于还是伸出了手。他小心翼翼地将蜗牛放在手心里,快步地朝着作坊的方向跑去。

一路上,边跑边喊。

"妈,你看,我抓到了一只蜗牛。"

作坊里只有一刻不停工作的工人,却怎么也看不到沈艳芬的身影。

"舅,我妈呢?"

沈守财爱怜地摸了摸沈建力的头:"小兔崽子,着急忙慌地找你妈干吗?还要吃奶啊?"

"你才是长不大的奶娃娃呢?"沈建力一脸的不服气,"你看。"

他摊开手心，露出里面的蜗牛，大概是路上手过于用力，蜗牛的壳似乎被捏碎了一点。

"你看看，你把蜗牛的壳给弄碎了。"

沈守财给沈建力找来一个碗，又在碗里放上树叶，将受伤的蜗牛放在了碗里。

"给，你好好看着它，要是壳全碎了，这蜗牛可就活不成了啊。"

沈建力望着碗里慢慢爬行的蜗牛，似乎同先前也没有什么不同。

"舅，蜗牛要是没壳的话会死吗？"

"那当然，那壳就是保护它的房子，没了壳自然会死。好了，你先在这里玩，舅去找你妈妈。"

"嗯。"

沈守财将作坊里里外外给寻了个遍，终于在后屋找到了躲在角落里哭泣的沈艳芬。沈守财望着，他自然明白是什么原因。自从高利民和沈艳芬的事情在高家这么一闹，高利民的婚事自然也是取消，原本高家已经发了所有喜帖，眼见着婚事泡汤不说，还是为了沈艳芬这样离婚带娃的女人，如此的爆炸性新闻一瞬间便成了大家茶余饭后的谈资。不仅仅高利民变成了村民们口中始乱终弃、见一个爱一个的负心汉，就连沈艳芬当年逃婚的事也被重新翻了出来，指责沈艳芬放浪不堪，居然勾引一个快要结婚的男人。

大多数人都是暗地里说，在人前嘴皮子松的自然也有那么几个，有几次被沈守财听到了，他二话不说上去就是一拳，就因为如此被人告到了派出所，关了几天才给放了出来。沈守财心里明白，嘴巴是长在别人身上的，他今天能打几个人让他们闭上嘴，却不能让所有人都不去议论自己的姐姐和兄弟，况且建力慢慢长大懂事起来，村里的风言风语总是会传到他的耳朵里，渐渐地孩子们也不愿意和他玩了，小建力便只能一个人去捉蜗牛。于是，一个想法慢慢在沈守财的脑海里形成。

过了几天，高利民回到了村子里，他这次去省城不仅仅是把毕业的事情办完，更重要的是他已经在省城里租了房子。

"守财，我想带你姐和力儿去省城生活，在我告诉你姐之前，我想先听听你的意见。"

高利民的话其实正是沈守财一直以来在思考的，与其在孝信村，不如到一个人人都不熟识的环境中，姐姐也能开心地生活。

"利民，你是我兄弟，可是，我今天不是以兄弟的名义来问你，而是以沈艳芬弟弟的名义来问你。"

"你说。"

"你知道我姐离过婚。"

"我知道。"

"你知道她一直以来只是外表坚强，可是她到底是个女人，也需要一个依靠。"

"嗯。"

"我就想你给我个准信，她虽然是我大姐，但于我看来，除了没有生我，就和我半个妈妈一样，你要是把她从村里带到省城里去，你知道你要对她负上一辈子的责任。"

"守财，你是我从小到大的好朋友，我这个人是什么样的性格你比我爸妈比我兄弟妹妹都清楚，我要不是深思熟虑也不会做出这种决定。我高利民发誓，这辈子要是负了你姐，天打雷劈不得好死！"

"好，利民，你这辈子都要记住你今天在我面前说的话，要是哪天我姐哭着跑到我面前，我绝对不会饶了你！"

"你放心，我这辈子绝对不会亏待了你姐姐！"

"我不会走的。"

当高利民和沈守财把商量的结果告知沈艳芬的时候，她却拒绝了。

"姐。"

"艳芬。"

"我不会走的，"沈艳芬的眼神异常坚定，"我要是怕这些闲言碎语当初也不会带着力儿回来。"

"姐，你不为自己着想，也得为力儿想想，他还小，能经受得住那些话吗？"

"是啊，艳芬，这再过几年他也得读书上学，省城里的学校总是好的，你说我们拼死拼活的为了什么？还不是为了下一代能够不过我们的苦日子吗？"

沈艳芬默默地看向里屋床上正熟睡的孩子，沈守财和高利民说得没有错，要是待在这个小小的村子里，那么她的孩子将会遭受何种的流言蜚语是无法想象的，而当年正是因为没有继续上学才会造成自己身上诸多的悲剧，沈艳芬无论如何也不希望这些悲剧在自己的孩子身上重演。

一个女人，一个母亲，孩子，始终是她的软肋。

为了沈建力，沈艳芬必须做出选择，也是她能做的唯一的选择。

虽说沈艳芬有些许担心作坊的事情，但在沈守财和高利民的鼓励下还是收拾了行李，带着沈建力，跟着高利民一起来到了省城。

以高利民赚的钱在省城租房自然不会太过宽敞，那种房子有点像北方的筒子楼，家家户户都在一个走廊上，洗漱做饭都在一起，没什么基本的隐私可言。沈守财想给他们在省城里买套婚房，被高利民婉言谢绝

第十一章

了。沈艳芬原本也想拿出这些年赚到的钱租一个好些的房子，但想想还是把话咽了回去。毕竟，对一个男人来说，尊严和面子还是很重要。这一对苦命的鸳鸯终于在这小小的一方天地里给他们的感情找到了一处栖身的地方，也算是过上了一段平静又快乐的日子。

沈艳芬的离开虽说在一定程度上让沈守财失去了左膀右臂，可还好的是沈艳芳迅速挑起了大梁，再加上原本作坊的工作也是按照规程进行，并没有引起什么乱子。因为沈守财的童装质量好、性价比高，所以经常是一到市场上叫卖便一销而空。沈守财乘胜追击，将原来的作坊规模继续扩大，工人也增加到了十来个，每天出货量越来越多，为了能扩大自己的市场，沈守财雇越来越多的年轻人替他运货，而自己也没有坐享其成，依旧勤勤恳恳地跟赵家宝如同他们当初创业一样背几百斤的货在全国各地贩卖。大概因为长时间地背负重物，沈守财的脊椎一直有酸痛的问题，可他总是休息一会儿便又干起活来。

这些年背着童装走南闯北，虽也赚了些钱，可沈守财却又渐渐不安起来，他总是在很多时间里逗弄着那只碎了壳的蜗牛，自从沈建力跟着沈艳芬离开孝信村以后，照顾蜗牛的任务就落在了沈守财的头上，要是他没时间，赵家宝和沈艳芳也会帮着喂养。他默默地望着背着壳的蜗牛，那是保护它的屏障，却也是抑制它行动的枷锁，就好像背着几百斤童装的自己一般。

正巧赶着去省城卖货，想着许久没有见到大姐和力儿，沈守财便去了沈艳芬家转转。原本以为离开了孝信村那个是非之地，姐姐终究能够获得自己想要的自由和幸福，然而阔别一年再见，沈守财只在姐姐的眼里读出了黯然。

"姐，是不是利民对你不好？你告诉我，我一定给你做主。"

"没，他对我很好。"

"那是力儿不乖？"

"没，力儿聪明乖巧，常常受到老师表扬。"

"那你怎么不高兴呢？"

其实当初那会儿沈艳芬并不知道，因为高利民和自己的事情在学校里弄得沸沸扬扬，所以也间接影响了高利民的工作分配问题，原本他应该分去薪资待遇都不错的供销社，最后却被调去了村里。高利民只觉得英雄无用武之地，着实抑郁了很长时间，沈艳芬很想替他排忧解难却发现自己也无从开口，她日复一日地重复着一个家庭主妇的活却越来越开始怀念孝信村整天窝在作坊里的日子。

"姐，你是不是还想出来工作？"

1985年，沈守财创业的第六个年头，他在武林广场附近的第一家童装店正式开业，取名为"小龙王童装"。从今以后沈守财再也不用背着几百斤的童装挤在臭烘烘又吵闹的绿皮车里东奔西跑，他终于在权衡利弊之后拥有了自己的"壳"。

而沈艳芬也告别了一年的家庭主妇生活，虽说从车工到销售，内心着实忐忑，但在弟弟和高利民的鼓励和支持下，她努力学习、积攒经验，凭借着优良的服务态度和经营理念，这家开在武林广场边的童装小店终于出现了火爆的状态。

眼看沈守财事业有成，又是孝信村远近闻名的人，陆小丽和王英花就寻思着沈守财也到了该成家的年纪，于是多次催促他赶紧娶妻生子，可沈守财依旧是同从前一样，一门心思都扑在童装店和作坊里，根本无暇顾及自己的个人问题，有时候被奶奶和母亲问急了便赶紧将同样未婚

第十一章

的沈艳芳拖出来当挡箭牌。

"二姐都还没结婚，我着什么急呀。"

这么推托了几次，陆小丽便和王英花商量着赶紧给沈艳芳说一门亲事，想着只要沈艳芳成了婚那么沈守财便再也没有借口推托结婚的事了。

知道家里人着急忙慌地将那村里有名的媒婆孙婆子请进了家门，沈艳芳便知道自己被说亲已经是板上钉钉的事情，于是急急忙忙就找到了赵家宝，希望他能先一步上门提亲。

其实在破庙两人闹矛盾后分开过，赵家宝做了挽留，这才重归于好，但问题一直没有解决，便像一根刺一样扎在两人的心里。农村里本就结婚早，像沈艳芳这样超过25岁的姑娘自然成了人人口中的"老姑娘"，这些年陆小丽和王英花也同她提起过相亲的事，但沈艳芳都没有正面回复，再说沈家也是今非昔比，陆小丽想着沈家的姑娘总得找个门当户对的，便也瞧不上这远亲近邻。有时候，沈艳芳想着心一横把自己嫁了算了，但一想赵家宝也没有错，两人在一起时间长了自然也是舍不得，于是便也不再提起此事。可看今天沈家人的架势，似乎是非要促成这次相亲不可，沈艳芳这才乱了方寸赶紧找到了赵家宝。

"孙婆子今天到我家去了。"

"她去你家干吗？"

赵家宝拿着本子和笔清点着货物，对沈艳芳似乎有些不经意的样子。

"孙婆子干吗的你不知道？就是那个常常替人说媒的，我奶和我妈让她给我说门亲事，"见赵家宝一副自顾自的样子，沈艳芳终于忍不住抓住了他的手臂，"哎，我的意思是我奶和我妈让我嫁人！"

赵家宝的眼神瞬间黯淡下来。

"哦。"

"什么叫'哦'？你到底是个什么态度，总得给个说法吧？"

"什么说法？"

"你什么时候上我家提亲？"

沈艳芳的话一出，赵家宝便沉默不语，这下彻底将沈艳芳给惹恼了。

"姓赵的，你倒是说句话啊，去不去？！"

赵家宝思索了一会儿，轻声说道："去。"

沈艳芳的表情刚变得舒缓起来，又迎来了赵家宝的下半句。

"等我有了钱。"

"这是什么意思？什么叫有了钱？怎么样才算有钱？"

"艳芳，你知道你们家里人都不喜欢我、都看不起我，我现在没钱没势的，要是这样去你家提亲，你奶奶她们能答应吗？"

"你不试你怎么就知道她们不会同意？"

赵家宝坐到一边，不发一语。

"你怎么就不能学学人家高利民，你看看他都要结婚了，还不是拉着我姐去了高家！"

沈艳芳如是说着，倒像极了恨铁不成钢的母亲。

"我和利民能比吗？他是大学生，前途无量！你爸死的时候，利民过去帮忙，你妈和你奶就在旁边端茶递水，早就把他当成了自己人，我呢？我一样在帮忙，你奶连正眼都不瞧我一眼！"

沈艳芳愤怒地望着赵家宝："那你说，去我家提亲，你到底是去还是不去？！"

"我说了，等我有钱。"

"算了，赵家宝，就让我嫁给别人！我们完了！"

毕竟两人都是在作坊里干活，抬头不见低头见，可明显不再过去一样，有什么事情也是让人传话。这样尴尬的关系，再加上赵家宝一直心不在焉，工作中老是出错，沈守财看在眼里急在心里。因为高利民和沈艳芬的事情，沈守财似乎突然之间对男女之间朦朦胧胧的小情绪开了窍，虽然沈艳芳和赵家宝从来没在人前承认过，但沈守财也在两人暧昧的神情中看出了端倪，只不过两人没有公开便也当作毫不知情，然而眼见赵家宝失了魂魄，做兄弟的也不能继续袖手旁观。

"你听说了没，我二姐相亲了。"

赵家宝在一旁发着呆，忽然听到沈守财这么说，眼神动了动。

"哦。"

"对方好像是在上海做生意的，家就在隔壁的五家村，上次来了一趟，人看着感觉不错，是个过日子的人。"

"那就好。"

赵家宝似乎不太想听，走到了一边继续干活，可沈守财依旧不依不饶地跟着他。

"那人对我二姐的印象挺好的，说下次带我二姐去上海玩玩。"

"守财，"赵家宝忍不住吼了起来，"你说完了没有，你二姐要和谁相亲跟我又有什么关系？她爱去上海玩就去玩！"

"你还会生气呀？我以为你一点都无所谓呢。"

沈守财扑哧一笑，倒是一点都没有生气的样子。

"你干吗？"

"我问你，赵家宝，你是不是喜欢我二姐？"

赵家宝被沈守财这么一问愣了愣，过了一会儿又点了点头。

"是个男人就主动出击啊，难不成你真想看我二姐嫁给别人啊？"

"我不是不想去提亲，守财，你也知道我小时候就没了爸妈，后来又没了奶奶，村里人都说我是克星，都瞧不起我，只有你和利民还把我当朋友……你做生意，当老板，利民考了大学，又进了政府里，我赵家宝算什么东西？我什么都不是！要是现在去你们家提亲，奶她们会把你二姐嫁给我？！"

沈守财听了，有些生气。

"那你就这样一辈子畏畏缩缩的？！"沈守财一把拉起赵家宝，"走，跟我回家！"

沈家的大厅里，陆小丽此时正靠在太师椅上打着盹，王英花坐在小凳子上剥着毛豆，这本该是一个最普通最平静的下午。

"进来！进来！"

外面传来了沈守财的声音，王英花停下了手中的毛豆朝门口望着。

"外面谁啊？是守财吗？"

门被推开，沈守财又拖又拽地将赵家宝拉了进来。

"妈。"

"守财，哦，家宝也来啦？"

"快，你当着我妈，还有我奶的面说。"

陆小丽被声音吵醒，睡眼惺忪地从太师椅上坐了起来，不明所以地望着眼前的沈守财和赵家宝。

"怎么了，出了什么事了？"

赵家宝见状就想逃跑，却被沈守财一把拉住。

第十一章

"赵家宝,你要是现在不说,我沈守财可就真看不起你了!"

赵家宝怔怔地望着自己的好友,又看了看一脸不解的陆小丽和王英花,便扑通一声跪倒在了她们面前。

"你这是干什么?"

"奶、姨,我赵家宝今天跪在这里想求你们俩一件事。"

"有什么事站起来说就好,别跪着啊,守财,你赶紧把家宝扶起来。"

王英花说着,沈守财却并没有扶起赵家宝的打算,毕竟,有些话、有些事是必须他自己诉说和面对的。

"我希望……你们……能把艳芳嫁给我。"

陆小丽和王英花一听面面相觑。

"家宝,艳芳……"

还没等王英花把话说完,赵家宝就打断了她。

"姨,我知道自己没钱没势,也没什么出息,幸好跟着守财一起做生意,我知道,我没什么本事,可从今往后,我一定对艳芳好……"

"奶、妈。"

他们身后,一个熟悉的声音响起,赵家宝回头,来的正是沈艳芳。

"艳芳……"

沈艳芳走到陆小丽和王英花面前,跪在了赵家宝身边。

"我和家宝在一起已经好几年了,这辈子,除了他,我谁都不嫁。"

王英花有些为难地看向陆小丽,陆小丽望着这对跪在面前的恋人,双眉紧锁。

"家宝,你呢也是我们看着长大的,你的人品性子我们都看在眼里……可是……"陆小丽长长地吸了一口气。

"奶，可是什么，他们两个都互相喜欢，我说你们就别棒打鸳鸯了。"

沈守财赶紧打断了陆小丽的话。

陆小丽狠狠地瞪了沈守财一眼："你个小兔崽子，等会儿再收拾你。"转头又望向赵家宝："可是你也知道，我们沈家也就这个还未出嫁的女儿，自然想给她找个最好的。"

"奶，这些年我也赚了些钱，所有的钱我都会拿出来，以后赚的钱也给艳芳管，你们放心，我一定会对艳芳好的。"

"那我也说一句，我准备开个厂，家宝，到时候你有了股份，也是老板了，这样也算是给了我姐一个保障，奶、妈，你们觉得怎么样？"

陆小丽和王英花虽心里还是有些许顾忌，但到底也拗不过几个年轻人，也算是勉强同意了这门亲事。

没多久，沈守财就买下了镇上的一个工厂，改建成了童装厂，并出了所有的钱，自己拿了一半的股份，将其余一半的股份分别赠送给沈艳芬、沈艳芳和赵家宝。根据原先的分工职能，沈守财是厂长，赵家宝主管财务，沈艳芬分管销售，沈艳芳分管生产，生意做得更加红火，在省城的门店也马上扩到了5家。沈守财还在燎原派中大力传播自己的生意经，帮助好几个作坊在市里或者在省城拥有了自己的童装店。

每到这个时候，沈家人都觉得沈守财疯了，完全无法理解他给自己制造竞争对手的行为，可沈守财依旧是一副满不在乎的样子。

"我们从小吃惯了苦，难道有了出路就不给别人爬上来的机会，他们就一定要过得苦哈哈我们才心里痛快？真没这个必要，大家都是一个村的兄弟姐妹，能帮就帮，只有大家都富起来了，整个社会才能进步。"

沈艳芬听了扑哧一笑，不禁拿沈守财打趣起来。

"你这小子,这远见倒像个共产党。"

"姐,你说得对,回头啊,我就去申请入党!"

然而,有市场,必有竞争。

这样的状态还不到半年,小龙王童装附近便出现了一排的童装店面。

沈艳芬见状,隐隐觉得有些不妙,但沈守财并不觉得有压力,然而不出半个月,小龙王童装的客流量明显减少,为了能够招徕顾客,每家店都开始使出浑身解数,而最能吸引人眼球的自然就是一条——低价格。

"既然他们价格低,那我们也降降吧。"赵家宝提议。

过了许久,一直坐在一边的沈守财才开了口。

"家宝,你还记得我们以前在南京路上卖枕套的时候吗,那会儿我们旁边也来了个一样卖绣花枕套的摊子。"

"嗯,记得,他们价格便宜,我们就卖得更便宜,和打仗一样。"

"恐怕……又和当初一样呢。"

果然,沈守财担心的情况终于变成了现实,家家户户都开始打起了价格战,往往上午刚刚降低了价格,别家下午就报出了更低的价格。沈守财、赵家宝和沈艳芬将收入和成本一算,居然两者都快拉平,几乎没什么利润可赚,大家又陷入一阵茫然,他们明白,价格战最后的下场必定是输到血本无归。

连着几天,几人都心事重重的样子,作坊里的工人一直紧锣密鼓地抓紧生产,可生产出的童装却要不了一个好价钱,而这边产品成本、人工成本和其他所有费用都没有降的情况下,只能是小龙王童装自己"割肉"。

有一天，沈艳芬望着自家生产的小龙王童装，又拿起别家生产的童装，喃喃自语道："这东西最怕放在一起比较，不怕货比货，就怕不识货，我们的童装这么好，别人怎么就非喜欢价格低的呢？"

沈守财听了，也默默地拿起自家生产的童装同沈艳芬手里别家的童装对比着，无论是从质量还是从款式上来说，小龙王童装确实都更胜一筹。

"东西好自然不怕没有市场的，我们的东西这么好为什么要怕别人的价格低呢？"

沈守财忽然来了劲，他想起头几年在上海打工的那会儿，上海女人们都时兴擦一种叫雪花膏的玩意，百货公司里有卖，一瓶就要卖上十几块钱，可女人们还是争相购买，以此为荣。

沈守财以此为鉴，调整思路，他买了一台照相机跑到百货商场对着那些漂亮的童装就是一顿猛拍，其间差点被营业员给抓住，但总算也是有惊无险地拿到了最新的童装款式，作为借鉴。小龙王童装的款式也快速地推陈出新，迎来了新的一轮疯抢热潮。另一方面，沈守财开始抓住消费者的心理，在店门口打出了"做好妈妈，选小龙王童装"的横幅，意思似乎是只要是好妈妈就一定会选小龙王童装，在一定程度上也引导了消费者心理。果然，在沈守财一轮又一轮的刺激下，小龙王童装脱颖而出，在武林广场附近也算是奠定了童装老大的地位。

那一年，沈守财用麻袋装了14万的现金买了一台夏利汽车，当汽车开进孝信村的村口时，所有人都围堵在村口，像看西洋镜一般。

所有的事情，似乎都朝着越来越好的方向发展，直到一把火将武林广场点燃……

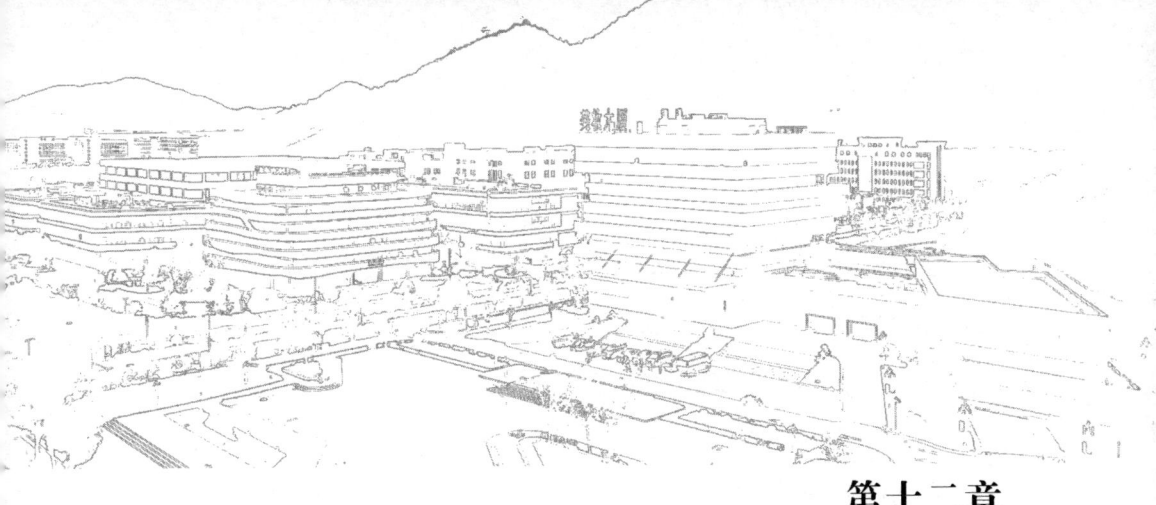

第十二章
武林广场的一把火

1987年8月8日,杭州的夏天,热得如同一个越烧越旺的大火炉。

沈艳芬正在店里忙碌着,亲自清点着一天的库存。沈建力则是在一旁写着作业,店员小李正打扫着店内的卫生。童装店里虽也安装了吊扇,但依旧闷热,三个人的汗水顺着脸颊不停滴落下来。

"哎呀,妈,我快热死了,热得我都没法写作业了。"

沈建力不耐烦地嚷嚷着。

沈艳芬抬头看了看儿子,又看了看外面被烧得火红的天,这会儿已经夕阳西下,热度退去了不少。她走到儿子面前,看了看他的作业,纸张都被汗水浸得湿答答的,她从钱包里拿出钱。

"你先去隔壁小店里买点冰汽水吧。"

"太好啦,谢谢老妈。"

"对了,你到时候给小李姐姐也买一瓶。"

"老板娘,我不用。"店员小李婉拒。

"天那么热,可别把你热得中暑了。"

"去吧。"

拿了钱，沈建力一溜小跑就出了童装店，慌慌张张正巧撞上了迎面走来的沈守财。

"臭小子，着急忙慌地去哪儿？"

"舅舅，我不和你说了，我先走了。"

"这小兔崽子……"

沈艳芬听到店外有声响，抬头便见沈守财挎着挎包进了屋。

"守财来了啊。"

"姐。"

"今天可真够热的，感觉这店里比外头更热。"

沈艳芬头也不抬地核对着账目："心静自然凉，你要是觉得热啊，让力儿也给你买瓶冰汽水。"

沈守财听了哈哈大笑起来："姐，我都27岁了，你怎么还把我当小孩啊。"

"你啊，就算你七老八十躺在床上，在姐眼里还是个小屁孩。"

两人都笑了起来。

"对了，姐，我跟你说个好事，我又接了个订单，这次的量比上次的大一倍。"

自从沈守财发展到5家门店之后，在杭州城里也算是小有名气，自然便有客户订单陆陆续续地找上门来。

"这么多？"

沈守财得意扬扬地在沈艳芬面前显摆起来。

"那是，你也不看看你弟弟是谁。"

"你呀，也就在姐面前这么贫嘴。"

此时，店员小李走到了店门口，朝着东南方望着。

"哥、姐，你们快出来看啊，武林广场那儿好像烧起来了！"

沈守财和沈艳芬面面相觑，快步走出了童装店，果然，武林广场那儿正燃烧着熊熊烈火。

这原本应该是一个普通到不能再普通的夏天。

沈守财朝着武林广场走去，人们都围拥在一起，在人群中心的空地上，那团烈焰猖狂地在众人面前舞蹈。

"真的是可恶，居然这么骗人！"

"是啊，居然用马粪纸做鞋，你说这些人缺不缺德？！"

"烧，全部都给烧掉！"

"对，就该烧了。"

沈守财听着周围人愤怒的议论，望着眼前越来越旺的烈火，耳边传来了噼里啪啦被火烧的声音，在那火海中央的正是5000多双温州的假冒劣质鞋。

那时候的沈守财并不知道，一颗老鼠屎坏了一锅粥，武林广场的这一把火虽然烧的只是劣质鞋，却是个牵一发而动全身的事情。

童装店的生意骤然减少，即便是老顾客，看着童装的料子也会发出令他们啼笑皆非的质疑。

"这布料不会是用什么乱七八糟的东西做的吧？"

当然，影响远不只这些，原本已经和小龙王童装确定订单的外地企业纷纷撤销了订单，沈守财不明所以，上门想讨个说法。

直白些的客户便扔下一句："你们浙江人都烧了自己的鞋，浙江的东西，我们可不敢买。"

仿佛只要打上"浙江制造"的标签,那件产品便是一件残次品。

沈守财原本就是个直性子,听多了也会跟人急眼。

"我们浙江人做的东西怎么就不能用了?!我对着天王老子……不,我拿我共产党员的身份发誓,我沈守财卖的东西要是残次品,我就、我就天打五雷轰!"

可是,事实在言语面前是如此徒劳。沈守财本来以为这样的影响最多也就持续一个夏天,当人们遗忘了便不会再对浙江的产品有任何偏见,然而他远远低估了这把火造成的影响。

1987年的下半年,沈守财几乎都奔波在路上,他全国各地地跑客户、找订单,但情况依旧不见好转,眼看着厂里积压的库存越来越多,沈守财有些力不从心的感觉。

"守财。"

沈守财一个人在灯光下喝着闷酒,沈艳芳和赵家宝两人在一边瞧着,将沈艳芬推了出去。

"姐。"

"酒多伤身,别喝了。"

"你知道我没多……来,你也来一杯吧。"

沈艳芬在沈守财旁边的位子坐下,沈守财将斟好的酒端到了沈艳芬面前,沈艳芬一饮而尽。

"姐。"

"嗯?"

"你说现在我们该怎么做呢?该试的方法也都试过了,今天燎原派的几个兄弟来找我,想要我拿个主意,可我也没有啊……大家的日子也都难熬,要是这么下去,我怕……小龙王也撑不了多久……"

沈守财说完又饮了一杯。

"弟，你别这么说，门店的销量虽说不能和以前相比，可也还是能撑一阵子的，我的想法有几点，你想不想听？"

"你说。"

"第一，厂里必须裁员，养着这么多人对我们是个负担。"

"裁员……"沈守财叹了口气，"怎么裁？裁谁？你看看好些都是最早开始就跟着我们干的老工人，做人不能忘本，再说其他员工，老陈有个瘫痪在床的儿子，小王的爸爸得了大病人在市里的医院，每天住着就是烧钱，还有田菊花，她老公给人修房子从上面摔下来，人半死不活地躺在床上……哪个家里不是上有老下有小的，要是我们把他们开了，你让他们怎么生活？"

沈艳芬听了沈守财的话，只觉得心里沉重。弟弟说的话一点不假，这么多年，只要他们在厂里，和员工们几乎都是吃在一起、玩在一起，每一个工人家住哪里、家有几口人、家里是个什么情况，沈守财和沈艳芬都一清二楚，平时得了什么吃的用的，他们也都是先给员工们发福利，大家有什么高兴的事也会找他们唠嗑，这个厂显然就像一个家一般。

"第二条……为了减少成本，我、你二姐还有家宝我们都提议把现在的棉布换成纱支更低的棉布。"

"不行，绝对不行！"

沈守财想都没想一口回绝，纱支和密度降低，在很大的程度上确实降低了棉布成本，可是也会影响棉布质量，布料的手感会变得粗糙，也特别不耐穿，做出来的童装基本上是过几次水就完全报废的残次品。

"我们小龙王童装，再怎么样也不能降低自己的品质，这是我一再强调的。姐,难道你还不明白质量对一个品牌、一个企业来说是多关键吗?要是我们也这么做,那和用马粪纸做皮鞋有什么区别?"

沈艳芬沉默了一会儿,继续说道:"那就只能是第三条,我们先关闭3家门店。"

沈守财用手指不停地在桌上画着圈,默默地说了一句:"嗯,关吧。"

沈守财站在小龙王童装的分店门口,亲眼看着赵家宝将店门锁上。

赵家宝见沈守财久久站着,便上前说道:"守财,我们走吧。"

"你们先走吧,我再看一会儿。"

赵家宝他们不再劝说先行离开了,只剩下沈守财一个人站在小龙王童装的分店门口。这是他们关掉的第三家门店,他还清楚地记得每一家店开幕时的场景,噼啪作响的鞭炮,活灵活现的舞狮,人人拥有的笑脸,这些全变成了从前。

"总有一天,我沈守财还是会回来的。"他望着那个已经有些破败的门头暗自鼓劲。

这之后,沈守财更加拼了命地去工作,但结果依旧不如人意。

因为老是在外面跑业务,沈守财将厂里内部的运营全权交给了沈艳芬、沈艳芳和赵家宝,而他们三人眼看工厂一直在亏损,于是在沈守财没有同意的情况下,擅自更改,用了低几品级的棉布代替,原本以为沈守财不会发现,但阴差阳错之下还是让他发现了端倪。

员工们路过沈守财的办公室,里面传来一记拍桌子的响声。

"怎么回事?"

"两个女沈总,还有赵总都在里头。"

"我从没见沈总发过这么大的火。"

"是啊。"

办公室里,沈艳芬、沈艳芳和赵家宝坐在位子上,沈守财坐在他们对面,一脸愤怒。

"大姐,我和你说过没有,再怎么样也不能降低自己的品质!难不成你们想做第二个'温州鞋'吗?!"

"守财,这点我和你的看法倒是有点不太一样,"赵家宝说着推了推自己的眼镜,有条不紊地说道,"温州鞋那是用马粪纸做的,那就是欺诈消费者的行为,可我们还是用棉布,只是质量上比以前可能稍微差一点……"

"是啊,其实和以前也没有什么区别的。"沈艳芳在旁边附和着。

"怎么没区别?你们自己看看我们现在的童装,下了两次水就破了,这样的产品要是你买回去你还会再来买第二次吗?姐,你知道武林广场的这场大火给我最大的启示是什么吗?就是信誉一点点搭建起来很难,可是要毁掉它却很容易,你们这样做是把小龙王往死里推啊!"

沈艳芬再也忍不住,暴跳如雷:"那你说,怎么办?你知道我们现在每个月的销量是多少吗?你知道我们现在厂里的库存有多少吗?你知道现在账上的钱能让我们撑到什么时候吗?我说裁员,你不同意,那我只能在产品上把成本减到最低。守财,现在不是硬撑的时候,你知不知道?再这么下去,我们厂就要完蛋了!"

沈艳芬的一席话犹如一盆冷水将沈守财浇个湿透,他低着头不再说话,直到赵家宝开始犯起了嘀咕。

"是啊,况且也不是我们一家这么做,小林他们厂,老徐他们不都这么干了吗?"

沈守财抬起了头，赵家宝看到了他的眼神，那是一种从未见过的眼神。

1988年初，这个年过去也没多久。

春寒料峭，小雨凄凄。

春风拂过天际，砭人肌骨。

武林广场上站着一圈又一圈的人，里里外外，水泄不通。

沈守财站在人群的最前处，一侧站着沈艳芬、沈艳芳和赵家宝，另一侧则是小林、老徐他们这些燎原派的兄弟。

小林此时还不死心，走到沈守财身边，悄悄问着："沈哥，你真要这么干？我这里可是几十万的货啊。"

沈守财眼睛直视前方，不发一言。

小林只觉得无趣，又退了回去。

去年，在这里，武林广场，愤怒的杭州人将5000多双劣质鞋给烧了，而今天，还是在这里，沈守财决定烧毁几十吨连同他和燎原派所有企业的不合格童装。

"点火！"

沈守财一声令下，众人便拿起火把将一件件童装点着，火焰犹如一条条火蛇一般将几十吨的童装牢牢缠住。

沈守财身后不时传来叹息的声音，更多的则是黯然离开了人群。沈守财凝视着眼前的烈火，谁都不知道他心里在想着什么……

第三天，他就找了一家修理厂，把那辆当作宝贝般对待的夏利车给卖了，得来的钱全投进了厂里。从修理厂回来以后，沈守财去看了看王英花和陆小丽，两位沈家的长辈虽不了解事情始末，但多多少少也听说了厂里现在的难处，对于小龙王童装的事全部都闭口不提。

"有空就回来，妈给你做红烧肉。"

"是啊，没事了就回来转转。"

沈守财从沈家走出来，漫无目的地走着，不知不觉又走到了村口的父子树下。

他在石凳上缓缓坐下，身边正巧经过村里的几个妇人。

"哎，你看，那是谁。"

"这沈疯子果然还是个沈疯子。"

"是啊，你说他要疯就自己去疯吧，干吗非要拖着我们一起疯啊，孩子他爸气得在床上睡了三天，这会儿还等我回去做饭呢。"

"哎，是啊，这沈疯子真是害人不浅。"

妇人们虽说已是降低了声音，但还是传到了沈守财的耳朵里。

他愣愣地坐着，望着出村的方向，印象里已经不记得自己几次出去又几次回来，恍惚间，沈守财似乎能看到那时候的自己，一开始是背着几百斤边角料回来的伤痕累累的自己，接着是同赵家宝扛着几百斤的绣花枕套离开孝信村的自己，然后又是背着几麻袋童装的自己……

风轻轻，沈守财却渐渐湿了眼眶。

其实刚才在沈家，王英花和陆小丽的话已经让他有些鼻子泛酸，可男人的面子还是让他忍住了，这一会儿四下无人他再也憋不住了。

"做事情……就要脚踏实地、认认真真……要做就做到底……别一点困难就不做了……丢……丢老沈家的脸……"

沈根山弥留之际对沈守财说的话又一次浮现在他耳边，眼泪也终于顺着脸颊滴落在了冰冷的土地上。

正当所有人都以为小龙王童装和燎原派里所有的企业都将面临巨

灾难的时候，沈守财的"大义灭亲"之举竟将原本杂乱无章的局面给扭转了过来。他放火烧童装的事迹被电视、报纸大幅报道，人人都知道了这个敢于自己揭短的生意人，他一时间成为了新闻焦点。"踏实做人、诚信为商"似乎就像一个新的标签一样与沈守财的名字画上了等号。

全国各地大大小小的订单就像觅食的鸟儿一般朝着沈守财、朝着小龙王童装以及燎原派里的兄弟工厂飞来，沈守财他们终于在一场"浩劫"中"活"了下来。

原本因为火烧童装的事情，燎原派的兄弟们对沈守财都颇有微词，这件事情下来只觉得沈守财比他们任何人都有远见，也明白了诚信、质量才是一个工厂、企业长久发展下去的原动力。

沈守财站在窗边，望着远处微微泛起的鱼肚白。天，快亮了。

第十三章
亲情的危机

随着改革开放的快速推进，越来越多的公司企业如雨后春笋般茁壮起来。

因为武林广场的一把火，沈守财遇到了建厂以后的第一次大危机，也因为武林广场的一把火，他顺利地化险为夷，扩大了自己的市场，稳定了自己的客户群。

然而，危机却又在悄悄靠近。

因为是淡季，所以童装厂里格外安静，原本晚上热火朝天的车间里也是冷冷清清，整个厂区里除了偶尔有手电筒的灯光闪过，似乎再也没有其他的一丝动静。

沈守财的办公室里一片漆黑，忽然门锁转动，一个身影鬼鬼祟祟地闯了进来，径直走向了一边的保险柜，摸索了好一阵，终于听到了打开的声音，那人从保险柜里拿出了几份资料便匆匆离开了。

日子便这样过去了半个月，那一天沈守财一如往常，天一亮便来到了办公室，却见二姐沈艳芳和二姐夫赵家宝早就等在了那里，满面愁容，似乎心事重重。

"你们两口子怎么了，起这么一大早。"

还没等沈守财坐下，沈艳芳和赵家宝就跪在了沈守财面前。

"你们这是干什么？有什么事起来说啊。"

沈艳芳抬起头，沈守财这才发现二姐的脸颊上依稀能看到泪痕。

"守财，你就让我们这么跪着说吧，姐真的……真的是对不住你……"

"不是你姐的错，守财，全部都是我，是我贪心，是我鬼迷心窍……我……我真的对不住你……"

赵家宝边哭边朝着沈守财磕头。

沈守财被这眼前的场景弄得有些不明所以。

"姐、家宝，你们先别这样，到底出了什么事，你们说啊……"

稳定了情绪之后，沈艳芳开始说了起来。

赵家宝的性子一直都有点自卑懦弱，这些大家都是知晓的，自从跟着沈守财一路走南闯北，他赚了些钱，有了历练和经验，也积累了一定的人脉，这在一定程度上确实提升了他的自信心，然而在他的内心深处一直都觉得自己只是沈守财的跟班，是只能仰赖着兄弟过活的可怜虫。虽然娶了沈艳芳，但相比于同样是女婿的高利民，沈家的长辈似乎对他总是不太看重。正是在自尊心这样日积月累的受挫下，赵家宝渐渐开始有了些自己的小心思，在不影响到自己本职工作的前提下，他在省城开了一家汽车修理厂，到了20世纪80年代末，单单靠这一项一年也有了二十万左右的收入，可是相比于沈守财和高利民的事业有成，赵家宝似乎再努力也仅仅只能成为别人口中的"挺好""还好"，当然他也不是没有想过自己出来单干，但是俗话说"大树底下好乘凉"，要是离了沈守财这棵"大树",担的责任必定是难以想象的大,对赵家宝这样的性子来说还是存在很大风险的。也正是在这样的节骨眼上,他通过生意场上的朋友认识了一个老板,那个男人操着一口山西口音,那时候山西煤矿业已经开始发展,那男人怂恿着赵家宝入股投资,原先他只是观望,并没有多想,直到自己的朋友一下子拿到了几十万的分红,赵家宝眼馋了,他没有想到只要投下一些钱就能得到如此巨额的回报。第一次,赵家宝投下了二十万,拿到的分红翻了一倍,有了第一次的甜头,他开始变得胆大起来,投的金额也就更多了,而此时那个山西男人也开始让赵家宝不停追加资金,赵家宝不仅拿出了自己所有的积蓄,也同燎原派的好些兄弟借了钱,并把他们也拉进了这个"聚宝盆",直到那个男人跑路东窗事发,赵家宝才知道这一切都是骗局。

为了能还上借的钱,也为了能给燎原派的兄弟一个交代,一方面赵家宝让大家死守着秘密,另一方面开始想方设法借钱,然而借的钱依旧是杯水车薪,他害怕这件事情被沈艳芳知道,于是便偷偷打起了童装厂的主意,想着先把童装厂拿出去抵押一阵,等钱兜兜转转回来了,再神不知鬼不觉地将童装厂的营业执照和三枚印章还回来。

可是,这世界上没有不透风的墙。

燎原派兄弟里的一个家属在和沈艳芳闲聊中说漏了嘴,终于还是将这件事情抖搂了出来,原本沈艳芳以为赵家宝只是上当受骗,将钱还回去就没事了,却没想到不仅仅是没完没了的多角债,他还将小龙王童装厂给抵押了出去,于是便有了如今的登门谢罪。

"守财,我对不起你,你对我这么好,可我……不是人啊……"

赵家宝跪在地上,泪如雨下。

"守财,你报警吧。"

沈艳芳冷冷地说道。

"老婆……"

"家宝做了这么对不起你的事，我无话可说，他该赔的钱得赔，该负的责任得负！你放心，就是赔上这条命，姐也会把厂子给你赎回来。至于你，"沈艳芳头扭向赵家宝，眼睛却看向别处，"咱们夫妻的缘分也就这么尽了，孩子你放心我会养大，你就从这个家里干干净净地出去吧。"

"老婆，别啊，"赵家宝死死地拉着沈艳芳，"我们这个家不能散啊，绝对不能散啊，一切都是我的错，我去死，我去死！"

说着，赵家宝便开了窗户要跳楼。

"你要真想死就跳吧。"

沈守财终于开口说了一句话，赵家宝一听，停在了那里，愣愣地望向沈守财。

"从小到大你都是这种个性，有什么事情就逃避，我本来还想着咱们也一直在外面打拼这些年了，你总有点长进，现在看来是我想太多了！你跳吧！跳啊！"

赵家宝慢慢地瘫软在地上，放声大哭起来。

"好了，是男人就做点男人该做的事，你自己搞的一摊烂泥，总得你自己擦干净。喏。"

赵家宝抬头，沈守财将手帕递了过去，他犹豫着接过手帕擦干净了眼泪。

在多方努力下，欺诈骗人的男人终于落网，钱款也部分追回，不够的钱，由赵家宝向沈守财打了借条，承诺慢慢将钱给补上。因为赵家宝

第十三章

而连累了燎原派的兄弟，沈守财自觉难辞其咎，准备辞去燎原派会长的职务，却遭到了大家的阻拦。

"沈哥，你是我们这个大家庭的一家之主，你要是走了，那我们这个家也就散了。"

"是啊，你不能走。"

众人极力挽留，这才勉强让沈守财答应继续任职。

赵家宝的事情，确实在某种程度上给了小龙王和燎原派的兄弟企业不小的打击，为了能在最短的时间内挽回损失，沈守财必须尽所能扩大市场。

"我记得省里马上要搞一个展销会，到时候会有全国各地上百家的客商来展会选货，你们大可以试试这个好机会。"

高利民知道了沈守财的想法便立即提议，那会儿他已经是市里的计划委员会副主任。

"好啊，我们可以试试。"

"那行，明天我就帮你联系。"

原本沈守财只是想着小龙王童装参展，但思来想去还是决定和燎原派的弟兄们商量商量，沈守财的想法是与其我们个别企业小打小闹，不如大家一起参展，把整个势头搞起来，其实大家一起经历了这么多事情，燎原派的兄弟们已经非常认可沈守财的为人和生意经，都纷纷表示赞同。于是，原本只是小龙王童装参展变成了燎原派兄弟一起"出征"。

那展会经理是个爱贪小便宜的男人，很多参展商为了拿到好位置便会给他些小恩小惠，可第一次参展的沈守财他们仿佛是愣头青，即便那展会经理已经暗示到了快脱口而出的份上，可他们依旧还是没有给半点好处，展位自然也被安排在了最偏僻的位置。

开幕以后，参观者络绎不绝，但是沈守财他们的展位却无人问津，这让他十分苦恼，两天过去依然如此，虽然燎原派的兄弟们都团结一心，然而面对残酷的现实也开始有了疑虑，参展是不是正确的选择？到了第三天，沈守财他们的童装展位已经只剩下沈守财几个人，好些人都认为没了希望便离开了。他坐在展位上，脑袋里想起了儿时帮母亲卖菜的场景，好酒不怕巷子深，沈守财对他们的童装产品是非常自信的，既然守株待兔不管用，何不上门主动出击呢？想到这里，他们一起制作了好多宣传单，在会场的主路口派发宣传单，上面写着：只要凭宣传单即可到燎原派的童装展位上换取一件纪念品。

这样的宣传方式在 20 世纪 80 年代的上海实属新颖，而消费者对于小恩小惠又有着魔般的兴趣。于是，本来门可罗雀的童装展位被顾客挤得水泄不通，不到几天，沈守财他们的展位便在会场里出了名，每个参观者都争先恐后地奔向他们，知道这事以后，燎原派里撤了摊位的兄弟又重新回来。这之后的几日，即便沈守财他们后来再也没有派发宣传单，可大家还是慕名前来、热潮不减，直至展会闭幕仍是如此。

沈守财他们在这次展会上尝到了甜头，收获了大批的订单，小龙王童装和燎原派里的其他童装厂也越来越趋于平稳发展的状态……

第十四章
沈守财的春天

在婴儿洪亮的啼哭声中,日子一晃便来到了20世纪90年代。

眼见着沈艳芬和高利民、沈艳芳和赵家宝都已经开花结果,而沈守财依旧打着光棍,陆小丽和王英花就打心眼里着急,毕竟对她们来说,沈守财是沈家唯一的香火,而此时的沈守财也已经一只脚踏进了三十岁的大关,却从未带过一个女孩进沈家门。原本陆小丽心想着沈艳芳嫁了出去,沈守财总能将婚姻大事提上日程,可没想到这家伙就好像着了魔一般,一门心思都扑在工作上。

"既然这小子不吃软,那就来硬的。"

那天沈守财说好会回沈家吃饭,王英花早早就开始张罗起来,却被陆小丽给拉到了一边。知道婆婆要使出绝招去逼迫儿子,做母亲的只怕儿子会生气。

"英花,你说你也一把岁数的人了,你到底想不想抱孙子?"

"想当然是想,可是……"

"想就行,其他你都别管,尽管交给我这个老太婆。"

老太太这劲头也是说来就来，王英花根本劝说不动，也只能默默听从。

到了中午吃饭的时候，沈守财还没进门就听到了陆小丽的哭声。

"怎么了，奶奶，这是谁欺负我们大宝贝啊？"

陆小丽一听，立马破涕为笑。

"臭小子，都30岁的人了还拿奶奶寻开心。"

"奶奶，我明年才30。"

"你是生在上半年，按照乡下的说法还得再大一岁呢。"

"是是是，奶奶说什么就是什么，对了，我前些日子去上海的时候给您买了些东西，我这就拿来给您看看。"

沈守财借口要离开，陆小丽偏抓住了他的手。

"来，守财，陪奶奶说会儿话。"

沈守财有些无奈地又坐回位子上，他自然明白陆小丽要对他说什么。

"你看你，现在我敢说，你在孝信村，或者是在吉里镇上也是这个，"陆小丽竖起了大拇指，"我们沈家盖了新房，你又添置了这么多东西，要是你爸还活着……"老太太说着掩面而泣，不胜悲伤。

"奶奶……"

陆小丽赶紧擦掉眼泪，拉住沈守财的手，语重心长地说道："守财啊，奶奶就你爸一个儿子，你爸又只有你一个儿子，你可是我们沈家唯一的香火，我和你爸做梦都想抱一个孙子，我呀找了王婆子，让她帮着去省城打听打听，看看有没有门当户对的姑娘，再不济，那也得找个市里的，你说是不是？"

"奶，你就别瞎操心了，结婚的事情，我心里有数。"

陆小丽一听便翻了脸:"什么心里有数?这么些年你就只会糊弄奶奶,以前让你结婚,你说要拼事业,后来要你结婚,你说二姐还没出嫁,等到你二姐孩子都生了,你还是个单身王老五,你是不是要等到奶奶踏进棺材才把老婆领进门啊?"

"奶,我不是这个意思,实在是没碰到自己喜欢的。"

说实在的,这些年沈守财接触的女性确实不少,其中也不乏条件很优秀的,可就是奇怪了,他总是不来电。

"相处相处不就喜欢了?那我和你爷爷,你妈和你爸不都是这么过了大半辈子吗?奶奶让你去相亲,你也不去,万一遇到个自己喜欢的呢?"

沈守财笑着摇头。

"我告诉你啊,我已经让王婆子找了个省城姑娘,人家爸妈是大学里的老师,长得漂亮又知书达理,日子就在这个月26号,那天是七夕节,你说这么好的日子……"

"26号我不在杭州啊。"还没等陆小丽说完,沈守财就赶紧打断。

陆小丽的脸一沉:"你的意思是不去了?"

"奶,我去不了啊。"

"好,你大了,奶奶的话也不听了,我死了算了,活着还有什么意思。"

陆小丽说着就要起身去撞墙,幸好沈守财和王英花赶紧拦住了她,可陆小丽依旧极力挣扎,嘴里大声嚷着:

"拦着我干什么,让我这个老太婆去了好了,孙子都不听我的话,也不领个孙媳妇回来,沈家的香火怕是要断在我的手上了,我活着还有什么意思,还不如让我闭了眼,眼不见为净啊!"

"好！我去！我去还不成吗?!"

陆小丽破涕为笑。

一眨眼，便到了七夕节。

和相亲对象见面的时间约在了晚上七点，既免去了吃饭时的尴尬也不用花费太多时间，沈守财想着只要礼貌性地挨上一个小时，他便可以借故离开，也算是给了两人一份体面。

这次的相亲地点是对方选的，那是一间在武林广场附近的咖啡屋，有时候沈守财和客户也会约在那里见面谈生意，可他并不习惯喝咖啡，他总觉得自己长了一个中国人的胃，只喝得惯茶叶，于是到了那里他就会点一杯浓茶。

今天，也一如往常。

"你喝点什么？"

沈守财礼貌性地问坐在对面的年轻女人，确实正如奶奶所说，是一位非常漂亮又看着知书达理的女性。

"一杯 espresso。"

沈守财似乎显得有些无所适从，对着服务员说着蹩脚的英语。等服务员一离开，两人都陷入了沉默。

"那个……我听说你爸妈都是大学老师？"

"嗯，他们一个是中文系的，一个是机械管理，我现在也在大学里教书。"

"那是书香门第啊。"沈守财尴尬地笑着抿了一口浓茶："你平常都喜欢干些什么？"

"平时在家里就喜欢看看书、弹弹琴，要么就是和朋友一块儿去看看电影。"

"哦,挺好的。"

沈守财听了,又低头喝了一口茶,坐下来还不到几分钟,茶水便见了底。

"服务员,再给我加点水!"

"我听说你在这里开了好几家童装店?"

"也就七八家店吧,原先开了五家,后来碰上些变故就关到只剩了两家,这不老天还算赏口饭吃让我翻了本,现在已经开到七家,第八家正在装修,下个月就能开了。"

只要说起自己的工作,沈守财就一脸兴致勃勃。

可对面这位小姐却只是淡淡说了句"哦",便拿起身前的咖啡杯,喝了一口咖啡看向窗外。

两个人有一搭没一搭地说着话,其间沈守财也不知道自己看了几次手表,他只觉得那一个钟头仿佛和一个月一样漫长。

一看指针到了八点,沈守财立马开口说道:"时间不早了,我送你回去吧。""服务员,结账!"

两人正要往店外走,忽然一个声音将所有人的目光都吸引了过去。

"色狼!"

一个女人一下子从位子上站了起来,一杯水泼到了身边男人的身上。

"你干吗摸我?"

"我摸你什么了,你不要血口喷人!"那男的一脸横肉,长得贼眉鼠眼、五大三粗的样子,脖子上、手腕上、手指上都戴着厚重的金饰,妥妥的一个暴发户。

"你……你摸我屁股!"

"真是笑话了,谁看到我摸你屁股了?你看到了吗?"

男人站起来指着身边一桌飞扬跋扈地问道,邻桌的人唯恐城门之火烧到自己身上赶紧低下了头。

"还是你看到了?!"

男人继续望向另一桌客人,客人赶紧叫来服务员买单。

男人见没有人帮着女人,一副得意扬扬的样子。

"看见了没?没人看到,你可别诬陷好人!我看你根本是想勾引我,还好我一身正气没受你诱惑,你现在倒是反过来贼喊捉贼了!"

"我……"女人急得整个人颤抖起来。

"你这是什么眼神!你再瞪我试试看,你信不信我一巴掌……"

男人举起了手正要往女人身上打去,女人闭紧了眼睛却迟迟没有等到那双手落下。

"你谁啊你!放开我!"

女人睁开眼睛,沈守财正死死抓住男人的手臂。

"服务员,"沈守财望向一旁的服务员,"赶紧报警,这位同志有没有摸这位女同志我们是没看见,可他要打人我们在场那么多人倒是看得一清二楚,到时候警察来了,我第一个做证。"

男人听了沈守财的话不禁恼羞成怒:"你是从哪里出来的六二!敢来教训你老子?!"抡起拳头将沈守财打倒在地,沈守财也不甘示弱,两人扭打在一起。

咖啡屋里一下子变得一片混乱,客人们惊叫着,逃跑着,整个大厅里充斥着杯子打碎的声音和桌椅被推动的声音。

"嘀嘟嘀嘟——"

第十四章

派出所前,一辆警车停了下来。

沈艳芬和高利民慌慌张张地来到了派出所,此时的沈守财和那个一脸横肉的男人都坐在警察办公室里,沈守财的嘴角渗着血丝,T恤也被扯破了,而身边的男人被打得鼻青脸肿,一脸委屈地叫嚣着,年轻的女人站在旁边不住地向警察解释着。还好在沈艳芬和高利民的调解下,这事情才终于平息。

"我说你啊,不是来相亲的吗?怎么相亲相得和人打架打到派出所里来了?!"出了派出所,沈艳芬不住地埋怨着。

"姐,你就别管了,这事你们俩都不能告诉妈还有奶奶,知道吗?"

说起奶奶,沈守财便想到了那个和自己相亲的小姐,原本说是要送人回家的,也不知道什么时候离开的。

"你呀!"

沈艳芬刚想再说沈守财两句,就看到不远处一直跟着他们的年轻女人,她还以为是沈守财的那个相亲对象。

"守财,你赶紧把人姑娘给送回去。"

"姐,她是……"

还没等沈守财把话说完,身后的年轻女人就开口叫道:

"利民,艳芬姐。"

"你是……"

那年轻的女子都走到了面前,沈艳芬也无法从这张美丽的脸上发现些端倪来。

"是吴玫吧?是不是吴玫?"

高利民倒是先瞧了出来,那个年轻女子喜笑颜开,用力地点着头。

"是我。"

"吴玫？你是吴玫？"沈艳芬惊喜地打量着，"这都多少年没见了，要是你不喊我，我可真认不出你！"

"真的是好久不见了，艳芬姐。"

吴玫，高利民母亲家的一个远房侄女，因为一些缘故，在高家住了一年半，所以和沈守财他们也都是旧相识。不过，其实她只和沈艳芬差了一岁，按理说是可以直呼名讳的辈分，但她还是同儿时一样唤着。

"守财倒是一下子就把我认出来了。"

吴玫笑着望向沈守财，沈守财憨厚地笑着，挠着脑袋。

"是你和我们守财相亲？不对啊，王婆子说那女孩的爸妈是大学教授来着。"

"不是，我正好和守财在咖啡屋遇到，守财为了帮我才和人打架进了派出所，真的很抱歉……"

"道什么歉啊，守财的性格我这个做姐姐的最清楚，他打的都是欠揍的人，你别怪自己。对了，这么晚你爱人来接你吗？"

"姐，我还没对象。"

吴玫说着害羞地低下了头，昏黄的路灯下依旧能看到她脸上泛起的红晕。

"哦，那这样，你一个女人家回去也不安全，守财有车，让守财送你吧。"

"不用了，不用了。"

"你不让我送就是看不起我。"

"那……好吧。"

沈艳芬向高利民使了使眼色，两人便迅速离开了。

沈守财是被警车带到了派出所，而车还停在咖啡屋附近，所以两人只得徒步先去咖啡屋旁取车。昏暗的路灯下，飞虫在灯光中上下飞舞。这一折腾，时间也已经快接近凌晨，路上一个行人都没有，只剩下沈守财和吴玫肩并肩地走着。

沈守财出神地望着地上两人的投影，时间把他拉回到遥远的过去。

那是10岁时候的大年初一，沈守财和高利民、赵家宝三个好伙伴又厮混在一起，欢闹着去到高家，一进屋子就看到了14岁的吴玫。那是沈守财第一次见到吴玫，她扎着两个羊角辫，眼睛出奇地明亮，好像能够透出光来，唇红齿白的样子特别好看，后来沈守财长大了，就觉得那时初见吴玫就和《红楼梦》中林黛玉的出场一样：两弯似蹙非蹙罥烟眉，一双似喜非喜含情目。虽然不过是个14岁的少女，却已经是个活脱脱的小美人坯子，大家都喜欢这个漂亮姐姐，尤其是沈守财。

那时候，沈守财他们玩耍嬉闹的时候，吴玫也总是在一起，虽说比大家长了好些岁数，可她从来不像大姐沈艳芬一样好似半个妈，也更能和大家玩在一起，所以沈守财、高利民和赵家宝也从来不喊她"姐"，都是直呼姓名。上山砍柴的时候，吴玫总是喜欢去采些花，春天就采那漫山遍野的映山红，秋天就采那红艳欲滴的野果子。这么多年，沈守财总忘不了吴玫采花的画面，她穿着素色的裙子流连在一片火红的杜鹃花中，她的手里是满满一捧艳丽，靠近耳朵的头发上也别着一枝映山红，沈守财总是想，要是真有仙女，下凡也不过如此吧。

后来，吴玫告诉沈守财，她之所以如此爱花大概是因为她出生的时候院子角落的一株玫瑰盛放，所以吴家人便给她取名为"吴玫"。

吴玫，就好像是一朵娇艳欲滴的红玫瑰深深地种在了沈守财的心里。

想到过去，沈守财的嘴角不经意地上扬起来。

吴玫察觉到了沈守财脸上的笑意："怎么了？有什么事情这么高兴？"

"没什么，想起小时候的事来了，你还记不记得有次我们上山偷西瓜？"

"记得，当然记得，都怪高利民磨磨叽叽选选这个挑挑那个，才会被种瓜的爷爷给发现了，从山上一直追到山下，跑得我鞋子都丢了一只。"

"是啊，好不容易偷到，切开才发现是个白瓜，一点味道都没有。"

吴玫听得咯咯咯地笑了起来，沈守财也跟着哈哈大笑。

刚过了处暑，天气依旧闷热，两人走了一会儿，身上已经黏乎乎的，两个人的胳膊时不时会碰到一起，不禁让沈守财心里有些小鹿乱撞，整个人也越来越清醒起来。

"还有还有，有一次你爬树抓知了，爬到一半裤子被树枝划开了，两个屁股蛋都给露了出来，哈哈哈哈……"

"你记错了，那不是我，那是家宝！"沈守财赶紧维护自己的面子。

"是吗？我怎么记得就是你，后来被你爸给狠狠揍了一顿，你奶奶还拦着，反而把你爸给说了一顿。"

"你记错了记错了，真不是我。"

"小时候，真好啊。"吴玫抬头望着星空感叹着，转头望向沈守财："奶奶、叔叔、阿姨，还有二姐、家宝他们还好吗？"

"嗯，都好，"沈守财的脸一沉，硬挤出一个微笑，"就是我爸生病过世了。"

"怎么会这样？不好意思啊。"

"没什么，生老病死都是命里定好的，只不过，要是他能享享福就好了……算了，都过去了，不提了，说说你吧，自从你离开孝信村以后，大家都不知道你去了哪里。"

"我和我弟也是跟着我爸全国各地到处跑，这些年才回了浙江。"

"你现在在做什么？"

"做化妆品代理，刚才那个男的就是我的一个客户，平常就喜欢占女的便宜，没想到今天……"

"你一个女人在外头闯荡也不容易。"

"都为了生活，混口饭吃嘛。"吴玫笑了笑，说得云淡风轻，"你呢？"

"和你一样，都是在讨生活，混口饭吃。"

不多时，他们便走到了沈守财的车前。

吴玫一直以为沈守财口中说的车最多是自行车，可万万想不到是最新款的夏利车，在那个年代，拥有一辆夏利车无疑就是有钱人的标志。

"我的天哪，你这车……是自己的？"吴玫一脸的难以置信。

"是啊，这是后来新买的，原先那一辆给卖了，现在手头上又有了钱，没个出门工具还真是不方便。来，上车吧。"

吴玫上了车，副驾驶座位上正放着一份修建公路和一份建立慈善小学的计划书。

"不好意思，车上有点乱。"

沈守财说着把两份计划书放在了车后座。

"你要修公路和建小学？"

"是啊，农村的孩子要想走出去就得修好路、上学读书，想想自己16岁就出来打工，现在看看也是吃了没文化的亏，就想着以后村里的孩子别和我们一样吃亏在起跑线上吧。"

沈守财漫不经心地说着，吴玫坐在车上，看了看身边开车的沈守财，还是一脸的难以置信。

"怎么了，怎么这么看着我？"沈守财感觉到了吴玫投来的目光，有些不好意思地问道。

"没什么，我还以为你也和我一样打工讨口饭吃，没想到你现在都做老板了。"

"这些不都是装点门面的东西，去和别人谈合作的时候还不是一样为了讨口饭吃。"

那一晚，沈守财第一次不是因为工作上的事情失眠了。他的脑子里一直闪现着吴玫的身影，他忽然感谢起以死逼着他来相亲的奶奶，要不是她自己也不会再次遇到吴玫……

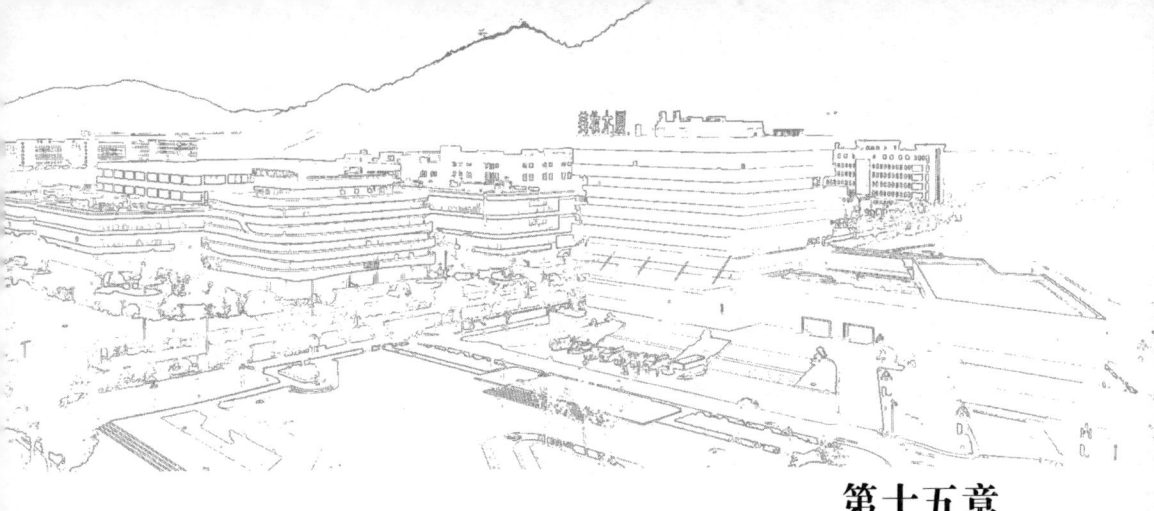

第十五章
迟到的婚礼

　　自打那之后，沈守财有事没事都会来找吴玫，两个年轻人本来就对彼此有着好感，一来二去便产生了情愫，走到了一起。沈守财与吴玫商量着，哪天带吴玫回沈家看看，却也不知怎么就接到了沈家的电话。

　　"守财啊，你奶奶让你这周回来一趟，"电话那头的母亲王英花似乎有什么难言之隐，"对了，你让吴玫也一起来。"

　　挂了电话，沈守财总觉得有些奇怪，和吴玫恋爱的事情他还没往家里说，姐姐们也答应了先替他保密，可怎么就传到了老太太的耳朵里。于是，两人备了些东西，在星期六回到了沈家。

　　"来，吴玫，快进来。"

　　沈守财拿着礼品，拉着吴玫进了沈家客厅。

　　陆小丽正眯着眼睛靠在椅子上，听到有了声响也没睁开眼睛。

　　"奶奶、阿姨。"

　　"哎，"一边的王英花倒是应了一声，赶紧招呼着吴玫坐下，"吴玫来了，来，吃茶。"

"谢谢阿姨。"

"奶奶、奶奶。"

沈守财不住叫唤着，陆小丽这才睁开了眼睛。

"哎哟，我们守财回来了。"

"奶奶，吴玫来了。"

"奶奶。"

"嗯。"

陆小丽冷冷地哼了一句，吴玫的目光与她对上了，只觉得陆小丽对她满满的敌意和厌恶，赶紧低下了头喝茶。

"吴玫。"

"哎，奶奶。"

"你今年几岁了？"

吴玫轻声回答道："34。"

"比我们守财可是大了四岁啊。"

"嗯。"

"我听说那天我们守财去相亲，正好碰上你，还为了你和别的男人打架打到派出所去了，是不是？"

吴玫听了，只是低着头，不敢应声。

沈守财忍不住了："奶奶，事情都过去多久了，你怎么还提？"

"你别插嘴，你自己看看哪个好人家的姑娘和你见面就把你送到派出所去的？"

"这事情又不是吴玫的错，都是那个人……"

"那个人怎么了？你别再狡辩了，我都听力儿说了，要不是你为了吴玫，能和人打架吗？能被抓到派出所去吗？我们老沈家一辈子清清白白，从没进过局子，你倒好，为了一个女人进去了，还好没出事，要是出事了你让我怎么和你死去的爷爷和爸爸交代？你和我们家守财在一起多久了？"

"快半年了。"

"那你也应该对我们守财有点了解了吧？"

"嗯。"

"我们老沈家呢就只有守财这么一条血脉，所以你也知道我们全家有多看重这个孩子，你别看守财现在是有钱了，他自己创业干活的时候可苦着呢，这些钱可都是他自个儿辛辛苦苦赚来的，不是天上掉下来的！"

"奶奶，"沈守财赶紧打断陆小丽的话，"你说这些干什么呀？"

"这些都是事实，怎么不能说？你知不知道现在有多少女人眼里只有你的钱，倒贴着要爬进我们沈家？"

"奶奶，吴玫不是这样的人！"

"是不是这样的人，你怎么知道？奶奶是过来人，见过的人比你吃过的饭还多！"

沈守财一脸不悦地站起来："奶奶，你要是今天高高兴兴地叫我和吴玫来吃顿饭，那我们就继续留着，要是你还是这副咄咄逼人的样子，那我和吴玫只能回省城了，吴玫，我们走！"说着便拉上吴玫气冲冲地离开了沈家。

"守财！守财！我们不能就这么回去！"

"不这么回去，难道继续听我奶奶怎么数落你吗？"

"奶奶也是为了你好。"

"为了我好？"沈守财停下脚步，转头望向吴玫，"要真为了我好，就应该尊重我的决定。"

"守财，你说要是我真和奶奶说的一样是看中了你的钱呢？"

"你不是这样的人，我们出去吃饭，我不同意平分，你还是会下一次请回来，你说要是这样的人是看中我的钱，那她是不是太笨了？"

吴玫笑了："可你也不聪明啊。"

"那行，我们两个笨蛋在一起别祸害别人就行。"

只要有空，沈守财都会来接吴玫下班，穿着他的西装，开着他的夏利车，想要给他的爱人最大的体面。而事实也是如此，吴玫的同事总是会羡慕地说上一句"吴玫，你男朋友又来接你啊，真羡慕"，吴玫听了心里总会觉得很是高兴，沈守财对她的喜爱和照顾溢于言表。

可这些日子沈守财隐隐觉得吴玫有些不开心，原本他只以为是在沈家受了委屈，可沈守财却发现根本不是这回事。但他知道吴玫同自己一样有着倔强的脾气，若自己不说，任凭旁人将她打死也不会吐露半个字，于是沈守财也心照不宣。直到那天沈守财依旧像往常一样来接吴玫下班，她却说"有事"，并没有上沈守财的车，见心上人一脸慌乱的神情，沈守财担心她出事便不声不响地尾随其后。吴玫坐的公交车到了近郊的某处，路口一个五六十岁的女人正焦急地等着，见吴玫回来赶紧迎上前去，两人说了几句便转头朝着有房子的地方跑去。

此时，沈守财的脑子里满是疑惑，他将车停在了隐蔽的地方，便徒步跟着，终于到了一处破败的平房前。

另一边，虽说第一次见家长不欢而散，沈守财也表达出了和吴玫在一起的决心，可是陆小丽却根本无法释怀，于是暗中让人去打听了吴家的事，不打听还好，一打听简直吓了自己一大跳。

沈守财偷偷地躲在大门后面，只听得院落里一阵吵吵嚷嚷。透过门的缝隙看到里面，一帮五大三粗的男人将一个看着约莫五十多岁的男人压在身下，一个高中生模样的学生在旁边"爸、爸"的一声声喊着，这孩子应该是吴玫的弟弟，而被人压着的应该就是吴玫的父亲。只见吴玫跪在地上，朝着一个五大三粗的男人乞求着，这人似乎是这群人的头头。

"大哥，我求你了，再给我点时间，我只要有钱就会还给你的。"

"有钱？什么时候有钱？你们一家子让我们兄弟几个从湖南一路追到浙江，你把我们当什么?! 我告诉你姓吴的，你们要是今天还不出钱，要么就是你老头子跟我们走，要么就是你……"男人撩拨着吴玫的头发，凑近贪婪地闻了闻，"让哥儿几个快活快活。"

男人回头望着同伴，众人发出一阵猥琐的笑声。

吴玫绝望地望向一直被压在地上的父亲，她知道若是父亲被这些人抓去将会面临什么。

"爸，你答应我，从今往后再也不能赌博，好好把弟弟养大！"

"玫子啊……玫子啊……"

吴玫擦干脸上的眼泪，斩钉截铁地对那人说道："放了我爸，我跟你们走。"

"慢着！"

一个声音在门外响起。

"他们的钱，我来还！"

众人朝着门外望去，沈守财正站在那里。

沈守财走出了屋子，身后传来吴玫父亲"哎哟、哎哟"的呻吟声，另一个房间里，吴玫的弟弟正坐在桌边一声不吭，他站在院落里抬头望着天空。

这里才是吴玫真正的家，所以每次沈守财将吴玫送到"家门口"，吴玫从来不会邀请他进去坐坐，原来都是等沈守财离开后搭上了公交车回到了这里。

"你的钱……我一定会还你的。"

吴玫的声音在沈守财身后响起，沈守财回头望向她，她的脸色发白，嘴唇没有一点血色，看上去不太好。

"你知道我没想着让你还钱。"

"不，"吴玫的眼神倔强，"这个钱是一定要还的，你放心。"

沈守财出神地看着吴玫，她的骨子里有着同自己一样的倔强，但只有同一类人才明白维持那种莫名的倔强是有多累。

"你为什么不早和我说？"

"我怎么说？难道告诉你我有一个好赌的父亲，我和弟弟从小到大都在躲债吗？"

原来，吴玫的父亲嗜赌成瘾，当年将她送到孝信村让高家照顾也是为了躲避债主追债，后来债主寻到了吴玫的踪迹，吴玫只得又离开孝信村，这些年一直辗转四川、湖南多地，前几年才又回到了浙江，原本想着能好好生活，不承想吴玫的父亲改不了陋习又去赌博欠下了高额债务。吴玫一方面要替父亲还债，一方面还得抚养正在读书的弟弟，这也是她这么拼命工作的原因。

"都说一人得道，鸡犬升天，我这还没'得道'呢。"

吴玫调侃着，语气里没有愤怒，没有难过，却有深不见底的绝望。

"你为什么不告诉我呢？"

沈守财又问了一遍,吴玫望着沈守财,眼神中闪过一丝绝望,马上又佯装微笑。

"守财,要是放在过去,可能我会告诉你,可是现在,我们太不一样了,你现在有自己的厂、自己的店,可我……除了一屁股的债还有什么呢?当然,我知道要是把这事告诉你,你一定会帮我把钱还上,对不对?"

"那是自然。"

"可这样不就真和你奶奶说的一样,我和你在一起是为了你的钱了吗?"

"你不是这样的人啊!"

"可别人不这么想啊,你知道我们单位里的人都怎么说我吗?说我绑了棵摇钱树,我原本并不这么想,可你刚才把钱给那些人的时候,我真的觉得我就和他们说的一样了。"

"你知道我不是这个意思。"

"嗯,我知道。"

这接下来好长的一段时间中,吴玫也没再开口说话,沈守财好几次想说些什么却终究什么都没有说出口。这个女人在他面前一直是如此美丽、如此自信、如此有思想,而当他知道了她这些年所经受的遭遇时,他对她又多了一份怜惜和敬佩,并更加激起了对眼前这个女人更深层的保护欲。

"吴玫,钱,你慢慢还给我,"沈守财忽然开口说了一句,末了又赶紧补上一句,"不用急。"

"嗯,谢谢你。"

陆小丽知道吴玫的情况后,更加不同意沈守财和吴玫处对象,不仅让两个姐姐和两个姐夫轮番给沈守财做思想工作，自己还亲自上了一趟省城去找吴玫，希望吴玫能和沈守财分手，吴玫自知自己的情况以后一定会拖累守财，于是决定带着父亲和弟弟离开杭州。

吴玫永远不会忘记那一天，那一天是她的生日。很早以前，沈守财就在盘算着给她过生日，这个"傻里傻气"的男人即便准备了惊喜也按捺不住会提早告诉她。

"吴玫，你生日那天要不带叔叔和弟弟一块儿去饭店里吃顿好的，好不好？"

"吴玫，你生日那天要不陪你看场电影吧，我前段时间太忙，一直也没好好陪你。"

"吴玫，我给你买了一条红裙子，生日那天穿吧。"

吴玫听着沈守财滔滔不绝地说着生日的准备，那是他们在一起后过的第一个生日，可一想到也将是最后一个生日，吴玫便不再吭声，只是默默听着。

到了生日那天，下班后吴玫如同往常一样走出办公楼。

忽然，对面楼上两道大横幅落了下来，一条上面写着：吴玫，生日快乐。而另一条上面则写着：吴玫，嫁给我吧。

吴玫愣愣地站在原地，周围的人都已经开始窃窃私语，沈守财捧着一大束火红的玫瑰从人群中走向吴玫，她的眼眶已经湿润，视线开始变得模糊，直到沈守财走到自己的面前，她这才发现除了自己，沈守财也是浑身颤抖。

"吴……吴玫……"

因为太过紧张，沈守财变成了双膝跪地，人群中发出一阵哄笑。

沈守财不好意思地又改成单膝，哆哆嗦嗦地从口袋里拿出早已经准备好的戒指，郑重其事地望着吴玫："吴玫，这辈子我一定对你好，请你嫁给我吧。"

没有什么华丽的辞藻，也没有什么煽情的话语，沈守财的求婚词也和他这个人一样简单朴实，可吴玫却已经泪流满面、泣不成声。

"你怎么哭了？别哭啊！"

见到吴玫流眼泪，沈守财更是乱了方寸，小心翼翼地擦拭着吴玫脸上的眼泪。

"傻瓜，这时候得笑啊。"

见吴玫勉强挤出了笑容，沈守财又单膝跪地。

"吴玫，你愿意嫁给我吗？"

周遭所有人都开始起哄："嫁给他！嫁给他！嫁给他！"

吴玫紧紧地拽着自己的衣角，愣愣地看向拿着花和戒指，一脸期待的沈守财。

他并不知道，吴玫走出办公楼前刚刚递交了辞呈。

火车站的站台，人来人往。

吴玫同父亲、弟弟拿着大包小包找寻着车厢。

"姐，是这里。"

弟弟拿着行李先上了车，吴玫出神地望着进站的方向。

"玫子，要不咱们留下吧。"吴父说道。

"走吧。"

吴玫转过头去，同父亲一起上了车。

而此时，沈守财也收到了吴玫给他的信件和戒指。这个上一秒还无比幸福的男人，下一秒便坠入了地狱，昨天还答应他求婚的吴玫走了，变卖了家里所有值钱的东西将钱全部还上。

秋高气爽，王英花在院子里晾晒着洗干净的橘子皮，等着晒干以后泡熏豆茶喝。

陆小丽靠在太师椅上，微风拂面，让她心情大好。

"哎，老沈家总算是又太平了，要是吴玫真娶进了沈家门，我可以说有的苦呢……"

"奶奶。"

"哎哟，是我们守财……"

原本听见孙子的声音她还欢天喜地，可等陆小丽睁开眼睛，沈守财的身边分明站着她最讨厌的人，吴玫。

"奶奶。"吴玫柔声叫着。

陆小丽一下子从椅子上跳了起来："你不是答应我走了吗，怎么又缠上守财了?!"

"奶奶，不是她缠的我，是我把她给追回来了。"

原来，沈守财收到吴玫的信时，吴玫已经踏上了去湖北的火车，还好沈守财的人脉广，多方打听之下在武汉下面的一个小县城里找到了吴玫他们，于是不管三七二十一便将吴家三口人给带了回来。

陆小丽气得差点要晕厥过去。

"守财啊，你又不是不知道他爸可是个赌鬼，要是被这样的家庭缠上，迟早要把你的血吸干、皮剥净的呀！"

"叔叔已经和我们保证了，再也不赌博了。"

"赌鬼的话你也信?! 还有，吴玫比你大四岁，奶奶已经找人算过八字了，她可是克夫命，你娶了她，我们沈家就完了，你知不知道?!"

"奶奶！这都什么时代了，你怎么还是那么封建迷信？那我妈怀我的时候算命的不是还说我是女的，说要是生了我就断了沈家的香火吗？那个疯老婆子的话你都信?!"

"守财呀，你疯了呀，这世上好姑娘这么多，你怎么就死心眼看上这么个呢？"

"吴玫是我老婆，我不看上她看上谁？实话跟你们说了吧，来之前我已经和吴玫去领了证，现在我们是合法夫妻了。"

说完，沈守财就把口袋里的结婚证给拿了出来。

陆小丽一把抢过结婚证，不相信自己的孙子真就做出了如此忤逆的事情，当她看到那张红色的结婚证上两个人依偎在一起的幸福的笑容她终于相信了一切。

陆小丽颤抖地拿着结婚证，嘴里喃喃说着："家门不幸，家门不幸啊……"

结婚证落地，陆小丽晕倒在地上。

医院的病床上，液体从输液管一点点地落下。

陆小丽躺在病床上，王英花坐在一边打着瞌睡，一脸倦容。

"阿姨，阿姨。"

吴玫走到王英花身边，轻声地唤着。

"吴玫，你现在该喊'妈'了。"沈守财提醒道。

"哦，"吴玫有些犹豫，"妈……"

沈守财见吴玫的眼眶红红的，关切地问道："你怎么了？怎么哭了？"

"没,小时候就没了妈,那么多年也没喊过,觉得……有些高兴……"吴玫擦掉眼泪,笑着对王英花说道:

"妈,您也忙活一晚上该累了,这样,守财把您先送回去,您好好睡上一觉,这里有我,您放心。"

"没事,妈不累,倒是你忙活了一晚上,赶紧去眯一会儿。"

"我还年轻,没事,"吴玫转身看向沈守财,"守财,你先把妈送回去,你自己也去睡一会儿。"

"那你呢?"

"我没事。"

"要不等会儿我把妈送回去以后我再来替你。"

"好了,你别和我争了,再怎么说你也是个男人,照顾奶奶肯定没有我来得方便。"

"那要是她醒了又对你发火怎么办?"

"老人家就和小孩一样的,你放心,她把脾气发出来就好了。"

王英花在一边看着两个年轻人,听着他们的对话,只觉得有些欣慰。

"守财啊。"

"怎么了,妈?"

沈守财开着车,王英花坐在副驾驶座上一直若有所思。

"我看吴玫这孩子其实挺孝顺的。"

"那肯定呀,那可是我沈守财的老婆。"

王英花听了忍不住笑了:"你呀,娶了老婆就忘了娘,吴玫这孩子从小也是可怜,你可要好好对人家。"

沈守财和王英花一走,就只剩下了吴玫和躺着的陆小丽。她打来一盆水给陆小丽擦拭着脸和手，此时陆小丽也慢慢睁开了眼睛，看着病房里就只有吴玫在服侍着自己。

"英花……"

"奶奶，你醒了？"

"英花呢？"

"婆婆累了一晚上，现在回去休息了，你有什么事吩咐我就行。"

"婆婆？你还真把自己当了沈家人。"

"奶奶，说起来你也不姓沈，咱们俩不都一样吗？"

"你这丫头，倒是会贫嘴，帮扶我起来。"

"奶奶，你要不要吃苹果？我给你削个苹果吧。"说着，吴玫就拿起一个苹果削起皮来。

陆小丽望着吴玫，语气依旧高傲。

"我跟你说啊，你别以为给我削个苹果我就承认你是我们沈家的孙媳妇了，我可不喜欢你。"

吴玫笑着说道："不喜欢我也没事，我们都喜欢守财就行，来，奶奶，吃块苹果。"

陆小丽表面上似乎依旧摆着架子，可手还是伸向了吴玫削的苹果。

没过多久，沈守财和吴玫终于在所有人的祝福声中举办了婚礼。

第十六章
人这一辈子都是从零开始

这是一个一如往常的早晨,要不是宣传栏里面的那张告示,恐怕这个早晨也将淹没在人们的记忆中。

一大早,小龙王童装厂的布告栏前就围满了人。

"不是吧?不是真的吧?"

"是啊,怎么会这样呢?"

告示上清楚地写着:自即日起,沈守财董事长不再担任小龙王童装厂的任何职务……

人人都知道,小龙王童装厂在沈守财的带领下,订单不断、业务稳定。在人人都忙着下海创业时,小龙王童装厂已经发展到了超过60人的规模。在沈守财的帮助下,孝信村的童装产业也日益壮大,形成了成熟的童装产业集群,渐渐被国人所熟知。沈守财的日子充实且忙碌,一方面忙着做好童装厂的内部管理,另一方面还要到外面去跑订单,平日里他不仅得挨家挨户地去"燎原派"各家厂里进行指导,还得配合当地政府,作为典型案例去各单位进行创业演说。原本,按照这样的日子过下去倒也是一种活法。

可是，工厂业务越是稳定，沈守财就越来越容易失眠，有时候在阳台上一坐就到天亮。

吴玫问过沈守财缘由，沈守财只是喃喃地说道："你说我们以前哪会想到今天能过上这样的日子？"停顿了一会儿又继续说着，"可是，我怎么觉得现在越来越心慌呢？"

吴玫以为是沈守财身体出了问题，还带他去省城的医院检查过，但都没什么异样。直到有一日，沈守财、高利民和赵家宝三人去太湖里钓鱼，天气晴朗，微风吹拂，可过了一会儿船家说什么都要把船往岸上开。

"现在看起来是好天气，等会儿肯定要刮大风了。"

果然，他们一上岸，太湖上就乌云密布，下起了瓢泼大雨。那一瞬间，沈守财忽然明白了长久以来心里隐隐的担忧。

风平浪静只是暴风雨来临的前奏，居安思危，不是危言耸听。

小龙王童装厂现在的业绩确实不错，形势也积极向好，可是如果有一天，公司销售额下滑、利润下滑甚至到破产的地步，那么我们该怎么办呢？这世上，没有什么可以永垂不朽。

当然即便沈守财有这样的想法，也还不足以让他有这个动力去辞掉董事长的职务。

而这一切其实还得从吴玫的工作说起，和已经事业有成的沈守财比起来，吴玫的工作并不顺利，因为长得漂亮，总是受到公司同事的排斥，把最难搞的代理商分给她，而吴玫又保持着自己的一身孤傲之气，不愿意为了冲业务而被占便宜，所以业绩不佳，老是被公司老板狠狠训斥。这个情况，谈恋爱的时候沈守财就知道，那个时候他便提出让吴玫辞职，可吴玫当时刚被陆小丽一顿数落，要是辞职得了沈守财的安排便真是应了陆小丽的猜测。加上吴玫的性格一直比较要强，也不希望依附于沈守财，于是在工作中一直是忍气吞声的状态。然而，自打她嫁给沈守财之后，好些同事都嫉妒她是"嫁入豪门"，不在家安分地做个阔太太，偏还要同别人争口饭吃，于是对吴玫的排挤也是日益凸显，终于将吴玫逼上了绝路。

吴玫从公司辞职以后便寻思着自己开一家公司，她想着自己同丈夫也得势均力敌，可她从来没有涉及过经营管理，对这些根本一窍不通，公司很快便出现了问题。

1992年初，邓小平借南方视察之际发表了震惊中外的南方谈话。沈守财隐隐感觉到这是中国资本市场的又一次洗礼，此时，他那个在心中酝酿了很久的想法终于成形。

"我要辞去在小龙王童装厂的一切职务。"

于是，在小龙王童装厂的例行大会上，他决定辞去公司董事长和法人代表的职务，并推荐沈艳芬为董事长和法人代表，而赵家宝则被推荐到了总经理的位置。

这件事不仅仅在厂里炸开了锅，也在吉里镇上炸开了锅，人人都对沈守财的行为很是不解。

"我不同意！"

上午才出的通知，中午便传到了陆小丽的耳朵里，于是不到一个小时，沈守财、沈艳芬和沈艳芳姐仨就聚集在了沈家的客厅里。

"守财，你要把厂送给你姐，奶奶绝对不同意！"

"奶奶，这怎么是送呢？我姐每天早出晚归，不是在厂里就是泡在门店，那是她辛苦得来的。"沈守财赶紧解释。

"怎么不是送给她？我问你，是谁一开始说要卖童装？是谁扛了几百斤童装到外面去卖？你小子自己辛辛苦苦打下来的江山怎么能轻轻松松说送人就送人呢？！"

沈艳芬刚想说上一句，被沈守财给拦了下来。

"奶奶，要是你这么说，那刚开始那会儿创业的钱也是我姐拿出来给我的，我只不过是加以利用了一下，这么看来她是我的投资方，这厂不也理应是她的吗？"

"就她？"陆小丽斜眼瞥了一眼一边的沈艳芬，"这钱得亏是在你手里，你倒是问问她要是在她手里能生出那么多钱来吗？"

"奶奶说的对，弟啊，本来这厂你就管得好好的，姐这边力儿和芬芬还小，我也没办法不管他们，厂里的事情还是得你来。"沈艳芬语重心长地对沈守财说道。

"姐，你别说了，这事告示也贴了，手续也开始在办了，你就别再推三推四了。"

"告示贴了可以撤销，手续办了可以不办，反正守财你绝对不能把厂送给你姐。"

沈守财觉得陆小丽的行为举止很是莫名其妙："奶奶，为什么呀？"

"嫁出去的女儿泼出去的水，奶奶不能眼睁睁地看着你辛苦创的家业都给了外人！"

"奶奶，姐怎么能是外人呢？！"

"怎么不是外人？！姑娘都是给人家的，只有儿子才是自己的！"

"奶奶，您这不就是不讲理了？"沈守财走到陆小丽身边，给她捶着肩膀，努力讨好着，"奶，您可是最明事理的老人家，对不对？再说了，厂里的事情我们都有分寸，您也不要瞎操心，每天吃吃饭，看看电视,听听曲,该玩玩,该吃吃。"

"反正……"

"好了,弟,别说了。"

一时间,沈家客厅里乱成了一锅粥。

"够了!"

大家回头,一脸诧异地望向站在一边的王英花,在姐弟三人的印象中,母亲总是在一旁默默不发一语。

"妈,艳芬也是我和根山的孩子,就因为她是个女孩,难道就不是我们自家人吗?!"

"英花……你……这是和我说话的分寸?!"

陆小丽显然没有想到一向老实巴交的儿媳妇居然会有一天反抗自己,一脸的不悦。

"我还不够有分寸?!自打我从余家滩嫁到沈家,你哪天把我当作过自家人?!每天早上四点我就得起床喂猪喂羊,给你们娘俩儿做早饭,还得管三个孩子,这一干就是几十年,我大着肚子还上山砍柴,你可有心疼过我?!"

"你……做媳妇的就是得这样……"

"谁说的!哪条法律规定的!"王英花怒吼着,"艳芬是沈家的第一个孩子,就因为是女儿,你从来没有给过她好脸色,逢年过节你都不愿意给她买块糖吃!三个孩子里面就属艳芬成绩最好,可是就因为她是女孩,我这个做妈的也只能昧着良心,说是姐弟仨抓阄决定谁读书,可其实早就已经把两个女儿给排在了外头!为了那点彩礼,就把我这么好的女儿嫁给一个傻子,我这个做妈的也难受啊!她逃婚跑出去,结了婚有了孩子,受了委屈只有回家这一条路,可我们对她只有打啊骂啊,她做错了什么啊？是我们沈家一直欠着这个女儿啊！"

一旁的沈艳芬听了母亲的话一直低着头，眼泪却一滴接着一滴落在了她的手背上。

"你说得好像这个厂都是守财自己干出来的，没错，守财是有出息，可也得有人帮啊！你帮了吗？我帮了吗？是这个姐姐一直在帮啊！"

王英花哭着，说着，这个一直逆来顺受的女人就仿佛将她大半辈子的冤屈给吼了出来，说得姐弟仨都默默地抹着眼泪，陆小丽也只是沉默无语。

自打那之后，陆小丽便不再干涉童装厂的事情，而易主之后的小龙王童装也迎来了一次新的革命。南方谈话后整个市场进一步打开，越来越多的工厂和企业出现，竞争也变得日趋激烈。为了能够在时代的大浪淘沙中顺利出位，沈艳芬成立了服装设计组，从东拼西凑地找款式仿着做到拥有自己的设计，小龙王童装厂开始了质的飞跃，而新官上任的沈艳芬也是马上就烧了三把火，为了巩固各个消费阶层的市场，小龙王童装创立了多个不同风格的童装品牌，对培养人才方面也是下了功夫，请教授来指导，或者是把出挑的员工送到外头培训，最后还斥资在上海举办了一场别开生面的订货会，让客户们能够更直接地选款，新颖的商业模式立马吸引了无数商家客户，童装厂的生意随之越来越火，业绩也翻了好几番。而这样成功的商业模式，沈艳芬也同沈守财一样毫无保留，对燎原派的兄弟企业倾囊相授。自此，订货会开始成了孝信村的一大特色，吉里镇也在孝信村童装产业的带动下，慢慢衍生出了棉布纺织、五金等相关产业。

从小龙王童装厂出来以后，沈守财便暂时待在了省城。他每天早出晚归，连吴玫都不知道他在忙些什么，终于还是忍不住问了起来。

"守财,你最近在干什么呢?"

"这事等有眉目了,我再告诉你。"

几天后,他告诉吴玫自己有事要到外地出差几天便离开了,吴玫是相信沈守财的,于是并没有多问。可是,有时候在楼道里碰上了些邻居,闲谈间不免也会稍稍有些担心。

"吴玫,你还年轻,女人绝对不能太相信男人,有钱的男人哪个不是家里红旗不倒,外面彩旗飘飘的。"

"是啊,要是这个男的每天都背着你偷偷摸摸干什么事,别怪我没提醒你,你可得提高警觉啊。"

沈守财出差的那几天每天都会给吴玫打电话报平安,有时候吴玫忍不住想问些什么,电话那头总是传来一阵嘈杂便挂断了,她便更加坐立难安。相比于事业有成的沈守财,一无所有的吴玫内心无疑是自卑的,她努力地想与自己的爱人在事业上拉近距离,好让所有人都觉得他们势均力敌、般配无比,可创业的失败和力不从心确实让她很是气馁。

直到沈守财出差回来,兴致勃勃地回到家,一脸雀跃。

"吴玫,我们去义乌。"

"去义乌?"

原来,自打沈守财认识吴玫之后两人有时候也会有意无意地提起各自的工作,当他听到化妆品具有如此高额的利润空间时便已经开始有些动心。那时候,趁着小龙王童装厂跑业务出差的时候沈守财总要去考察各地的化妆品市场,巨大的商机让他明白这个市场将会在未来很长一段时间发挥出无限的潜力。于是,当他看着小龙王童装厂的业务已经趋于稳定,想着两个姐姐和家宝为工厂付出的艰辛,想着吴玫的创业之路不太顺利,沈守财便毅然决定投身于化妆品事业。

第十六章

1990年代初期,中国的化妆品行业刚刚兴起,和孝信村最初一样,也都是典型的家庭作坊模式,而中国那时候有四个化妆品集散中心,分别是义乌、广东怡发、四川荷花池和武汉的汉正街。其中最近的就是义乌,于是沈守财首先把目标瞄准了义乌,而离开的这些天也是去了义乌考察市场。

得知沈守财将去义乌发展,燎原派的几个兄弟聚在一起为他和吴玫饯行。其实对于沈守财的突然离开,并且宣布投身于化妆品行业,燎原派的兄弟们是很不能理解的。他们在外漂泊了这么多年,就是为了今朝的稳定和安然。好不容易从"无"到"有",摆脱了贫穷时的颠沛流离,为何却轻易放弃,继续踏上辛苦的征程呢?然而沈守财却笑而不语,对他们来说,沈守财还是当年那个"沈疯子",做着别人不曾也不敢做的事,如今,也只不过是在疯狂的事情里多加了一件罢了。

"沈哥,今天兄弟几个敬你,希望你在义乌也能大展宏图,有什么需要的,和我们哥几个说一声,我们几个一定随叫随到!"

"对!随叫随到!"众人附和着。

酒杯碰在一起,沈守财的脸上洋溢着幸福的笑容。

"守财。"

"嗯。"

沈守财和吴玫吃完了饯行饭,两个人手牵着手默默走在回家的路上。

"你离开小龙王,是不是因为我?"

沈守财停下脚步,笑着望向爱人:"你怎么这么想?"

"当你说要把小龙王给大姐他们的时候我就这么想了,你是不是觉得我工作上没有起色,所以才来帮我的?"

"我的好老婆，虽然在感情上我是你的老公，有这个情义来帮你，可要是你选的行业不赚钱，我也不会那么做的，对不对？你不是以前说过，要是你陪我白手起家、一起创业，我奶奶，还有别人就不会说你傍大款吗？你看，现在好了，给你个机会证明一切了。"

吴玫听了沈守财的话忍不住笑了起来："你呀，就是会哄人。"

"你放心，以前的我不是也什么都没有，照样办了小龙王吗？人这一辈子都是从零开始，更何况我现在创业还有资本，肯定比当初要容易多了，是不是？不是我吹牛，我对自己还是很有信心的，你看着吧，不出三年，我一定能在义乌做化妆品的老大！"

走进义乌，到处都是供货的店铺和扛着麻袋、推着箱子的拿货商，人头攒动，无比热闹。

要想赚钱，就必须压低拿货的成本，可这些供货商也是精明，若是看到生面孔或者是外地人便会坐地起价，这一点上，沈守财他们便吃了亏。他们把化妆品运到其他市里，接着又在百货公司里租了柜台，可是一笔生意做下来，夫妻两人一算账，竟然亏了20%。若是没有及时找到办法扭亏为盈，沈守财他们便会被市场淘汰。

虽然吴玫以前主要负责的就是和厂家协商、谈判的工作，但是她对接的都是小客户，可要想快销，那自然是品牌货才能赢得市场。在义乌，小医生、玉西和大贝三个品牌为国内化妆品的三巨头，然而对于沈守财他们这种刚刚入行的小公司来说，大品牌又怎么看得上，结果可想而知是被拒之门外。

老天为你关上一扇门的同时，一定会为你再打开一扇窗。

没过多久，沈守财就从一个熟识的朋友那里打听到他这边有小医生等大牌化妆品的资源，只不过每批订货量必须达到百万，虽说有些风险，但沈守财不想错过这么好的机会，于是便下了大额订单。为了能够快速销掉手上的化妆品，沈守财特意回了一趟孝信村，把这件事情告诉了燎原派的兄弟，希望他们能帮助发展下一级代理，大家一呼百应。眼见着仓库里的化妆品一箱一箱地运走，沈守财心里的大石头终于落了下来。

"您好。"

"您好。"

这天，沈守财和吴玫正在仓库里清点着库存，没想到工商部门的同志走了进来。

"同志，有什么事吗？"

"你们这些货是从柴永胜那里买的吗？"

"是啊，他是我朋友。"

站在前面的同志边将手里的公文展示给沈守财边说道："柴永胜的货都是假冒伪劣产品，你的这些货得全部没收。"

"什么？！"

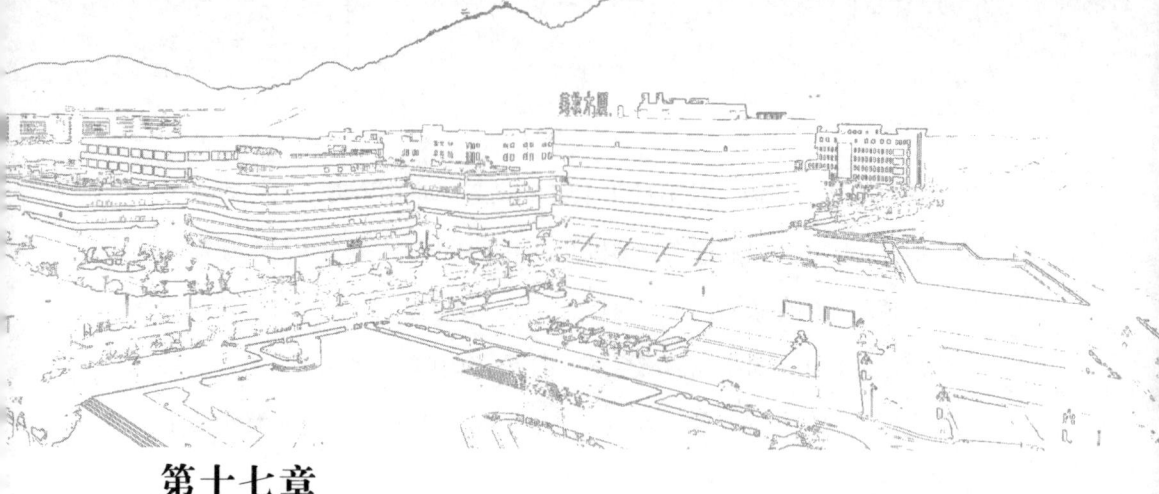

第十七章
比孤独更难挨过去的是坚持的决心

厨房里,吴玫端着两盘炒好的菜走到了客厅。

"守财,吃饭了。"

她朝着屋外喊着,见没人应声,便走了过去。

沈守财站在走廊的尽头抽着烟,烟灰缸里满是烟头。楼下追逐打闹的孩童看着是如此无忧无虑,沈守财出神地望着,眼前却似乎看到了当年武林广场上的那场大火。

吴玫记得做饭之前他便站在那里,等吴玫做完了饭,他依旧还是站在那里。

沈守财以前是不抽烟的,以前有朋友给他递上一根,他也只是礼貌性地点上,抽上几口就掐了,可自打那两百万的货被工商机关全部集中销毁,他便开始一根接着一根抽了起来。

吴玫望着沈守财,她知道他心里难过,来义乌这半年就一直不太顺利,如今又遇上这么一档子事,是谁都会有放弃的念头。

"守财。"

第十七章

"啊?"

沈守财回过神来。

"吃饭了。"

"嗯。"

吴玫把筷子递给沈守财,他接过筷子,却迟迟不吃饭。

"吃点肉吧。"

吴玫往沈守财的碗里夹了一块他最喜欢吃的红烧肉,可沈守财依旧没有反应。

"守财……"

还没等吴玫把话说完,沈守财便放下了碗筷:"你先吃我还不饿,我先出去走走。"

说完,便走了出去。

沈守财恍恍惚惚地走在路上,他怎么也想不通平日里同他称兄道弟的柴永胜竟然会将假的产品卖给自己,如今眼见着两百万货打了水漂不说,还有下面销售代理的违约金需要偿还,虽说这些代理都是燎原派的兄弟和家属,已经明确同沈守财表示不需要违约金,可这不是沈守财的经商原则,他还是承诺要将违约金还给他们。这么一来,沈守财身上的压力着实不小。

但这件事情的影响,远远不止于此。

正所谓好事不出门,坏事传千里。没过多久,贩卖假冒伪劣产品的事情便开始在义乌沸沸扬扬地传了起来,旁人不知道细枝末节,也不清楚来龙去脉,加上沈守财和柴永胜是好友关系,于是添油加醋中,沈守财便变成了始作俑者。

明明是受害者,却成了加害者。

没有人再敢向他拿货，就算是外地的拿货商，只要在行业里稍稍一打听便知道了这件事情，合作的事情便也泡了汤。这一次，沈守财彻底陷入了困境，创业十多年，他第一次体会到了什么叫作一蹶不振。

"守财，我们要不要回去？"

吴玫终于还是说出了自己的想法，事情发生之后的一个月以来她总是想将这句话说出口，但都觉得自己没有这个勇气，怕说了这句话就验证了两人创业的失败，承认自己失败大概是这世上最痛苦和最难以面对的事情。

沈守财抬起头望向吴玫，这些日子他茶饭不思，总是到天亮才上床睡觉，不到一个小时又起床四处东奔西走，巨大的精神压力已经把他折磨得两颊凹陷，双眸都失去了神采。

"再给我些时间吧。"

吴玫听了这样的话便不再多劝说什么，她太了解沈守财的个性了，他是一定要在自己栽跟头的地方爬起来的人，又怎么会选择放弃呢？

于是，两个人在义乌继续过着难熬的日子。原本这些事情都瞒着沈家人的，有次高利民出差来到了义乌，沈守财和吴玫也是装作没事人一样，只可惜高利民还是从当地人的嘴里知道了事情的真相。

所以那一天，沈艳芬便突如其来地出现在了夫妻面前。

"姐，你怎么来了？怎么也不和我说一声，我好去车站接你啊。"

沈守财又惊又喜，随即而来的是隐隐的担心，沈艳芬的眼神告诉他，大姐来义乌不是看看弟弟这么简单。

"守财，你还要瞒到什么时候？"

沈守财佯装笑着："姐，什么瞒到什么时候？我怎么听不懂啊。"

"你就不能跟姐说句实话吗？你看看你自己，还要撑到什么时候才打算告诉我们啊?!"

沈艳芬的语气里带着哭腔。

沈守财低下了头,用指甲抠着自己手指上的肉。

"你怎么知道的?是利民吧?"

"你是会演戏,你们夫妻俩在利民面前都还演戏,可你知不知道别人有嘴巴,稍微聊上几句就什么都拆穿了!你有困难,你不和别人说,你总得和我这个姐姐说吧?!你,还有吴玫,你们两个把我当自己人吗?!"

"姐……"

沈艳芬平复情绪:"守财,这次姐来不为别的,就是要带你回去,义乌待不下去,我们就回吉里镇、回孝信村,童装厂还等着你……"

沈守财抬起头望向沈艳芬,语气坚定:"姐,我既然从童装厂出来了就没想过要回去,再说现在你管得挺好的,我肯定是不会回去的。"

"那你打算怎么办?难道就一直这样待在义乌?"

"姐,再给我些时间,我一定能重新起来的。"

沈艳芬望着弟弟无比坚定的眼神,她知道自己再说什么也是不会动摇沈守财的决心的,于是不日便离开了,也答应弟弟在沈家人面前一定保守住秘密。

姐姐的到来在一定程度上确实推动了沈守财,他觉得自己不能再这样萎靡不振,看着身旁一直默默支持着他的妻子,笑容重新挂上了他的脸庞。

小医生工厂的传达室里,门卫老张正打着盹。

"哐当——"

老陈手里的杯子掉落到了地上，将老张吓得一个没坐稳，一屁股摔倒在地上，好不容易从地上爬起来，见门卫老陈站在身边，又是一阵惊吓。

"哎哟，我说老陈你能不能进来出个声啊。"

"怎么？做了什么亏心事大白天都害怕？"老陈忍不住打趣。

"瞧你说的。"

"哎，那人不是说要找王总被赶出来了吗，怎么今天又来了？"

老陈望向窗外，在小医生的工厂门口站着一个男人，手上举着牌子。

"不知道，"老张嗤之以鼻，"这年头啊骡子都把自己当回事。"

老陈走出传达室，走到沈守财的面前，望了望他手上的牌子，上面写着：王总，我想跟您谈合作！

这几天，沈守财一直在小医生的工厂门口，为了能够和小医生品牌的负责人王有发见上一面，他先是在没有预约的情况下闯入了办公楼，而后几天又假装员工跟着上下班的人流进入厂区内，几次都被保安给赶了出来。

"你再这么擅自进入我们厂，我们就报警了！"

发出了最后通牒，沈守财便只能是在工厂门口守株待兔。

老陈上下打量着沈守财，蔑视着他："我说你也不撒泡尿照照镜子看看自己是谁，王总那么忙，哪有时间见你这样的人？"

没想到沈守财倒是一脸倔强："见不见是王总的事，等不等是我的事。"

"你再这么捣乱，我可是要叫警察了！"

"同志，我就是站在门口举了个牌子，怎么就成捣乱了呢？"沈守财笑眯眯地说着。

第十七章

"你走你走,别站在我们厂区门口,"见沈守财丝毫不动,老陈也来了脾气,声音提高了八度,"喂,你听不懂吗?让你走,别影响我们厂!"

"这位同志,我就站在这里能影响什么吗?再说了,你倒是可以去问问你们领导,这厂区门口什么时候也变成了你们的地盘了?"

"行行行,我不跟你啰唆,你要等就继续等!"

老陈气呼呼地走回传达室,继续吃起了午饭,闷了一口酒。沈守财看了看传达室方向,老陈和老张似乎在说着什么,一脸厌恶地望着自己,他回过神,将手里的牌子又一次高高举了起来。

从那时候起,这沈守财便和传达室里的老陈老张过上了"大眼瞪小眼"的日子,他们天天讨论着沈守财什么时候能够放弃,还为此赌上一顿酒钱,可每一次都是第二天依旧能看到他。

丈夫在外面奔波,吴玫就负责家里,假冒伪劣产品的事情几乎断了他们所有的经济来源,为了贴补家用,吴玫就背着沈守财偷偷到厂里去给人家做包装。有时候女工们也会聊起各自的家庭生活,得知吴玫结婚也快两年了却依旧没有孩子很是惊讶。其实,吴玫很想有一个孩子,可不知道为什么到如今这肚子也是一点动静都没有。因为沈守财是沈家唯一的男丁,陆小丽就更加巴望能早早看到自己的重孙子,原本对于吴玫这个孙媳妇陆小丽便颇有微词,如今结婚两年却依旧看不到重孙子自然是不会给什么好脸色,现如今夫妻两人都远在义乌,陆小丽便也只能通过电话或者沈艳芬、沈艳芳的嘴巴传达意思。

在几个女工的推荐下,她喝起了一种茶,听说只要喝了就能生孩子,可喝了几天她就觉得肚子生疼,于是便来到了医院,才从医生的嘴里知道这茶根本没有任何功效。得知吴玫迟迟没有怀孕,在医生的建议下，吴玫做了检查。

这天晚上，沈守财拖着疲倦的身子回来，吴玫还是一如往常做好了饭菜等他，只不过今天难得做了沈守财喜欢的红烧肉。

"今天是有什么好事吗？怎么做了红烧肉？"

如今的他们手头并不宽裕，上一次吃红烧肉也已经是许久以前的事了。

"没，今天看肉便宜了几毛就想给你开开荤。"

沈守财津津有味地吃着，见妻子并不动筷，沈守财主动给吴玫夹了几口菜。

"你看你又瘦了，多吃点。"

吴玫不声不响地望着沈守财，明明丈夫比她瘦得更加厉害。

"对了，钱还够吗？"

吴玫点点头，转过身去。

沈守财察觉到了妻子的异样，刚想开口，走廊里正巧来了几个小孩，那是住在隔壁的双胞胎姐弟。估摸着孩子们是闻到了肉的香味，趴在门口，伸着脑袋往里头望。

沈守财看着两个孩子直勾勾地望着桌上的红烧肉直咽口水便知道了来意。

"来啊来啊。"

姐弟俩怯生生地走进了门。

"你们是不是想吃红烧肉？"

姐姐摇摇头，弟弟却点了点头。

沈守财笑着，从厨房里拿出一个碗和一双筷子，往碗里放了几块红烧肉，端给姐姐。

第十七章

"这是叔叔给你和弟弟的,你们拿回去吃吧,好不好?"

"嗯,"小女孩接过碗,拉着弟弟走到门口,回头又说了句,"谢谢叔叔。"

两个孩子一走,沈守财继续吃起了饭,自顾自地说道:"这两个孩子可真可爱,这么说起来我也好久没见力儿、娇娇他们了……"

吴玫听了,更加沉默了。沈守财一向都喜欢孩子,无论是大姐的孩子还是二姐的孩子都喜欢这个总是像圣诞老人一样给他们变出一堆礼物的小舅舅。

"对了,我今天接到了电话,大姐说力儿这小子期末考试考了个全校第一,这小子真给咱们沈家争气。你说他们现在这辈小的多幸福,十六七岁我都出来在上海做木工了。"

沈守财意味深长地感叹着,全然没有察觉吴玫的异样。

"守财,我们离婚吧。"

"离婚?"沈守财简直不敢相信自己的耳朵,只当是吴玫在同自己开玩笑,"这话可不能瞎说啊。"

"我没瞎说。"

见吴玫一脸严肃,沈守财这才觉得事情有些严重。

"吴玫,是不是我最近只顾着小医生的事所以冷落了你,你放心等我和小医生的合作一达成……"

"一达成?达成了以后你就有时间陪我了?守财,合作都还遥遥无期呢,我怎么敢想以后的事?"

"吴玫……我们不是一直都挺好的吗?你不是也一直很支持我的事业吗?"

"是啊,一直都很好,也一直都很支持你的事业,可是,贫贱夫妻百事哀，日子过不下去了，就不想过了。"

"我不信，你不是这种人。"

"你又不了解我到底是怎样的人，你问问别人谁不想过吃香喝辣的日子，苦日子我过够了，以后都不想过了。离了吧，你以后找个好姑娘……"

话还没说完，吴玫已经泪如雨下。

沈守财一时间只觉得脑袋空白，那一整夜，他辗转反侧，沈守财知道吴玫也是一样，可无论如何，他都无法相信吴玫是那种嫌贫爱富的人。

第二天，沈守财偷偷跟踪了吴玫，这才知道这段时间吴玫一直在别人厂里去给人家做包装，自己给的钱根本就是杯水车薪，他回到了家，觉得自己是那么没用，当初信誓旦旦地许诺会给吴玫一个想要的未来，如今却连两个人的生计都没办法维持。

虽说两个人已经谈到了离婚的地步，可因为还没有谈到实质性的内容，所以吴玫还是回到了共同的家。

"我已经都知道了，你为什么不跟我明说……"

吴玫听了，一怔。

"守财，我……"

"我知道你很累，可是我们是夫妻，有什么不应该是一起分担的吗？"

沈守财的一句话，让吴玫泪如雨下，望着悲伤的妻子，他只觉得一阵心疼，轻轻将吴玫拥入怀里。

"对不起，都是我的错。"

"不是，错的是我。都是我的身体不争气，我不能给你生个孩子。"

第十七章

沈守财一愣，低头望着怀中的妻子。

"你说的不是你偷偷工作的事吗？"

"你不是知道我生不了孩子的事吗？"

沈守财和吴玫面面相觑，直到沈守财长舒了一口气。

"吓我一跳，我还以为你真的是嫌我穷了。"

"医生说我怀孕概率低，可能这辈子都没法有自己的孩子……"

"那又怎么了，没人说结婚了非得要生孩子啊。"

"你怎么就不懂呢，"吴玫一把推开沈守财，"我是个女人，要是我生不出孩子，婆婆怎么看我，别人怎么看我，"最后目光落在了沈守财身上，"你怎么看我。"

"我怎么看你，我用眼睛看呗，"沈守财说这话的时候一脸的云淡风轻，"我们可都是读过书的人，接受的是最新的思想，怎么这会儿你竟说些老古套的话呢？"

"可是你喜欢孩子啊！"

吴玫低下了头，眼泪却如同断了线的珠子，一颗接着一颗。

"我喜欢孩子，我可以疼力儿、疼娇娇、疼小米，我有这么多外甥外甥女，哪个我不能疼？"

"可是……"

"没有可是，"沈守财眼神坚定，他握着吴玫的双手，"我的好老婆，有孩子当然是好，可没孩子难道就得分开了？和我过一辈子的不是别人，是你，吴玫，你懂吗？"

吴玫听了沈守财的话，躲在他的怀里号啕大哭起来。

"轰隆隆——"

南方的夏天本就总是突发暴雨，今天雨越下越大，打在身上都觉得有些疼。

老陈在传达室里望着不远处的沈守财，心里想着：这下该是回去了吧。

果然，沈守财一路小跑离开了，出乎意料的是居然躲在了不远处的一棵树下。

老陈看到了着急忙慌地冲了出去，跑到沈守财面前。

"疯子，你疯了呀！这么大的暴雨，你躲在树下是不想活命了吗？赶紧回去！"

"同志，我没事，"沈守财抬头看了看天，乌云正在快速地移动，"你看这乌云过去就晴了。"

"打雷闪电哪有人躲在树底下的！你要是真有什么事，还不是我们厂倒霉？快回去！今天王总根本不在厂里。"老陈转身朝着传达室走了几步，又折了回来，把手里唯一的伞给了沈守财，"伞给你，明天来了还我。"

"谢谢啊……"

沈守财的声音被暴雨的声音所淹没，他望着老陈离开的背影忽然心生一股暖意。

雨季过后便是艳阳高照，四十几摄氏度的高温一连便是几天。

传达室里的电风扇没日没夜地转着，可这还是难解酷暑的热意，老陈光着膀子手扇着蒲扇依旧是汗流浃背。他抬头望了望不远处，沈守财依旧站在那里，举着牌子，一如一个月前。

"好家伙，这小伙子可真够有耐心的。"老张走了进来说道。

"是啊，这么热的天……"老陈喃喃地说着，"可别中暑了……"

话音刚落，只见沈守财有些摇摇晃晃、东倒西歪起来，不一会儿便倒在了地上。等他醒来的时候，人已经在传达室里，老陈一脸担心地望着沈守财，见他睁开了眼睛赶紧俯身上前。

"你终于醒了。"

"要是再不醒，我们可就得把你送医院去了。"

沈守财起身，只觉得脑袋有些发沉，全身无力。

"我怎么了？"

"中暑了，还好我和老陈赶紧把你抬了进来。"

"谢谢你们。"

"确实得谢谢我们，"老陈板着个脸，"要是不把你抬进来，你这条小命恐怕没见到王总就要见到阎王爷了。"

沈守财听了不禁笑了起来。

"我说你啊，就别再在这里等王总了，他就算看到了也不会和你见面的。"

"是啊，这一天天要见王总的人排队都可以排到迎恩门去了，你要在这里等他得等到猴年马月……"

沈守财笑了笑："我再等等。"

"小伙子，听叔叔一句话，这不是你凭着一股子疯劲就能成事的，你懂吗？"

"叔，我也跟您说一句话，要是我这股子疯劲都没有那我肯定成不了事，"沈守财望了望老陈和老张，"再说，你们看，一开始你们不是还把我往外赶吗，现在不是像朋友一样和我说话？你们都变了，王总见不见我也只是时间问题。"

自打那以后，沈守财和传达室里的老陈、老张倒真像是朋友一般。早上见到了互相说句"早上好"，晚上下班了又念叨一声"明天见"，有时候老陈和老张都有种错觉，都觉得沈守财已经成了小医生工厂的一部分。其实，这样的错觉不仅仅体现在老陈和老张身上，也体现在小医生工厂的员工身上，他们每天都能见到这个穿着正装、站得笔直的年轻男人，年轻男人见到他们总是会打声招呼，仿佛就和朋友一样。

这一天，一辆黑色的高档车开到了工厂门口，老陈赶紧望向沈守财，对着他使了个眼色，沈守财心领神会，立马跑到了车前。

"王总，我是美亚的沈守财，请给我十分钟，请给我十分钟！"

车里，后座上的一个男人原本正在看着文件，忽然听到车外的喧哗便抬起了头，此人正是小医生的负责人王有发。

"外面什么人？这么吵吵闹闹的。"

"王总，"坐在副驾驶座的马秘书转头说道，"这人上次还硬闯到厂里找过您，被我们保安给赶了出来，后来就一直在厂门口，已经一个多月了，天天来，举了牌子说要和您合作，还真是不知天高地厚。"说着，马秘书笑了起来。

王有发一言不发，隔着车窗严肃地望着车外向里头张望的沈守财，果然，他手里举着一块写着"王总，我想跟您谈合作"的牌子。

"王总，要不我报警吧，这人就是个疯子。"

王有发摇下了车窗，沈守财虽未曾与王有发见过面，但看那气势便知道在窗边坐着的就是自己要找的人，于是赶忙迎了上去。

"王总，请给我十分钟，十分钟就行。"

王有发看了沈守财一眼，说道："你到会议室等我。"

沈守财听了一脸欣喜，对着王有发的车子不停地鞠躬道谢："谢谢王总，谢谢王总。"

他回头，看到一旁的老陈和老张投来欣慰的笑容。

第十八章
山重疑无路，柳暗又一村

小医生的某个会议室里，沈守财有些坐立不安，一直朝着门的方向望着。

忽然，门被打开，沈守财赶紧站了起来。

工作人员端着茶水走了进来，沈守财礼貌地接过茶水，又坐回了位子上。

墙壁上的时钟慢慢地转动着，直到三个小时后，沈守财终于忍不住走出了会议室询问工作人员，王有发才不紧不慢地赶了过来。没错，他压根忘记了与沈守财有约。

"王总，这是我们美亚公司的宣传资料，您看一下。"

沈守财将公司的资料递给王有发，王有发却根本没有接过去。

"那个……"

"王总，我姓沈。"

"沈先生，我想你也知道我们小医生品牌从来不会和小公司合作，我们对我们的代理商也都是有非常高的考核标准，我觉得，以贵公司现在的实力还不足以进入小医生品牌的代理商队伍，这样吧，以后我们再看看有什么合作，好吧？我后面还有个会要开就不招待了。"

沈守财在小医生工厂门口风吹日晒等了一个多月，又在会议室里等了三个小时，最后却换来了不到三分钟的对话。现实，总是比想象更加残酷。

从小医生工厂里走出来的时候，沈守财有些心不在焉。

"小沈。"

沈守财抬头，见传达室的老陈和老张走了过来。

"怎么样？"

沈守财摇了摇头。

"那你以后打算怎么办？"

沈守财尴尬地笑了笑，慢慢地吐出三个字："再说吧。"

"守财！"

沈守财抬头望去，居然是赵家宝。

两人找了个饭馆吃饭，才过了不到一年的时间，两人却已经是今非昔比。一个是当地龙头企业的总经理，而另一个则是变卖了所有家产却还是不知道未来在何方的无业游民。

"你怎么知道我在那儿？"

"我去你家看过了，吴玫和我说你天天都在小医生门口。"

"是啊。"

"守财，要不，你跟我回去吧，现在童装生意很好，大姐说接下来想大力开发西北地区的市场，你还是回来吧。"

"我的事……是大姐跟你说的？"

赵家宝摇摇头："大姐没说，我只说了来义乌出差，跟她要了你的地址。"

沈守财仰头喝了一口酒。

"守财,你跟我回去吧,你和吴玫现在两个人这样也不是回事啊……再说,要是让奶奶和妈知道了……"

"你可千万别告诉她们,她们年纪都大了,我不想她们还为我的事情操心。"

"纸是包不住火的,要是这边没有起色,难不成你想瞒她们一辈子?"

沈守财沉沉地叹了口气,赵家宝说得并没有错,要是万一没有转还的余地,自己又该何去何从呢……

第二天,老陈走在去往传达室的路上,嘴里默默念叨着:"今天这小子应该不会来了。"

可老远,他还是看到一个男人站在工厂门口,举着一个牌子,只不过牌子上的字换成了:王总,不和我合作,您会后悔的!

"这人疯了吧。"

"是啊,这么写。"

"王总真和他合作才怪呢。"

来来往往的员工议论纷纷,只有老陈站在沈守财面前给了他一个笑容。

沈守财也不知道自己要在小医生的工厂门口等多久,可他就是不想对任何人认输,尤其是自己,如此,便又过了一个月。

孝信村的村口,吹来一阵暖风,父子树的一片树叶被吹下,慢慢在空中盘旋,落在了地上。

今天的沈家格外热闹，院落里孩子们在嬉戏打闹。

赵家宝从外头拿了一些礼品进来，差点撞到一个小女孩。

"娇娇小心点，力儿、小米，你们看着点妹妹。"

厨房里，沈艳芬和沈艳芳正在帮王英花打下手准备饭菜，陆小丽靠在太师椅上看着眼前一刻都不消停的孩子露出满足的笑容。

"饭好了，大家上桌吃饭吧！"沈艳芬从厨房走了出来朝着大家喊道。

"好嘞，吃饭喽！"

孩子们高喊着又是一溜烟直往饭桌上冲。

"饭前要洗手！来，娇娇和小龙来洗手。"

沈艳芳将两个顽皮捣蛋的孩子抓到了水池旁，两个孩子又开始玩起水来。

"奶奶，吃饭。"沈艳芬扶着陆小丽坐了下来。

桌上，美味佳肴，色香俱全。

"奶奶吃饭。"大家不约而同地说道。

"嗯嗯，乖，乖。"

"奶奶，利民今天单位里开会，让我代他跟您请个假。"

"他现在可是大领导，不用跟我这个老婆子请假。"

陆小丽见一桌子的人都整整齐齐，唯独就缺了自己最想看到的孙子沈守财，忍不住心里泛起一阵失落。

王英花见陆小丽不动筷子，便轻声问道："妈，你怎么不吃啊？"

"守财呢？守财什么时候回来啊？"

"守财他……"

王英花转头看向沈艳芬，沈艳芬又不住地看向赵家宝，几个人互相看着，似乎面有难色。

"这个中秋，"沈艳芬对着赵家宝使了使眼色，"家宝，是不是啊？"

赵家宝赶紧接话："对，奶奶，守财和我说了，这个中秋他就回来。"

"中秋啊，那还得一个多月呢。"陆小丽掰着指头算着，忽然转向赵家宝，"对了，上次你去义乌见到守财了，他怎么样？好不好？瘦了还是胖了？是不是很辛苦？要是辛苦啊，就让他回来……"

赵家宝听着陆小丽的唠叨，想着在义乌见到沈守财那副落魄的样子便觉得有些难过。

"中秋还得三十八天呢，"陆小丽似乎想到了什么，转头又看向王英花，"英花，我说你也没怎么出过门，趁我这把老骨头现在还能在路上颠几回，要不这次中秋我们去义乌看看守财，早几天出发，怎么样？"

"好啊。"

"不行！"

沈艳芬、沈艳芳和赵家宝几乎异口同声地叫了出来，把陆小丽和王英花吓了一跳。

"你们干吗？"

"奶奶，"沈艳芬走到陆小丽身边好言劝道，"你看，守财马上就回来了，说不定连车票都订好了，我们还是等他回来好不好？"

"是啊是啊，"沈艳芳也赶紧接话，"奶奶，要是你想和妈到外头去玩玩，让家宝都给你们安排好，是不是，家宝？"

"是啊，奶奶，您和妈想去哪里告诉我就行，我全部给你们安排好。"

陆小丽看了看沈艳芬、沈艳芳和赵家宝，一个个都阻拦着自己去义乌,心里便隐隐觉得不妙。

"你们是不是有事瞒着我?"

沈艳芬赶紧笑了起来:"奶奶,我们能有什么事瞒着你啊!"说完马上回避陆小丽的视线,看向一旁的沈艳芳和赵家宝:"你们说是不是?"

"是啊,是啊。"

陆小丽一本正经地望向沈艳芳:"老二,你说,从小到大你从来都不会跟奶奶撒一个谎,你告诉奶奶,是不是守财在义乌出了什么事?"

沈艳芳为难地看了看大姐,皱着眉头却说不出一句话。

"啪——"

陆小丽的手重重地敲在了桌上。

"你们倒是说,守财到底怎么了?"

夜幕降临,家家户户都亮起了灯火。

沈守财疲倦地从外头回来,吴玫照例还是做好了饭菜。两人刚坐下想要吃饭的时候,外头却传来了传达室老徐的叫唤。

"沈守财,有电话找!"

沈守财一路小跑跑到传达室,接起电话。

"喂……"

过了一会儿,门被打开,沈守财一脸愁容地走了进来。

"出什么事了?"

"大姐打的电话,说奶奶已经知道了,正闹着说要来义乌。"

吴玫沉默了一会儿,说道:"守财,我回去一趟吧。"

"那我……"

"你继续做你该做的,我就回去好好劝奶奶。"

沈守财有些动容,牵起吴玫的手:"谢谢你,老婆,你放心,我一定能让你过上好日子。"

第三天,吴玫就买了最快一班回去的车,等她回到孝信村的时候,沈家正闹得鸡飞狗跳。因为小辈们都不同意让陆小丽去义乌,所以老太太便开始闹绝食抗议,这可愁坏了大家。

"走走走!你们不让我去义乌把孙子带回来,我是不会吃的!"

王英花这会儿正端着一堆饭菜从陆小丽的屋子里走出来,看了看原封不动的饭菜不由得唉声叹气起来。

"妈。"

"玫子,你可算来了。"

"奶奶呢?"

王英花看了看里屋的方向:"把自己关在屋里什么也不吃,你说她都这把岁数了,要是弄出个什么好歹……这不是胡闹吗!"

"我来劝劝吧。"吴玫说完便进了里屋。

陆小丽正半躺在床上,见门口有动静,便侧过身,只见吴玫走了进来。

"怎么就你回来了,守财呢?"

"他没回来。"

一听吴玫这话,陆小丽就气得整个人坐了起来。

"你不把守财带回来,自己一个人回来有什么用?!"

"守财在忙……"

"忙?吴玫啊吴玫,你还想骗我这个老太婆是不是?你告诉我,他在义乌忙什么？出了那么大的事情，你们一个个都不告诉我，都瞒着我和守财他妈……"

"奶奶，大家都是为了您和妈好，你们知道了除了担心还能怎么样？"

"能怎么样？那就得让他回来啊，守财16岁就出去打工，吃了那么多苦，好不容易有了自己的事业，办了自己的厂，开了自己的店，村里个个都佩服他，把他当大哥……这说起来都怪你，都是你这个祸水啊，要不是守财娶了你，他也不会把厂子给他姐姐，和你到义乌去受苦！都是你的错，他都是做老板的人了还得跑到人家厂门口去讨饭吃！都是你，都是你啊！"

陆小丽声嘶力竭地吼着，抡着拳头朝吴玫身上一下又一下地打着，吴玫却没有反抗，屋外的王英花听到了里面的动静赶紧进来拉开了陆小丽。

"玫子啊，妈代奶奶跟你赔个不是，你奶奶就是心疼孙子，你可别往心里去。"

"妈，你让奶奶打吧，奶奶说的没有错，这都怪我……"

陆小丽一听只觉得更加委屈，浑身瘫软。

"我到底是造了什么孽了……我怎么这么命苦啊……年轻时候死了老公，活到中年又死了儿子，现在唯一的孙子也在外头受苦……"

"奶奶，我和守财一定会好起来的，你放心！"

陆小丽听了慢慢平复了自己的情绪，眼瞅着面前消瘦又憔悴的吴玫。

"让我不去把守财带来也行，但你得答应我一个条件。"

陆小丽郑重其事地说道。

第十八章

沈守财怎么也不会想到，吴玫这一次回去差一点导致了夫妻两人关系破裂。

吴玫回到义乌后，沈守财就觉得她一直心事重重，果真自己的担忧成了现实。

那一天，吴玫把抽屉里早早准备好的文件递给了沈守财。

"守财，你把这个签了吧。"

"这是什么？"沈守财接过文件，还没看清上面的内容就已经一脸不解，"吴玫，这是离婚协议书……"

"嗯，我已经签字了，你的字，签了吧。"

"为什么？！我不是说了吗，孩子不是婚姻的必然结果，没有孩子我们也可以很开心。"

"守财，别说了，你放过我吧。"

话还没说完，吴玫就掩面离开，将自己关进了屋里，任凭沈守财在屋外如何敲门劝说都无济于事。沈守财总觉得吴玫这趟回孝信村一定发生了什么事，按照奶奶的脾气性格，断然是不会如此轻易改变自己的决定。终于，他在母亲的电话里得知了真相。

"让我不去把守财带来也行，但你得答应我一个条件，半年内必须怀上我沈家的孩子。"

吴玫不孕的事情，除了他们两夫妻知道以外，沈家并无人知情，可如今奶奶下了最后通牒，这半年的时间不仅仅是给吴玫怀上孩子的时间，也是给沈守财留在义乌的最后期限。

沈守财拿着离婚协议书走到房门口，吴玫正坐在床头，出神地望着窗外，似乎隐约能看到她眼眶中闪着泪。

"老婆……"

吴玫赶紧转过身去，擦拭着什么。

"字，你签了吗？"

"字，我是不会签的，我沈守财这辈子娶了你吴玫就不会有第二个女人。"说完，沈守财就当着吴玫的面把离婚协议书给撕得粉碎。

"你这是何必呢，我生不出孩子的事瞒得了一时，瞒不了一世，守财……咱们还是离了吧，你好好去找个健康的姑娘，生个可爱的宝宝……"

说着说着，吴玫已经泣不成声，沈守财一把将她抱在怀里，整个屋子里充斥着夫妻两人撕心裂肺的哭声。

这段日子，小医生的负责人王有发因为要处理公司的事务，一直都留在厂里，每天上下班的时候总是能够看见那个举着牌子的年轻人。

"这都两个多月了，这人可真够有毅力的。"

就连一向不太看好的马秘书都开始对这个一直坚持的男人有了一种刮目相看的感觉，而看在眼里的王有发自然也是如此。

"马秘书，去查查这个人。"

"王总，这人我已经打听过了，说是大半年前来的义乌，也还算是有点门路和生意头脑，做代理也还算是出了名的，可两个月前柴永胜那个事好像牵扯了他，有人说是两个人一起倒卖假货，所以在义乌也算是臭了。"

"要是诚信有问题的话那也就没有什么合作必要了。"

某天，王有发的车刚要进厂，却发现大门口围满了人，不一会儿救护车也赶了过来。

第十八章

王有发赶紧下车,却只见门卫老陈被医护人员着急忙慌地给抬上了车,跟着的还有沈守财。

"怎么回事?"

"哦,王总,"看热闹的员工一看是王有发立马恭敬起来,"听说那个老是站在我们门口的人打了门卫老陈。"

"什么?"王有发原本就对沈守财有些偏见,这会儿更觉得这人无可救药,"这样的人还做什么生意?"

回到办公室,王有发将马秘书找了来。

"你去找个律师,在我的厂门口居然还欺负我的人,他姓沈的是不是活腻了!"

当天,沈守财便收到了律师通知函,他没想到合作没成竟然还被王有发告上了法庭,他想去解释,可工厂里根本不让他进去,无奈之下只能硬闯工厂,希望能当面向王有发解释清楚,却也因此被抓进了派出所。

沈守财忽然入狱,吴玫很是着急,可门卫老陈还在昏迷中尚未醒来,她只能去厂门口等王有发的出现,然而却得到王总出差一个礼拜的消息,吴玫完全成了热锅上的蚂蚁,她在这里举目无亲又找人无门,只好寄希望于老陈赶紧醒来,于是便来到了医院希望能好好照顾老陈。然而,老陈的家属只当是吴玫赔礼谢罪来了,并没有给她好脸色。

"陈大妈,陈大妈,你听我说啊。"

吴玫使劲敲着病房的门,可陈家人就是避而不见。忽然,房门开了,吴玫赶紧迎了上去。

"陈大……"

话还没说完,一盆脏水便泼到了她的身上。

"我说你这个女人能不能有点良心，我老伴现在还躺在床上，是死是活都不知道，你天天来闹算什么事，造的孽还不够多吗?！"

"陈大妈，"吴玫擦了一把脸上的脏水，"事情不是你想的这样，我敢发誓我们家守财绝对不会打人的，里面肯定有什么误会。"

"你走，你赶紧走，你再不走我也报警把你抓进去！哼！"

房门又在吴玫眼前重重关上，可她并没有放弃，回家换了衣服又重新来到了医院，抢着给老陈打水、叫护士换药，虽说每次依旧遭到陈大妈的数落，然而吴玫却没有一句怨言。陈大妈一个人服侍老陈，年纪又大，加上一天一夜没睡，险些晕倒，还是吴玫搀扶住了她。

"陈大妈，您去旁边眯一会儿，我在这里看着就行，您放心，这么多人在这儿，我也没办法做什么坏事，要是老陈醒了您倒了，这可怎么办？"

陈大妈心里有着怨气，但始终拗不过自己的身体，只得搬了把凳子坐在老陈的床边，等她醒来的时候，夜幕早已降临，而吴玫已不见踪影。

她心想着，果然也不是什么好东西。

隔壁病床新来了病人，并不知道他们的关系，闲着没事也同陈大妈攀谈起来。

"阿姨，那个是你们女儿吧？"

"女儿？"

"就是那个长得挺漂亮的姑娘啊，哎哟，你们可真有福气，有这样的女儿，你老伴应该是导尿管没插好，漏了一床的尿，她什么都没说就给收拾干净了，还给他爸擦了身，换了干净的衣服，她那么瘦一个，你老伴这么胖，扶你老伴起来的时候我都觉得她要断了。"

陈大妈一愣，心中五味杂陈，忽然病房门开了，吴玫微笑着进了病房。

"您醒了，我回去给做了点饭。"

说着，吴玫把饭菜端到了陈大妈面前，却见陈大妈别过头去默默拭泪。

"陈大妈，您怎么了？"

"说实话，我儿子都没做到这样，跟他说他爸住院了他都不来看一眼……"

吴玫什么也没说，只是走过去，默默抚着陈大妈的背。这世界从来不是公平的，她从小就没有妈妈的疼爱，而有人父母健在却不好好珍惜。

被关了三天，沈守财吃不下睡不着，整个人都消瘦了大半。他暗暗想着，难道梦想还未实现，这辈子就要在冰冷的铁窗中度过了吗？一抬头，眼前站着的人让他大吃一惊。

"王总！"

没错，在沈守财面前的正是王有发。

王有发出差回来刚到厂里便见到了急匆匆前来的老陈，由妻子搀扶着，随行的还有吴玫。他这才明白了事情经过，老陈一直嗜酒如命，每天总要喝上一瓶，那天老陈喝了酒醉醺醺的，吃了一口鸭脖竟然给噎住导致窒息，幸好沈守财在场猛拍老陈的背将那口鸭脖给拍了出来，但因为老陈喝了高度烧酒且饮酒量过多引起了酒精中毒这才昏睡了好几天。王有发自知错怪了好人，深觉愧疚，于是，亲自来到了派出所想要赔礼道歉并给予经济补偿，却被沈守财拒绝了。

王有发想着要是换作别人定是会拿了这件事来讹自己不少钱，可沈守财却并没有追究，他不禁觉得疑惑，这样一个人怎么会和别人一块儿倒卖假货呢？于是找人深入调查之后，才终于明白了沈守财也是个受害者，面对巨额损失，大多数人会选择跑路来躲避债务，可是沈守财并没有这么做。

王有发终于托人找到了沈守财的住址："沈总，你今天准备好和我谈谈合作了吗？"

沈守财一听，喜出望外。

"我时刻准备着。"

王有发和沈守财再次坐在会议室里，这一坐就是两个小时，沈守财的热情、执着和专业深深打动了王有发。

"沈守财先生，欢迎你成为我们小医生工厂的一级代理商。"

沈守财看着王有发伸出的手，立马紧紧握了上去。

"谢谢。"

"合作愉快。"

"合作愉快。"

谁都不知道，沈守财为了这次握手等了多久。

离开会议室的时候，马秘书打趣道："我听说这沈守财有个外号叫'沈疯子'，说他这人天不怕地不怕，别人不敢干不会干的事情他都会干。"

王有发看着沈守财离开的背影，对身边的马秘书意味深长地说道："你可别小瞧这个疯子，说不准哪一天我们都会被他弄疯的。"

从小医生工厂出来，沈守财抬头望了望天空，几个月了，他都不曾觉得如此地天朗气清。回家路上经过小饭店，他特地买了些菜回去，沈守财已经迫不及待地想要将这个好消息跟妻子吴玫分享，可还没进家门，就遇到了隔壁邻居一脸慌张地跑来。

"守财，你老婆从楼上摔下来送医院去了。"

"什么？！"

沈守财大惊失色，疯了似的冲到了医院。

"老婆！老婆！护士同志，我……我老婆在哪儿……"因为紧张，连话都已经说不清楚。

"同志你镇定一下，你老婆叫什么名字？"

"吴玫，口天吴，玫瑰的玫。"

"稍等，她在三楼6号病房。"

还没等护士同志说完，沈守财便已经冲上了楼。

护士同志望着手里的本子，脸上出现疑惑的神情。

"哎？这怎么……"

沈守财走到三楼的时候就听到6号病房里传来了哭声，他只觉得眼前冒着金星，两腿也开始发抖不听使唤，他颤抖着伸出手推开了门。屋子里有什么人，沈守财已经看不清了，他只知道他们都在哭着，而在病床上躺着一个被白布盖着的人，床尾处挂着病人的信息，上面清楚地写着"吴玫"两个字。

在路上的时候沈守财就想着要是不小心从楼梯上滚下来差不多也就是个骨折，虽然也已经做好了最坏的打算，可他还是不住地埋怨自己净瞎想些坏的，等到如今却变成了现实，这是让他怎么也无法接受的。

"老婆，"沈守财扑倒在了病床前，"怎么会这样……怎么……会这样啊……早上我出门的时候你还好好的，你知不知道……我成功了，我和小医生签约了……我能让你过好日子了，为什么你不能等我啊……为什么啊……"

沈守财说得声泪俱下，一度难过到哽咽，整个人瘫软在病床前，直到有人拍了拍他的肩。

"同志，你哪位啊？"

"你什么事？"

"这是我老婆，你哭什么，该哭的人是我啊！"

沈守财抬起头，泪眼蒙眬地望着眼前这个憔悴的男人，很是不解。

"怎么是你老婆？明明是我老婆。"

"这是我老婆，怎么成你的了？！"

"是啊，疯子吧，一进来就抱着别人的老婆。"

"看他这样子也像，这医院怎么回事，连疯子都给放进来了。"

周围的人也跟着附和道。

"这怎么不是我老婆，"沈守财走到床尾，把上面挂着的名牌给所有人看，"你们看，我老婆叫吴玫，这不是我老婆是谁？！说我疯子，我看你们才疯了呢！"

"我老婆也叫吴玫啊！"

下一秒，沈守财站在病房门口不住地跟家属们道歉。

"对不起，对不起，是我的错，我老婆从楼上摔了下来送到医院，我看那名字和我老婆的一模一样所以才……对不起，真的是不好意思……"

"守财。"

一个声音从走廊的另一侧响起，沈守财循声望去，吴玫坐在轮椅上，护士同志正推着。

第十八章

"老婆，我总算找到你了。"

沈守财这突如其来的一抱，又是在大庭广众之下，让吴玫觉得有些不好意思。

"大家都看着呢。"

"看就看吧，我抱我自己的老婆怎么了！"沈守财更加牢牢地抱住吴玫，忽然想到了什么，紧张地上下打量着她的身体，"怎么样，你怎么那么不小心从楼上摔下来了，你知不知道我快被吓出心脏病了。"

吴玫倒像个没事人："我就是有些头晕，医生检查了说什么事都没有，你看我是不是福大命大？"

"什么事都没有为什么坐轮椅啊？肯定有事情，走，我们去找医生好好检查一下。"

"哎呀，我坐轮椅是因为……"吴玫低下头，脸上泛起了红晕，"我有了。"

"有了？有什么了？"

"有宝宝了！"

"宝宝?!"沈守财瞪大了眼睛，不住地望向吴玫的肚子，说话都开始结巴起来，"有、有宝宝？医生不是说生不了吗？"

护士在旁边说道："吴玫同志不是生不了，是生育率极低，也就是说还是有怀孕的可能的。"

"真的吗？是真的吗？我要做爸爸了，我沈守财要做爸爸了！"

"你得做两次爸爸。"

"什么意思？"

护士同志在旁边笑出了声："我说你真是愣头青，你老婆怀的是双胞胎！"

"不会吧?！不会吧?！老婆，你真厉害！"说着，捧着吴玫的脸就猛亲了两口，"我要做爸爸了，我要做两次爸爸了！"

整个医院里都回荡着沈守财疯了似的声音。

第十九章
品牌之路第一步

在行业里面没有背景、没有权势,可以说还有着"污点"的沈守财凭着一腔热情就拿到了小医生的代理权,这件事情立马就在义乌传了开来,凭借着燎原派巨大的人脉网,沈守财的销售火爆。而他和吴玫的龙凤胎儿女也出生了,接着他又相继拿到了玉西、大贝、兰佳人都品牌的代理权,在全国成立了9个日化公司,并且在三年时间做到了义乌前三,可以说真正成了行业中的领头羊。

21世纪初,沈守财的个人财富已经高达几千万,按道理来说,他完全可以过上坐享其成的生活,不需要苦心经营便可以日进斗金,但是他又陷入了沉思。虽说他手上掌握了顶尖国产护肤品牌的代理权,却一直有种为他人作嫁衣的感觉,那种手抱"别人家孩子"的失落感随着时间的逝去而逐日累积。

恰逢此时,高利民已经是某区委副区长,专管对外经贸发展这条线。20世纪90年代末期国外资本大量涌入中国市场,尤其是长三角地区,率先成了外来资本渗入的试验地,而浙江便是其中之一。高利民遇到的外来客商中有一位史密斯先生引起了他的注意,这位史密斯先生有着顶尖的研发团队和上游渠道,想进军中国市场却苦于没有销售渠道,获悉这一情况,高利民立马联系了沈守财。兄弟几人闲暇时聚聚,自然会聊起工作情况,高利民也知道沈守财一直想创立自己的化妆品品牌,可沈守财一无技术,二无上游供应链,光有资金和销售端又有何用呢?于是,在高利民的极力促成下,沈守财和史密斯先生达成了合作意向,决定成立格丽斯化妆品中外合资企业,史密斯占比25%,沈守财占比75%,由史密斯负责产品的技术研发和前期香料香精采购,而沈守财负责产品的生产和终端销售。终于,沈守财在上海这个全中国最繁荣的地方有了一席之地,望着窗外街上的车水马龙,他忽然想着,兴许有一天他的格丽斯不仅仅能卖到全国,还能卖到全世界的各个角落。

合作的最初五年,两人确实非常默契,沈守财根据多年卖化妆品的经验,把格丽斯的消费人群定位在30岁左右的普通青年妇女,针对这一人群的消费习惯,在报纸杂志上做足了广告,再加上线下燎原派置于各处的门店,很快就使得格丽斯在化妆品行业里迅速崛起,短短五年便成了行业里的黑马,一切都朝着越来越好的形势发展。直到有一天,史密斯告诉沈守财要与他解除一切合作关系……

在史密斯先生提出解除合作关系之前,沈守财对格丽斯的未来充满了宏伟的规划,然而因为史密斯的离开随之而来的是上游供应链的断裂,最关键的就是格丽斯化妆品的产品技术研发部门全部离开,这是一个企业最核心的东西,大脑和心脏被拿走了,只剩下一具空壳的格丽斯又如何存活呢?而此时,沈守财才得知原来史密斯和他合作完全是为了全面进军中国市场而前期试水,早在两年前,史密斯已经秘密组建了其他化妆品公司,并把自己的妻子和子女接到了中国共同经营,可以说这次关系的解除并非事出突然，而是早有预谋。然而，雪上加霜的事情并非只有这些，在史密斯他们离开后不久，沈守财便接到了律师函，被告知格丽斯化妆品的产品研发专利均不归公司所有，须下架公司一切相关产品及停止生产，这无疑意味着史密斯留给沈守财的这个空壳一文不值。

创业的人，都是沉沦孤独的人，他们这辈子都是拥抱孤独的人。创业的人，也都是身陷黑夜的人，他们这一生都是与黑夜为伴的人。他们在无数个黑夜和无尽的孤独中煎熬，企盼着这一份坚持能换来一丝曙光，渴望着太阳终有一天能够照在自己的身上。那些个晚上沈守财又是那样坐着挨到了天亮，白天他照样像个没事人一样处理公司乱七八糟的事务，回家了也是和孩子们说说笑笑，做个好父亲，但作为妻子的吴玫却比谁都清楚，沈守财表面上的毫不在意都是伪装，她偷偷跟踪他，在商场里亲眼看着他们的格丽斯产品下架，看着他落寞的表情，看着他心疼地捡起被当作垃圾扔在路边的格丽斯海报，她鼓起勇气打了电话给高利民。虽然高利民现在已经位高权重，身居要职，原本这样的事情真的不应该麻烦他，可眼见着丈夫这般模样，吴玫于心不忍。其实，在史密斯解除合作关系之后高利民就知道了格丽斯的事情，他多方打听得知了史密斯想另起炉灶的事实，要再促成两方合作是回天无术："我的想法，第一步你先得把史密斯手上25%的股份给买回来，公司是你的才能你说了算。"沈守财点点头，和史密斯联系，可没想到史密斯的态度却很无赖，好歹也是合作五年的工作伙伴却一点都不留情面，开出天价数字，双方直接谈崩。没几天，高利民便和沈守财直接赶到史密斯所在的公司与其面谈。

"哟，高市长都来了，沈总是找个当官的来撑腰吗？"史密斯一上来就开始挑衅一番。

"在我们中国的领土上，我们中国的企业，中华人民共和国政府一定会保护！反对和谴责任何恶意地、蓄意地破坏中国本土企业发展的行为！对做出此类行为的单位或者个人，中国不欢迎！"

高利民一句话无疑给了史密斯一个下马威，史密斯当然明白个中含义，要是还想在中国继续发展他就必须懂得低头。于是，接下来的谈判变得顺利很多，双方终于以合理的价钱成交了史密斯手上格丽斯25%的股份。可随之而来的问题是：虽然比之前的天文数字确实少了不少，但依旧是一个不小的数字，而对企业来说是没有许多现金的，一时间要去哪儿找那么多钱就成了当务之急。沈艳芬赶到他们公司，把几张银行卡放在了桌上。

"守财，这是我这些年的积蓄，那是艳芳的卡，都在这里了，你全拿去，另外……"她从包里拿出一个厚厚的公文袋，里面是小龙王童装厂的营业执照、公章、法人章、财务章等一系列重要证件。

"姐，你这是干吗？"沈守财隐隐觉得有些不妙。

"我已经想好了，我打算把小龙王到银行抵押掉，肯定能换不少钱。"

沈守财立马反对："不行，姐，童装厂绝对不能抵押掉。"

"你在想什么呢！现在这个节骨眼上不抵押掉童装厂哪来这么多钱？再说，这童装厂本来就是你的，姐只是替你保管，现在你需要钱，当然要把它给抵了去换钱啊。"

"姐，我这辈子欠你太多了，这童装厂我本来就是想弥补你的，你现在这么做，不是让我这辈子都还不清了吗？不行，绝对不行。"

"弟啊，我们是一家人，"沈艳芬含着眼泪，但眼神坚定，强撑着不让眼泪流下来，"家人就应该有难同当、患难与共，姐这辈子最难的时候是你救了我呀，也是你救了这个家，我不能看着你倒，你明白吗？"

"姐……"

沈艳芬拍了拍沈守财的手离开了，望着姐姐带来的所有家当，沈守财心里不禁五味杂陈。

一个人的成功绝对不只是一个人的努力，需要天时地利人和，而这"人和"包括贵人的相助提携与亲人的全力支持，缺一不可。然而即使有了姐姐们的资助和支持，但面对巨额的收购数目，这些钱依然是杯水车薪。就在离合同期限越来越近的时候，沈守财被请到了燎原堂。这时候的燎原派已经成了一个协会组织，由会员出资建了一个小茶楼，主要供燎原派商谈会客之用，平时也对外营业，而这个小茶楼就叫"燎原堂"。沈守财这些日子都忙着处理收购史密斯股份的事情，无暇顾及燎原派里的事情，所以和兄弟们也是有些时日没有聚聚，于是燎原派兄弟发来邀请他便欣然赴约。到了燎原堂，协会里的理事和一些主要企业单位负责人都坐在了会议室里，就连原本在西藏自驾游的徐良他们也悉数到场，沈守财便知道事情有些不简单。

"怎么了？怎么今天大家都在？"在众人的招呼下，沈守财坐在了最上座的位子上。

"守财，今天我也不叫你沈会长了，坐在这里的也不是外人，都是这几十年一起同甘共苦的兄弟们，我就想问问你，你企业里发生了那么大的事情为什么不和大家说？"

沈守财一愣，笑着说道："你也说了这是我企业里的事情，而且也不是什么好事情，所以也没必要和大家说。"

"守财哥,我徐良一直把你当作我的亲哥哥,我困难的时候你帮了我多少忙!为什么你有困难的时候就不能告诉我!"

众人都附和着:"是啊是啊。"

"我资金周转不灵的时候还是你借我钱的呢。"

"是啊,你还帮我做了担保呢。"

众人你一言我一语地插嘴着,沈守财却忽然笑了起来。

"守财哥,你笑什么呀?"

沈守财笑着摇头:"我说你们,今天把我叫来到底是批斗大会还是表彰大会啊?我可有点看不懂了。"

众人一听也哈哈哈地笑了起来。

"守财,兄弟几个商量了,我们可以拿出我们的现金流。"

沈守财望着在座燎原派的兄弟,他们之中的大部分人都至少跟着他有十年以上,而有些都已经有二十多个年头,他们刚开始跟着沈守财做绣花枕头的生意,后来又做童装生意,接着开始做化妆品的生意,一路走来,大家相互扶持,不是亲兄弟却胜似亲兄弟。

"谢谢大家,可是你们的钱我不能收。"

对于大家的好意,沈守财还是断然拒绝了,可没想到一回到办公室,徐良他们几个也跟着来了,几张银行卡被放到了沈守财面前。

"徐良,你们这是干什么?"

"守财哥,我们兄弟几个就把话撂这里了,这钱你不收也得收!"

沈守财笑了:"好啊,这年头还有人上门送钱来了。"

"这钱你必须收下,不然,就是看不起我们兄弟!"

"对啊。"旁边的人也应声附和。

沈守财将银行卡拿起塞回了徐良的手里:"你们做生意也不容易,

你要是还把我当哥就把钱收回去。"

"守财哥,我那会儿给人做错了担保,别人都躲得远远的,是你帮我跑前跑后,还帮我抵债,你这恩我徐良几辈子都还不完,我求你让我做做好事,行不行?"

"是啊,我妈那会儿做手术也是你托人找的国外医院,我妈天天说让我别忘了守财哥……"

"对啊,我那年吃了官司……"

众人的话匣子被一一打开,沈守财立马叫停。

"好了好了,我说你们几个是跑我这里歌功颂德来了啊。"

徐良几人听了不好意思地笑了起来。

"守财哥,"徐良收起笑容,继续说道,"你总说我们是一家人,要是你真把我们看作一家人,就让兄弟几个出份力吧。"

沈守财知道燎原派兄弟的脾气,但凡哪家企业有什么困难,大家都是争着互相帮助。其实,在浙江,类似于燎原派这样的企业家协会数不胜数,在外打拼时候的一无所有让人自然而然地集聚在一起,所谓抱团取暖,而正是因为这样拧成一股绳的风气和氛围,才让浙江商人在市场的惊涛骇浪中稳坐鳌头。

沈守财便不再坚持己见:"谢谢兄弟们的好意,那我沈某人就不好意思地收下了。不过,到时候我会按照银行利息还你们,希望大家也不要推辞。"

众人一听老大哥收下了大家的心意也便不再多说什么。

"对了,守财哥,什么时候你跟我们哥几个一起去西藏,你不是总说想去吗?"

"嗯,等我空了吧。"

不久，沈守财凑齐了所有的钱，顺利地从史密斯手上拿到了格丽斯剩下25%的股权，公司也由中外合资公司真正变更为中国企业，这一属性上的变更让沈守财感受到了一种前所未有的归属感。

公司终于可以自己说了算以后，沈守财决定"洗心革面"，格丽斯的辉煌早已过去，在沈守财手心里的这个公司必须有一个响亮的名字。

"优尔雅吧。优雅地活着，就是我们这个产品能让人实现的一种状态。"吴玫说道。

"好，就叫优尔雅。"

为了节约成本，也为了公司更好地发展，沈守财将优尔雅公司总部迁回了杭州。公司成立首先要解决的就是上游供应链和产品研发技术两个大问题，先说产品研发技术，这就需要找到相关研发人才，而在2000年初的中国，中国的化妆品行业可以说刚刚开始崛起，大部分的化妆品企业并没有自己的核心研发技术，大多都是舶来品，即买了外国的化妆品配方回国生产销售，这样的法子简单快捷，算是入门捷径，但格丽斯当时因为有史密斯的加入因此有了研发部门，也有了自己的独门秘方，也正是因为这一点，格丽斯迅速打开市场，一举夺取市场占有率。而国内相关人才十分稀缺，用"生"不如用"熟"，沈守财想到的自然还是原先格丽斯产品研发部门的总监邵逸。说起来邵逸也是个怪才，当时在公司就是独来独往，很不合群，因为研发部门属于史密斯的管辖范畴，所以沈守财也没有和邵逸有过多接触，但邵逸是出了名的认真，格丽斯产品的研发技术就是他带领团队攻克层层难关，在极短的时间研究和开发出来的，他也没有什么兴趣爱好，似乎他的兴趣爱好就是工作，别人下班了，他也常常还待在研发室里。据说，邵逸和史密斯相识是因为史密斯欣赏邵逸的才华。邵逸有个奇怪的癖好，他对于企业的聘用只有一个条件：别管他的团队招什么样的人，别管他的团队研究什么样的课题方案。而这无疑让那些想把他请进门的企业望而却步，"我能陪你玩却不能这么玩啊"，邵逸遇到史密斯的时候正是没人敢相邀他的时候，千里马之所以能成为千里马，也是因为能够遇到一眼识中他的伯乐，邵逸对这份知遇之恩很是感激，成了史密斯手下的一员干将。

"要想收服这样的怪才可不容易。"吴玫说道。

沈守财叹了口气："试试吧，不试怎么知道成不成功呢？"

沈守财找到邵逸，以公司5%的股份作为酬劳邀请邵逸加入，果不其然遭到了他的拒绝。

"你觉得我在乎的是钱吗？"

"我当然知道你不在乎钱，可没有钱你怎么做你想做的事？"

邵逸愣了愣："你说得也没错，不过，我是不会离开史密斯的，你知道的，他对我有知遇之恩。"

"我明白，我不会让你为难的。"

现在三兄弟空下来的时候就聚在沈艳芬的办公室里喝茶，沈艳芬在一边摆弄着茶具。

"你就这么放弃了？"高利民问道。

"不知道，没想好对策。"沈守财喝了一口茶。

赵家宝在一旁一直没说话，忽然一拍脑门站了起来："我想起来了！"吓得沈艳芬把茶水都洒在了自己手上，高利民见状心疼地赶紧去帮老婆擦手，一边又埋怨起来："家宝，你干吗呀，你看把我老婆吓得。"

"你们听我说呀，我说怎么听邵逸这个名字这么熟，这隔壁五家村村头最东边住着一个老头,这不马上就要进入汛期了,村头东边地势低洼,容易积水,我们就让这大爷赶紧迁出来,可这大爷非说要陪着这猪圈里那三头猪,说什么也不跟我们走,对,那大爷姓邵,叫邵逸国。"

"我记得这老大爷,听说还在村支部里闹了很久是不是?"沈艳芳也想起来了。

"对,就是他。"

沈守财听着,心里似乎有了什么主意。

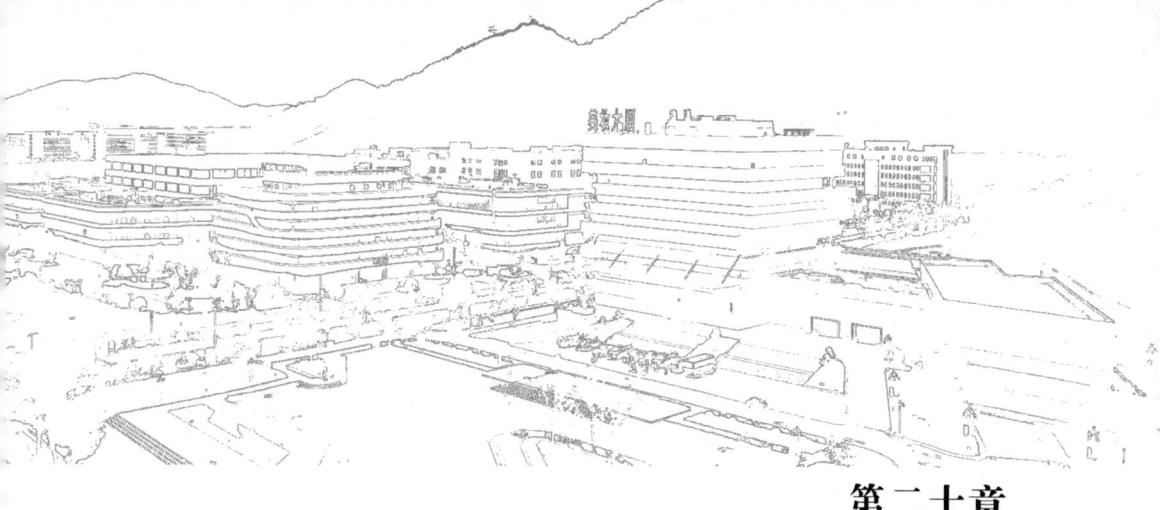

第二十章
优雅王国的前奏曲

浙江的汛期，仿佛天上被捅了个窟窿，老天似乎要把所有的水全部往这片土地上倒似的，这一天两天的也就罢了，雨一下少则十天，多则大半个月，汇成洪水淹没村庄是常有的事情。

果然，最担心的事情发生了，五家村地势最低的东边出现了积水，雨势越来越大，估摸着到后半夜肯定会淹了东边的房子，而住在最东边的就是邵逸国。村支部里几个人冒着瓢泼大雨赶紧往邵逸国那边赶去，可是风雨越来越大，居然把路边的好些树都给吹断，倒在了路上。要是去，一行人的生命可能会有危险，可要是不去，邵逸国的生命危在旦夕。村里几个人想都没想就抹去了脸上的雨水，撑着手电筒继续往前走去，到邵逸国房前的时候，水已经没过了半个门。大家都隐隐觉得有些不妙，正欲往里走去，忽然门被推开，黑暗中借着手电筒微弱的光，只见沈守财背着邵逸国，赵家宝在一旁拿着手电筒蹚着水走了出来。

经过及时送医，邵逸国得到了救治，身体并无大碍，得知父亲住了院，邵逸立马放下工作赶到了医院。如果说这个世界上有什么能够左右邵逸，大概也只有父亲了，邵逸从小就没了妈妈，是邵逸国独自把他抚养长大，邵逸功课一直出类拔萃，后来还被公派出国留学，所以长大以后五家村的人鲜少见过他。而后他跟着史密斯工作拿着高薪收入，就一直想把父亲接到城里生活，可邵逸国住惯了农村，对于陌生的城市实在是难以适应，于是邵逸也只好遵从了父亲的选择。邵逸心疼埋怨了父亲几句，看见邵逸国身体并无大碍倒也宽心了很多。

"谢谢赵总，要不是你，我爸真的就没命了。"邵逸对赵家宝说道。

"邵逸，其实你要谢的人不是我，是守财把你爸给背出来的。"

而沈守财在确认邵逸国身体无恙后早已经回到了杭州处理公司事务，邵逸没有想到和沈守财再见面是这样一幅情景，他想着怎么也是父亲的救命恩人，理当登门道谢的。

"谢谢你救了我爸。"

"这没什么，只是顺便。"沈守财似乎有些轻描淡写。

"可我怎么觉得沈总救我爸没那么顺便。"

沈守财一听，便听出了其他的意味来，笑着说道："我是个老共产党员，我们党员讲的是一切从人民利益出发，全心全意为人民服务，老人家有难难道不帮吗？"

"可这未免也太巧了吧？"

沈守财笑笑，边给邵逸泡茶边说道："在你眼里我是个商人，什么都在算计，可你有没有想过我从一个农村里的穷小子做到今天，有这么多人跟着我，并不是靠算计就够的？你爸的事情我也是无意中知道，救了你爸可能有些私心，但是你有没有想过，这么大一个中国，怎么就一定要把我们两个扯在一起呢？"沈守财把茶放在邵逸面前，"我并不奢求你会回到这里来，但我希望就算我们做不了合作伙伴也能成为朋友。"

邵逸一愣，这么多年，他把所有的精力和时间都花在了工作上，身边连个说话的朋友都没有。

"那个……这是我送你的开业礼物，也谢谢你救了我爸爸。"

邵逸走后，沈守财打开公文袋，里面正是邵逸新研究的一个化妆品方子，虽然邵逸说是赠送给沈守财的，可没几天他还是收到了沈守财打来的钱。

有了这张救命方子，沈守财马上开始投入紧锣密鼓的生产中。那时候，新公司上下一共只有20来个人，人手十分紧张。白天，沈守财在写字楼里办公，晚上就几乎穿过整个杭州赶到望江路的加工厂和员工们一起打包盒子，打包带要拉，带子很容易就把手割破流血，沈守财的手因为长时间拉包带也和工人们一样伤痕累累。

燎原派的兄弟们见到了，总是劝他。

"沈哥，你好歹也是个老板，何苦再去弄打包这种琐碎的事情。"

沈守财不说话，只是笑了笑。

后来大家见他还是一如往常每天去加工厂打包盒子，便也都不再劝他了。

"怎么说也是十里八乡有名的'沈疯子'，要是不'疯'就不是他了。"

那段日子，沈守财每一天都忙到凌晨两三点才回家，五点起床，六点多又准时出现在办公室中。人人都觉得他不会有累的时候，总觉得他有用不完的劲儿。

然而，就在那一年的冬天，雪下了一天一夜，沈守财在赶往工厂的途中被一辆货车撞倒。黑色的夜幕下，白色的雪一直在下，融化在红色的血泊中……

吴玫第一个赶到医院，而沈艳芬、高利民、沈艳芳和赵家宝都连夜赶到了杭州。

手术室门口的灯灭掉已经是第二天的事情。

"医生，我丈夫情况怎么样？"

"你放心，病人经过手术已经脱离了生命危险，不过，我们发现了其他的一些问题。"

原来，当年沈守财在泥石流中救孩子时被房梁柱子压到了脊柱，虽说当时没有造成直接的重大的伤害，但已经种下了病根，后来沈守财又是背着几百斤的枕套和童装一次次地走南闯北，脊柱承受了过多的负荷，这些年他到处奔波、身体劳累，无形中加重了病情，所以这些年脊柱疼痛的情况越来越频繁，也越来越严重，有时候疼得起床却都起不来。脊柱损伤严重、扭曲变形，必须及时进行手术治疗。

"做手术？不行啊，现在公司才刚刚起步，要是我现在做手术，公司怎么办？"

"公司公司，你的命都要没了，还管公司干什么，"吴玫有些埋怨地说道，"守财，你的脊柱不能再拖了，医生说要是再拖，严重的话可能会瘫痪的……"

"再熬一会儿吧，等公司的新产品上市，我就来做手术，好不好？"

"不行，绝对不行，不能拿身体开玩笑。"

"你要是这样的话，那我绝对不会进手术室的。"

吴玫看着沈守财一脸执拗，知道他的脾气总是说到做到，心里虽然着急却也是无可奈何。

没过多久，沈守财便出院了。在家里老实待了两天，他便觉得自己心慌失眠，于是打着石膏、拄着拐杖就来到了工厂，和工人们一起打包装盒。

工人们也习惯了沈守财的"疯子作风",这会儿倒也不足为奇了,只有吴玫找寻了沈守财半天,最后还是在工厂里找到了他,厂房里没有空调,可大家打包装盒都干劲十足。

"沈守财!"

一听这说话的口气就知道吴玫气得够呛,可沈守财转头望向吴玫的时候依旧嬉皮笑脸。

"老婆,我在这儿呢。"

一句话将大家都逗得偷偷笑了起来。

吴玫没好气地走到沈守财身边,努力压抑着自己的情绪。

"沈守财,你别逼我发火啊,你几岁的人了,你看看哪个病人像你这么不安分?!"

"我要是再在家里那么待下去,可真的要成'沈疯子'了,你愿意?"

"你!"

"好了,我的好老婆,我就干一会儿,干一会儿我就回去,好不好?"

"你的话我能信呀?说一会儿没有个两小时你愿意走?"

沈守财听了又笑了起来:"好老婆,我知道你最好了。"

"你继续留在这里也行,那我也留下来和你一起干。"

"那可不行,这里多冷,老婆是用来疼的,不是用来干活的,你要是不想走就到办公室那里等我,那里暖和。"

吴玫无法,只得被沈守财牵着鼻子走,虽然有些担心,可看着他那么努力拼命的样子,吴玫依旧还是深深为他着迷。

"优尔雅"终于诞生，怎么才能让这个国产品牌迅速走进消费者视野成了夫妇俩最头疼的问题。进入2000年后，中国经济的发展速度可谓突飞猛进，面对这日益庞大的市场，国际一线的化妆品品牌审时度势，开始不断扩大在中国的销售规模，这无疑成为了中国化妆品企业的噩梦。国际品牌牢牢占据着商超渠道，并且在群众中有广泛的影响力，这是国内品牌所无法企及的，要想在这激烈的竞争和强大的压力之下脱颖而出就必须从实际情况出发。沈守财后来总结优尔雅品牌早期的成长得益于天时、地利、人和，他看准了国际品牌对中国二、三线市场专营店渠道的不重视，决定抢占渠道空白。

"优尔雅必须走'农村包围城市'的路线才能在夹缝中求生存。"

终于，功夫不负有心人，精准的市场定位，让优尔雅产品一上市便迅速占领二、三线市场。

当然，沈守财的目的并不止于此，最终目标就是：要让每一个中国人都知道优尔雅的品牌。

要达到这样的目标，优尔雅必须拓宽销售渠道和加大宣传力度。

而此时，电商开始逐渐兴起，沈守财立即对这种新型的购物方式产生了兴趣，他也开始尝试网上购物，立马发现了网上购物的方便快捷。沈守财马上开会研究，决定在短时间内成立电商部门并开设网店，但那时候是2000年初，网上购物的氛围还没有像现在如此浓厚，耗费精力去做一块看不到未来的事业着实是耗费人力和财力，因此也有不少质疑的声音。

"你们别担心亏钱，要是做什么都担心会带来什么不好的后果，那我们就不要做生意了。"沈守财说道。

一个成功的企业家比平常人多了两样东西，一个是胆识，也就是敢作敢为的勇气，没了勇气和信心就无法支配"勇闯"的行为，而这也是成功的先决条件；而这第二个就是言出必行，说了就去做，一点都不拖拉，有些人有拖延症，信誓旦旦的理想倒是可以说一大堆，可是说完了就歇菜了，那这辈子也不可能成功。

于是，半个月不到，优尔雅就成立了电商部门并在国内知名购物网站开了网店，他们也是当时少数率先抢占电商市场的企业。事实证明沈守财的判断没有错，当年优尔雅的销售额立马翻番，这让他尝到了甜头，也更坚定了要多条腿走路的想法。此时，优尔雅的销售渠道覆盖了专营店、百货商场、超市和电商等在内的多渠道销售网络，而这也是成就优尔雅集团在品牌创立前十年实现零售额达到40亿元的先决条件。

然而与此同时，国内好些个化妆品品牌开始诞生和崛起，这让沈守财又陷入到了沉思之中，如何在这个日益竞争激烈的大环境中占领消费者视野呢？21世纪，虽然展会活动还是兴办，但是其实人流量、关注度早不如20世纪八九十年代，报纸和杂志的受众也比较有限，电视媒体应该是比较好的选择，可还有什么是更有针对性地指向二三十岁左右的女性消费人群呢？这段时间一直忙着工作没回家去看看奶奶和母亲，刚走到家门口就听到里面传来女人的哭声。

"奶奶、妈，"沈守财快步进了家门，就看到陆小丽和王英花坐在沙发上抹着眼泪，"你们怎么了，干吗哭啊？"

"哎哟，这女的生病快死了，这男的还不知道呢，看着怪难受的。"

"是啊，守财，你不知道这电视剧特别感人。"

沈守财一听就乐了："这些都是演戏，你们怎么看个电视剧还能哭呢？"

"你可别笑我们,现在有哪个女人不爱看偶像剧的?"

"每个女人都爱看?"

"对啊,村里的女人不都看吗?我本来也不看,她们都说好看我才看看的。"

沈守财一听,不由得心生一计,第二天便找到了高利民。

"利民,不知道有没有影视公司在拍这种偶像剧的,我想把我的化妆品放在电视剧里。"

高利民一听觉得这个点子不错:"这个想法好啊,你这个叫广告植入,我们市里这两年确实引进了几家影视公司,我帮你问问看啊。"

2000年初正是偶像剧风靡一时的时候,在国内,广告植入在电视剧行业也刚刚兴起,沈守财算是第一批涉足的企业家,不久电视剧播映、收视爆火,他便尝到了甜头,而跟着他的燎原派作为优尔雅的经销商卖到几度断货。

可是正当一切向好的时候,吴玫发现沈守财又一个人傻傻地望着窗外发呆,她明白丈夫只有心里有事的时候才会这样,但吴玫到底是个智慧的女人,聪明的女人会先开口说,但智慧的女人会等着男人先说。她泡了一杯茶走到沈守财身边,碰了碰他的胳膊肘。

沈守财一愣,接过吴玫手中的茶:"谢谢。"

吴玫一句话都没说便又走到一边对起账来,其实按照优尔雅现在的公司规模,吴玫根本不需要亲自对账,但和大多数与丈夫一起创业的浙江女人一样,她们中的大多数都没有在丈夫发迹以后回归家庭,而是依旧管理着公司的财政,对浙江女人来说,"男主外女主内"的意思就是你在外面交际应酬、拓展生意,我在公司管理行政事务和财政。而每次吴玫什么都不问的时候,沈守财便会自己"主动交代。"

"你就不问问我有什么心事?"

吴玫笑了:"说吧,怎么了?"

沈守财坐了下来,望着妻子:"我想把我们车间里全部生产线给换了。"

吴玫一愣:"全部?"

"嗯,可是林主任觉得没有这个必要,所以就和他争了几句。"

"那你觉得有没有这个必要呢?"

"说实话吗?"

"嗯。"

沈守财换了个坐姿:"别人看到的只是现在优尔雅发展得很好,可是他们没有想到优尔雅以后的发展,现在像施恩蔻、美语这样的牌子做得多好,要是按照这样下去追上优尔雅也只是时间的问题,而且在这段时间里你又不能保证不会有张恩蔻、李恩蔻这样的牌子出现。我们没办法决定优尔雅以外的东西,包括市场环境,但我们可以提升和优化优尔雅自己!我已经了解过了,现在化妆品的生产设备最先进的就是德国,他们的生产线一天就可以生产几十万件的产品,我们工厂设备如果不提早更新换代,淘汰也是迟早的事。"

"钱呢?多少?"

"具体数字还没有给我,不过八位数应该是逃不掉的。"

八位数,也就是千万级,这对于那时候的优尔雅来说要在一时间拿出那么多现金是根本不可能的,要想更换设备就只能继续贷款。好不容易才把欠下的债还清又要变成负债,搁谁心里肯定都不乐意。但是,吴玫对于沈守财的眼光从来没有怀疑过。

"买吧。"

沈守财喜出望外："真的？"

"不买你也不会死心，再说了，我们从前就一无所有，大不了就是回到过去罢了。"

"不可能，我绝对不会再让你过苦日子，老婆，你要相信我。"

这对相濡以沫的夫妻大概是众多浙江经商夫妻的缩影，他们一路打拼、相互扶持、从无到有、从不害怕，而这一切就是基于彼此的尊重和信任。

果然，沈守财的决定是正确的，他们用着一个一千万的搅拌桶，却在当年创造了二十倍的营业额。而这之后的几年，优尔雅在沈守财的带领下，发展势头越来越猛，销售额逐年增加，一跃成为国内化妆品行业的翘楚，沈守财也在新一届化妆品协会中被推选为理事。

船在海面航行的时候，要懂得观察海面和天气的变化从而做出正确的判断，躲避过大风大浪，才能一帆风顺。正是因为沈守财事事都考虑在先才能让优尔雅这艘大船一直劈波斩浪、免受灾险，经过了这一番事情之后，属于沈守财的"优雅王国"将要来临。

第二十一章
重生的优雅王国

自从沈守财救了邵逸国之后，这些年总是时不时去看看老人家，有时候自己去，有时候也会带上妻子和两个孩子一起去。正因为如此，他对五家村有了更进一步的了解。五家村临近孝信村，所以家家户户也做着童装生意，但相比孝信村里童装企业的规模，五家村大多都还停留在小作坊的阶段。然而，五家村相比孝信村却有着得天独厚的地理优势，面积也多出几倍，看着这些闲置的土地，沈守财的心中有一个想法开始渐渐萌生。

"我决定把优尔雅的工厂放到五家村。"

商场虽然如战场，但企业经营与真正的战争相比还是有所不同，"兵贵胜，不贵久"，一个企业固然在每一次的市场竞争中讲求速战速决，总体上却需要持续发展、长久经营，既贵胜又贵久，这样才能不断成长壮大。眼见"优尔雅"在五六年的时间里迅速壮大，是好事却也是坏事。赵家宝总笑着说沈守财杞人忧天，终于成了有钱人却又老想着贫穷时候做的事。沈守财却觉得不以为然，按照中国化妆品行业的发展，势头只会越来越好，但巧妇难为无米之炊，如果没有一个强大的营地来供给又怎么跟上市场发展的需求，这就需要扩建优尔雅工厂的规模。

优尔雅的注册地在寸土寸金的杭州，工厂面积本来就不算太大，而此时为了城市发展，所有工厂都需要搬迁出中心城区，这就需要给优尔雅再找一个安身之地。作为一个浙江人，优尔雅首先就要做一个浙江品牌扎根浙江，所以沈守财的眼光一直放在浙江本土，而毋庸置疑，五家村便成了最好的孕育摇篮。五家村的位置在浙江省的东北方，太湖南岸，紧邻江苏、安徽两省，从前是因为没有修路，所以通往外界变得格外艰辛，然而随着孝信村童装产业的发展，家家户户都摆脱了贫困，道路也被修成了双向六车道，到杭州走国道也只要一个多小时，而未饱和的土地状态正好满足了优尔雅需要大面积土地的胃口，这样得天独厚的地理条件简直就好像是为沈守财精心准备似的。沈守财原本就是那种说干就干的人，于是，没多久优尔雅工厂百亩的整体规划图就已经放到了五家村的党委会议上。

2006年，新的优尔雅工厂正式在五家村的土地上动工。

日子就这么有条不紊地过着，优尔雅在这日出日落间茁壮成长，总是新品还未出产就已经在订货会上有了巨额订单，沈守财望着他的优尔雅，感觉到了前所未有的踏实，他，终于能睡个好觉了，但谁都没有想到巨大的灾难悄然而至。

保加利亚，巴尔干半岛上的国度，欧亚交通的十字路口。在其中部，100公里狭长而又温暖的玫瑰谷，海拔600米的沙质土壤，500多处温泉的泽润，培育了世界闻名的保加利亚玫瑰，也因为玫瑰的点缀，保加利亚被世人称为"上帝的后花园"，是名副其实的"玫瑰王国"。

保加利亚种植玫瑰的历史悠久，距今已有300多年，时至今日，保加利亚年产玫瑰精油产量位居世界之首，占世界70%至80%的产量。而全球大部分的化妆品企业，尤其是高端奢侈品牌为了保证自身产品品质都会选用来自保加利亚的玫瑰作为原料。然而，保加利亚突发的罕见天气，致使玫瑰产量锐减，这也使得全球的玫瑰价格飙升，这一上涨直接带来的就是保加利亚玫瑰精油价格上涨，而优尔雅的主打产品选用的正是保加利亚玫瑰精油。

"哥。"邵逸望着眼前的沈守财，他只是一根接着一根地抽烟，一语不发。

香精原料的价格飙升就意味着制造成本的增加，涨价吧，优尔雅的产品原本就走中低端的亲民路线，涨价无疑会损失一大批消费客源，库存积压就变成了板上钉钉的事情，不涨价吧，就意味着这些上涨的成本都需要优尔雅自己承担，数目不小暂且不说，即便产品卖出去了对优尔雅来说也是亏损的买卖。沈守财和吴玫夫妻俩算了一个晚上也没有办法平衡收支成本，原本沈守财就习惯早早来到工厂上班，心里有事的时候躺在床上也只是熬到天亮，索性穿了衣服就到了办公室，还不到八点，生产车间的林主任便急匆匆冲进了他的办公室。

"玫瑰精油的库存还有多少？"

"勉强还能撑两个月。"林主任皱着眉头，正是巧妇难为无米之炊，再不向原料供应商下单整个生产车间将面临停产的局面。"沈总，"林主任慢悠悠地说出心中的想法，"要不，我们换原料吧？"

"绝对不行！"沈守财脸色一沉，"做人做生意都是一个道理，人家掏钱买你的产品也是一份信任，要是这份信任都没有了，我们优尔雅还怎么在市场上立足？"

"可是……"

沈守财脸色不悦:"别说了,你先出去吧。"

林主任知道沈守财是真动了肝火,也识趣地不再多说一句,在门口正巧撞见了吴玫。

"吴总……"

"我已经知道了,你先回去吧,我和沈总谈谈。"

吴玫敲门进来的时候,沈守财正在忙着看文件。

"你来了。"

"嗯,守财……"

"要不要喝杯茶?"沈守财忽然抬头问道。

沈守财坐在茶台前,拿起茶台上的紫砂茶壶泡了一壶普洱茶,这第一泡的水照例还是给了那茶宠,一只只有嘴没有肛门的貔貅,那是吴玫去紫砂壶制作大师郑先生那里寻来送给沈守财的,貔貅古来一直有着趋财旺财、坐镇压宅之意,送给在生意场上历经大风大浪的沈守财是再合适不过了,而沈守财对这个茶宠也很是喜欢,原本一直喜喝铁观音的他为了把这只茶宠养得漂亮些,便改喝了普洱茶,只因这普洱茶的茶质养茶宠最容易出效果。

"林主任来过了?我看他出去的时候脸色不太好看。"

沈守财不作正面回答,只是全神贯注地做着茶道,他用养壶笔把普洱茶的茶水滋润了茶宠全身,然后又泡了第二壶、第三壶,均放在了那公道杯中,这是供盛放泡好的茶汤、均匀茶汤之用,使茶汤的浓淡滋味一致,再分到品茗杯中供饮茶之人饮用。吴玫对茶道一窍不通,都是沈守财告诉她的,而这喝茶的乐趣似乎在中国企业家之间很是流行,听闻每个老总的办公室里茶道器具都是标配。沈守财说过自己的生活就好像每天都在打仗,每天都会迸发出新的棘手的问题,每天他一睁开眼睛就必须面对这些挑战,而在这慢节奏的泡茶饮茶中沈守财似乎才能找到那么一点释放的自由。

"来,尝尝。"沈守财把一盏茶递到吴玫面前。

吴玫抿了一口:"这茶……"

"怎么了?"

"好像和以前你常喝的……不太一样。"

沈守财笑了:"确实。"他从旁边拿出了包装袋,果然不是以前他常喝的牌子,"其实这两个牌子的口感还是差不多的,居然被你给发现了。"

"跟着你喝得多了大概也能感觉到变化。"

沈守财脸上的笑容渐渐消失:"吴玫啊,你说你这个喝茶的门外汉都能发现变化,要是我们的产品换了原料,消费者就能发现不了?"

"林主任是想把保加利亚的玫瑰香精换掉吧?"

沈守财默认。

"我能理解林主任,毕竟他手上管着厂里的所有车间,要是原料断档,那车间也只能停产了,那……你的意思呢?"

"绝对不行!"沈守财的眼神锐利,"做事先做人,价值观就是我们每个人在工作中做人的准则,要是我们只顾着眼前利益欺骗消费者,那么未来我们优尔雅也不可能长久!"

在沈守财的心里,20世纪80年代杭州武林广场的那把大火就一直烧在他的心里,这么多年他自己也遇到过那么多事情,更加明白品质不能变的道理。

"做事情……就要脚踏实地、认认真真……要做就做到底……别一点困难就不做了……丢……丢老沈家的脸……"

父亲沈根山的临别之言言犹在耳，沈守财怎能忘记，中国实体经济在初级发展阶段所出现的这种情况导致了一荣俱荣、一衰俱衰的现象，作为有责任、有担当的企业家，必须要具备民族大义和行业责任感，做事先得做人。

"当时研发这个产品的时候，我们就对比了好几个产地的玫瑰，包括法国、土耳其、英国、德国和摩洛哥，保加利亚玫瑰属国际香型，出油率能够达到万分之三点六，一直是国外化妆品企业提取玫瑰精油和生产玫瑰纯露的首选品种，况且我们这个产品主打的就是保加利亚玫瑰的概念，要是把这个换了失去固定的消费群体不说，还会让媒体抓住把柄……"

沈守财的一席话提醒了吴玫，这是21世纪，这是一个可以在一天之内"坏事传千里"的时代，这也是一个走错一步路就能让自己万劫不复的时代。要是被媒体抓住了把柄，那对优尔雅来说就等同于判了死刑，所以在沈守财的面前其实根本没有第二条选择的路，为了保全苦心经营的企业和品牌，他也必须承担亏损。这就是一个创业者最心力交瘁的时候，仅仅只是瞧见了台上收获鲜花和掌声的十秒钟，便理所当然地以为台下那几十年都是如此灿烂辉煌。

"这亏只能我们自己吃。"

"你听没听说过一句话叫吃亏是福？还有一句，塞翁失马，焉知非福？"

沈守财马上明白了吴玫说话的用意，笑着望着妻子："你可就别卖关子了，是不是有什么好点子了？"

第二十一章

太阳照常升起，优尔雅的厂区却显得格外热闹，几个壮汉扛着长枪短炮进入厂区，径直走进了办公大楼沈守财的办公室，原来他们是某知名商业访谈节目的摄制组。吴玫的点子正是如此，优尔雅宁愿自己亏损也依然诚信面对自己的消费者，这样的事迹经过舆论报道和多家媒体转载之后确实形成了对优尔雅有利的局面，不仅优尔雅的主打产品销售一空，就连其他产品也都一度卖到断货，多少程度上也弥补了一些企业的损失，这可以说已经是最好的结果，沈守财悬着的心终于放了下来，优尔雅也终于又获得了暂时的平静。

都说挫折和困难是最好的老师，但其深远意义并非在于如何面对和解决，而是在面对和解决了之后总结经验教训，以免下次再遇到同类情况，于是每次事情过后，沈守财和吴玫总要畅谈一番。

"我觉得，这件事情对我们来说是一个深刻的教训，"吴玫对沈守财说道，"我们有自己完整的生产链，有我们自己的物流运输，有我们自己的销售终端，却没有自己的源头，这是极为可怕的！"

"我也是这么想的，你说我们这么大一个中国什么东西没有？怎么就非得去外国人手上买东西呢？"

其实这个问题，已经开始成为中国大多数企业的普遍现象，有钱有生产技术有消费群体却独独没有最关键的源头把控，大多都依赖于进口，这即是丧失了交易中的主动权，便会面对实时的价格翻涨，而这些又都需要国内企业自身去消化。但是，对于越来越庞大的优尔雅来说，源头不在自己手中，始终不是长久之计。

于是，沈守财找到了有关部门，打算建一个玫瑰基地，第一，保障优尔雅的源头；第二，玫瑰具有观赏性，不污染环境，大面积的玫瑰种植还能引来游客，带动旅游发展，而吴玫更是希望能够在规划当中引入教育的理念，建设一个玫瑰博物馆，能让孩子们可以认识全世界所有的玫瑰。

2007年新年的钟声还在耳畔，便迎来了股市暴跌的强震。

沈守财隐隐预感到这将是市场的一次大洗牌，于是将部门召集起来，要对产品和营销方式进行重新定位，那就是要"走品牌化经营之路"的全新战略定位，依靠细致入微的营销策划和强大执行力度，营销布局也从线下转为"线上＋线下"的销售模式，开设天猫店。为了迎合线上消费者，沈守财要求研发部门在2008年推出多个年轻化的化妆品牌，这让研发部门和产品经理都很是头疼，虽说这些年沈守财一直网罗人才，可要想收罗像邵逸这样的一员怪才真是可遇不可求。

此时，史密斯成立的化妆品公司因为没有顺应市场变化，在互联网经济越发快速崛起的时代一味地扩大自己在线下的规模，终于濒临破产。史密斯不仅没有按照约定给予邵逸公司分红，更是卷款潜逃，邵逸一时间陷入了一无所有的境地。此时，沈守财及时伸出援助之手，希望邵逸能够加入自己的公司，邵逸也不再推辞，进入了优尔雅的产品研发部。邵逸加入后可谓是如虎添翼，沈守财也是全权将研发部门交给邵逸打理，邵逸不断地开发产品、挖掘人才，还加强与国家顶尖化妆品学校的合作，带领研发团队获得了国家授权的几百项专利。

第二十二章
四序花开，花开四季

　　沈守财那边积极对接土地指标，吴玫这边也是找了好些玫瑰种植方面的专家对五家村的水质、土壤和空气进行调研分析，发现这里十分适合玫瑰的种植和生长。一个多月后，经过几轮谈判和审核，终于，玫瑰基地的土地指标被顺利批下，知道丈夫分不了那么多心，作为妻子的吴玫便扛起了创建玫瑰基地的大旗。

　　那一代富起来的浙江商人大多都是夫妻共同创业，丈夫在外面与顾客沟通、招徕生意，妻子在里面打理公司内务、监管财政，一里一外，天作之合。但显然这样的经营模式限制了吴玫的自身发展，她原本就是一个异常坚强又认真的人，这么多年一直默默地站在沈守财身后，心甘情愿为他操持着生活和工作中琐碎的一切，沈守财忙于生意和应酬，不曾有时间和她好好逛过一次街、旅过一次游，总是念叨着亏欠于她，她却也只是笑了笑："男儿志在四方，你就好好去打江山，我不会给你拖后腿。"说这些话的时候，脸上永远都是云淡风轻。这大概是第一次，吴玫脱离沈守财去做一个项目，这个骨子里带着倔强又异常执着的女人血液里淌着农村人的一股子韧劲，为了能够更好地建设玫瑰基地，她只要有时间就翻阅大量关于玫瑰种植的书，熟悉和了解玫瑰的品种和习性。

四序花开庄园的定位是以玫瑰种植旅游为主，玫瑰产业科研为辅，兼顾加工、提炼、体验，集科、研、游为一体的玫瑰产业基地。然而在刚开始，建设玫瑰基地的初衷就是服务于优尔雅的研发部门，于是，那时候的她总是虚心请教邵逸，哪些玫瑰花香精甜淡，哪些玫瑰花香精浓郁，她都细细地记在一个小本本上，走到哪里就带到哪里，没事了便翻出来看看。因为需要引进外来品种，吴玫在国外一待就是个把月，半年之后，玫瑰基地里的玫瑰品种越来越多。吴玫找了玫瑰方面的种植专家定期来基地对员工进行指导，她脱下了合身美丽的连衣裙，穿上了牛仔衣牛仔裤，套上一双运动鞋，戴着一个草帽，也不管不顾头顶炽热如火的阳光，终日流连在她的玫瑰园里，嗅嗅那朵花香，看看这朵花容，她把玫瑰基地命名为"四序花开庄园"，大概，最美的就是花开四季吧。

过了没多久，四序花开庄园便迎来了第一次的繁花绽放，沈守财和吴玫邀请了高利民、沈艳芬、赵家宝、沈艳芳作为第一批客人来到这里。

"吴玫，你现在可真像个农村大妈了。"

原本就是亲密的关系，所以对于沈艳芬的打趣吴玫自然不会放在心上。因为长时间暴晒，吴玫原先白皙的皮肤被晒成了黝黑的小麦色，再加上一身接地气的工装打扮，站在众人面前的吴玫确实像个农村的妇女。

高利民紧跟着妻子接话："吴玫这样才能把庄园搞好，要是她这个老板都不下地，养得白白净净的，谁还能相信这庄园能做得起来？"

"到底是我们高市长有见地。"吴玫笑着竖起了个大拇指。

沈艳芬望了一眼高利民:"他呀,就是这张嘴利索。"

"不利索当年怎么娶得到你?"

众人被这对夫妻俩的趣谈给逗得哈哈大笑,虽然现在的大家身处不同位置,但只要聚在一起似乎又回到了儿时模样,这也是最难能可贵的地方。没一会儿,三个女人就跑到了玫瑰丛中臭美地拍起照来,而三个男人则是坐在了一边喝着玫瑰茶吃着玫瑰饼望着三个站在玫瑰中不停拍照的女人。

"怎么样?这么个地方几年能够收回成本?"

搞庄园这种项目本来就是回报期长、前期投入资金大,要是资金实力不雄厚还真搞不起这样的项目,也难怪高利民会蹦出这句话。

沈守财听了却哈哈大笑:"不多不多,差不多后年就能收回大部分的成本。"

四序花开庄园占地一共500亩,第一年种植了30亩,种植了几十个品种,包括四序花开、丰花玫瑰、黄刺玫、法国千叶玫瑰、大马士革玫瑰、荼薇玫瑰、紫枝白玫瑰和田玫瑰等。

"毛估估明年单亩产量能达到250公斤以上,我们打算明年把种植面积扩大到60亩,玫瑰品种再多增加些。厂里已经买好了精油提炼的设备,也高薪挖了技术人员,现在就等着玫瑰花了,"沈守财笑盈盈地说道,"这样对于优尔雅来说就有属于自己的一条完整产业链了。"

另一边的三个女人拍完照了,一路闲庭信步,也在聊着自己的话题。

"吴玫,我可真羡慕你,每天都待在这么美的地方。"沈艳芬说道。

这里大概实现了一个女人对生活的终极幻想,阳光如母亲的双手一样温柔地抚触着庄园里娇艳欲滴的玫瑰,而那些个玫瑰用红色、粉色、黄色、白色等颜色填充着四序花开庄园的调色盘,自在娇莺、流连舞蝶让这幅静态的画面又有了美妙的声音和欢快的动感,三只流浪狗因为女主人的慷慨布施而不愿离去成了这里的固定"员工",每日踩着欢心惬意的小碎步在园子里踱来踱去,时而聚在一起嬉闹,时而卧在花丛中憨睡,甚是可爱。

"是啊,我也喜欢这里。"吴玫望着亲手布置的庄园感到很是欣慰。

"你这里要是开放,大家肯定都喜欢来。"

"今天是因为你们要来我才锁了大门,平时散客来得不少,"吴玫和沈家姐妹走在花丛中,"我的想法是后期会在这里做一些农家乐,开发一些以玫瑰为原材料的料理,现在已经请了上海的厨师,前些天刚刚尝了菜品,有玫瑰鸡、玫瑰炒蛋、玫瑰火锅、玫瑰甜品,保证等会儿你们要好吃到拍手。"

"有这么夸张吗?"沈艳芬和沈艳芳对视着。

吴玫接着指向不远处的一块空地,那边正被围住建设:"那边我正在做几栋度假木屋,数量不多,到时候你们可以带着孩子过来住住。"

"这个好,到时候就在这里定居得了。"沈艳芬说着咯咯咯地笑了起来。

一边的沈艳芳拨弄过一枝玫瑰花摆在鼻子底下嗅了嗅,吴玫见状,心疼地叫了起来:"这花可娇气着呢,要是被你这么弄来弄去非断了不可。"

沈艳芳听着赶紧放开了手中的玫瑰花枝,吴玫赶紧检查着,看到花枝没有受伤才放下心来。

沈艳芬望着吴玫的样子只觉得好笑:"我说你呀,对两个孩子都没有这么紧张过，对这几朵花倒是上心得很。"

"是啊。"沈艳芳也笑着说道。

吴玫觉得有些不好意思，这里的每一株玫瑰花都是她亲自挑选，栖身于土壤时她也都在场，日日望着这些漂亮的小家伙一点点长大，就好像看着自己的孩子成长一样，而当它们回应了自己内心的期盼竞相怒放，就仿佛自己的心愿得以实现一样幸福和知足。这些无法言语的生命用世界上最美丽的色彩与她诉说着自己的故事，而她作为一个"倾听者"，便悉心地呵护着它们，显然，这些玫瑰已经成了她生命中的一部分。

因为吴玫的精心培养，到了第二年玫瑰产量便突破预期，达到了单亩 270 公斤。到了第三年，玫瑰产量更是达到了每亩 600 公斤，种植面积也扩大到了 170 亩，供给优尔雅的原料已经是绰绰有余。在这样的情况下，吴玫便自创了完全以玫瑰主打的护肤产品，取的名字和庄园的名字一样：四序花开。四序花开品牌包含洁面泡沫、护肤精油、玫瑰水、玫瑰面膜等几十种产品，与优尔雅共用同一个销售系统的同时，吴玫开始在北京、上海、杭州等大中型城市开设四序花开的美容馆，一下子提升了四序花开在全国的知名度。同时，她又去学校进修美容护肤的专业知识，因为她的刻苦钻研和认真很快便全部掌握。不到两年，她便担任中国香料香精化妆品工业协会的副会长，这之后更是成为英国 Penny Price IFPA 国际芳香治疗协会唯一的中国成员，但吴玫的脚步并不局限于此。

原本国际奢侈品牌就已经早早进入中国，但从前的中国市场对于化妆品的购买能力还没有到今天这般地步，但在 2010 年后，中国发展脚步变得更加快速，加上欧美经济的发展迟缓，国际奢侈品牌纷纷把眼光转向庞大且极具潜力的中国市场。耳熟能详的国际大牌和顶尖的产品质量让中国的化妆品企业只能占据中低端消费市场，心细的吴玫早早预见了这一点，在这之前便斥资将拥有116年历史的法国香熏品牌Lampe Berger收入麾下，而Lampe Berger品牌一直被称为香熏界的"爱马仕"。

这个以前只在自己墙角下默默望着玫瑰吐露心事的女孩，这个一直站在丈夫身后默默付出的女人，终于在这么多年后站在了众人的视线中，因其名字中自带一个"玫"字，大家都叫她"玫瑰女王"，而这一称号对她来说，名副其实。

第二十三章
是兄弟也是战友

当初，格丽斯公司瓦解，沈守财和史密斯分道扬镳，他身边除了一个吴玫和几个老员工之外就没有一个能够真正帮到他的人。也正是在这个时候，赵家宝毅然决然从小龙王童装厂走了出来，决定再次同沈守财站在一起共同创业。这些年，优尔雅迅速成长，一跃成为了化妆品行业的一匹黑马，这其中自然也有赵家宝的一份功劳。

2008年，在经历了一年股市低迷之后，房价持续暴跌，这时候身边不少手握资本的朋友开始加入炒房大军，眼看各地炒房团各路企业家席卷北京、上海等一线城市，赵家宝也嗅到了商机，毕竟炒房赚的钱真是太快了，它所带来的利润根本不是实体企业能够相比的。私底下的时候，赵家宝也同沈守财说起过炒房的事，但他似乎不为所动。可赵家宝并没有就此罢休，于是找到了燎原派的几个兄弟，希望大家能够一起给沈守财吹吹耳旁风，以燎原派的名义组织大家一起去炒房，却不想引得沈守财大动肝火。

"企业就是应该扎扎实实干实业，投机倒把的东西我沈守财不会干，你们要是干了，那我沈守财就不认兄弟！"

这一举动无疑让赵家宝在众兄弟面前失了面子，两人之间产生了些嫌隙。他只觉得心里很是郁闷，他这么做明明就是为了沈守财好，要知道炒房一次性赚到的钱可相当于公司一个季度的利润，这样的事情要是不做那和疯子又有什么区别，但赵家宝深知沈守财的脾气性格，于是此事也就搁置了下来。

在优尔雅有特别健全而且丰厚的员工奖励制度，其中产品经理按照业绩得到每年的奖金提成，而且奖励都会逐年增加，新的奖励制度一出台便得到了沈守财的大力认可，然而作为总经理的赵家宝却觉得分成过多，因此在沈守财不知情的情况下克扣了经理的提成。几个产品经理认为付出没有得到回报都很是生气，可是一想到赵家宝和沈守财是连襟的关系便也不敢多言一句，所以沈守财一直都毫不知情。没想到到了公司年会，一个产品经理借着酒劲疯疯癫癫便上了舞台，一把抢过主持人的话筒就把这件事情给捅了出来。

"这到底是怎么回事?！你得给我一个合理的解释！"

还没等年会结束，沈守财就把赵家宝叫到了自己的办公室。

"我这是为公司着想，产品经理的分成每年都在增加，奖励已经够多了！我们的原料在涨，包材费在涨，人工在涨，什么都在涨，可我们的价格却没有什么变化，最后还是我们企业自负盈亏啊。"

"家宝，我问你什么叫奖励已经够多了?！他是来上班赚钱的，不是来做慈善的，既然公司已经出了奖励机制就该按照规章办事，什么叫作企业的诚信？就是对顾客诚信，对员工也要诚信！不然以后谁还服我们?！"

"对对对，我做的都是错事，我说炒房吧，你说不行，我不过就少发了点钱给员工，你也觉得我不对，要是这样的话，我这个总经理当着还干吗?!"

"砰——"

巨大的关门声在沈守财身后响起，接着便是死一般的寂静，他站在窗口望着赵家宝的车开出了厂区，只是忍不住叹了一口气。

因为赵家宝的错误，为了公平，沈守财下发了总裁令，全厂通报批评。

"沈总可真够可以啊，赵总可是他的姐夫啊。"

"那又怎么样，沈总一向是一视同仁。"

"那话怎么说来着，到底是人在屋檐下，姐夫嘛，怎么说也是个外人……"

工人们你一言我一语，议论得不亦乐乎。

这之后的几天时间里，赵家宝都没来公司，沈守财知道他和自己闹着别扭，可又觉得错在赵家宝身上，必须他自己认识到错误，于是并不理会。

赵家宝在家里待了快一个礼拜，沈艳芳原本以为他也就是要要性子，认为沈守财给了通报批评让他没了面子，可眼看日子一天天过去，赵家宝却没有一点想要去上班的念头，终于还是忍不住了。

"你到底什么时候打算去厂里?"

"不去了。"

"不去了？什么意思？你不打算干了？"

"是啊，"赵家宝抬起头望向沈艳芳，"艳芳，要不你也出来吧，我们夫妻一起去做点小买卖，能自己做主就成，你看呢?"

赵家宝这么说不是没有根据的，他们夫妻俩性格相对来说都比较拘谨，胆魄也没有沈守财和沈艳芬大，做主的事情自然是不会落到他们头上。可沈艳芳到底是个女人家，骨子里更加安于现状。

"出来？出来做什么？大姐对我挺好的，厂里的事情有她在前面张罗我也放心，干吗非得出来？"

"就怕你把人家当自己人，人家却把你当成打杂的。"

"赵家宝，你说什么呢？"沈艳芳一听脸色大变，"你自己想想，我弟、我姐哪个没把你当自己人？要不是他们这么帮你，你能坐到今天这样的位子？我们能结得了婚？人说话要有良心，我今天也跟你直说了，我觉得守财给你个通报批评没有错！"

沈艳芳这么一说，赵家宝就更是气不打一处来。

"对对对，错都在我身上，你们都是姓沈的，你们都是一家人，就我一个外人，所以都来针对我！"

"我说你这个人怎么无理取闹？"

"对，我就是无理取闹！我还是走的好，眼不见心不烦！"

赵家宝走了，只留下沈艳芳一个人坐在客厅里哭泣。

从他们结婚以来，就吵过两次架，第一次赵家宝被骗钱，将小龙王童装厂的东西给拿去做了抵押，那会儿夫妻俩就闹得差点离婚，而这次性质虽不同上次，可这股怨气和不满在赵家宝的心里积怨已久，沈艳芳的一席话又让他觉得今天所有取得的成绩都变成了沈家的恩赐，于是赵家宝连家也不回去了，索性一个人住在了酒店里。大姐沈艳芬知道了这件事情去酒店里也劝过，可赵家宝依然还是我行我素。沈艳芳又找到弟弟沈守财，可弟弟同赵家宝的态度如出一辙，一时陷入了尴尬的境地。为此，沈艳芬很是伤心难过，沈艳芬、沈艳芳和吴玫便聚在一起希望能够想办法让两个兄弟重归于好。

"对了，过半个月不就是奶奶八十大寿吗？"吴玫忽然想到。

"是啊，到时候把他们俩都找来，这两个混小子在奶奶面前总不能继续杠着吧？"

这天是陆小丽的八十大寿，沈艳芬、沈艳芳和吴玫都在厨房里忙活着，孩子们嬉戏打闹着，高利民和沈守财站在一边聊着工作，沈家的院落里热闹非凡。原本陆小丽的八十大寿，沈守财打算大摆酒席好好庆贺的，只不过奶奶年纪大了腿脚不便，所以才会单单就自己家里人摆上一桌团圆饭，省去了来回的折腾。

饭菜都上齐了，人也入座了，可赵家宝却还是没来。

老太太看了一圈发现少了人，便对着沈艳芳问道。

"二妹，家宝呢？"

"他……他出差，也不知道……赶不赶得回来……"

沈艳芳说话越来越没有底气，自从赵家宝从家里搬出去以后，两人几乎就没了往来。

"妈妈撒谎，爸爸搬出去了……"

"小米，你在胡说什么？！"

沈艳芳严肃地望着自己的女儿，明明来之前她千交代万交代孩子绝对不能把赵家宝搬出去的事情告诉太奶奶。

"对啊，小米，赶紧吃饭吧。"

沈艳芬也赶紧说道，希望能岔开话题。

可陆小丽虽然年纪大了，脑子却不糊涂，眼前这幅情景定是大家都在隐瞒什么。

"小米啊,你不用怕,你和太奶奶说,你爸爸搬出去了?为什么搬出去?"

小米看了看沈艳芳,沈艳芳对着她摇了摇头,她又望向太外婆,犹豫着说了出来。

"爸爸和妈妈吵架……"

陆小丽听了孩子的话,正色直言。

"你们都是几岁的人了,怎么还这么让人不省心?!"

沈艳芳低头不语。

"奶奶,不好意思,我来晚了。"

门口响起了一个熟悉的声音,众人循声望去,赵家宝拎着几盒礼品走了进来。

"奶奶,飞机晚点了,我着急忙慌才赶过来了,祝您老福如东海、寿比南山。"赵家宝笑着说道。

"坐下吃饭吧。"

大家都低下了头,扒拉着碗里的饭菜,不说一句话,赵家宝只觉得有些奇怪,但也没有多疑。

"家宝啊,你和我们艳芳结婚几年了?"

"还有一年就二十年了。"

"你还记得当时跪在我面前说的话吗?"

赵家宝沉默不语。

"要我帮你想起来吗?你说你一定会对艳芳好,怎么,现在都好到搬出去了?"

赵家宝望向沈艳芳,轻声问道:"这是你说的?"

"你不要管谁说的,"陆小丽厉声呵斥,"夫妻吵架有什么问题是不能解决的，非得要搬出去！"

"奶奶，别说了，这都是我的错。"沈艳芳低着头，落着泪。

沈守财望着沈艳芳和赵家宝再也控制不住自己的情绪。

"奶奶，你别怪他们了，这都是我的错。"

"他们夫妻俩的事情和你有什么关系？"

"是我，家宝在工作上有些失误，被我在厂里通报批评了，所以他们夫妻俩才会有矛盾。"

一时间，气氛尴尬。

沈艳芬赶紧出来解围："奶奶、家宝、弟，菜都要凉了，赶紧吃饭，吃饭。"

"你们两个，给我把筷子放下！"

沈守财和赵家宝不解地望向陆小丽，只见陆小丽一脸不悦。

"家宝，做了错事就得认，把气撒到老婆身上最没出息了，懂不懂？"

"奶奶说的是，我不会再这样了。"

"还有你，"陆小丽望向沈守财，"你和家宝是上司和下属的关系，可到底他也是你的姐夫，有什么事情不能私底下好好说的，非得弄得大家都下不来台！"

"奶奶说得对，我错了。"

"家和万事兴，都是一家人，你们也都是快五十岁的人了，你生我的气，我生你的气，还有完没完了？！你们俩给我起来。"

沈守财和赵家宝望了望对方，又不解地望向陆小丽。

下一秒，沈家的客厅里其乐融融，沈守财和赵家宝却如同小孩子罚站一样被拒之门外。

"真没想到,我们都快五十岁的人了,还被奶奶罚站。"

"是啊,弄得好像我们还是小孩子一样。"

沈守财和赵家宝互相对视了一眼,都不自觉地笑了起来。两人并没有再说什么话,对他们来说几十年的友情一个笑容便足够,沈守财望向头顶的天空,和儿时他们见到的一样湛蓝和明媚。

天空中回荡起一个遥远且稚嫩的声音:"我们可是拜过把子的,不求同年同月同日生,但求同年同月同日死。"

第二十四章
善心，是一件好事还是坏事

金秋十月，秋高气爽，微风吹拂虽已透着凉意但对被热浪炙烤了数月的人们来说甚觉舒坦。四序花开庄园迎来了又一季玫瑰绽放的时期，此时，庄园已经收录了500多个来自全球各地的玫瑰品种，同时运用独有的嫁接技术，成功地把玫瑰嫁接到了玫瑰树上，想着如此形色各异、五彩缤纷的玫瑰花在庄园里竞相争放该是一派多么热闹的景象！不过让吴玫更加高兴的是她心心念念的玫瑰品种黑玫瑰路易十四终于从法国空运了过来，黑玫瑰路易十四拥有久不凋零的特色，只在法国罗亚尔河城堡地区栽培，一年仅开花一次，每年仅有20天采收期，可以说是玫瑰中皇后级别的品种。为了让路易十四能够适应五家村当地的环境，吴玫都会把先移栽过来的品种放在玫瑰大棚里细心照顾，这里温度、湿度都由电脑系统操控，采用的都是国际最高标准，自打路易十四来了庄园，吴玫每天都要去看看它，沈守财笑说其他品种都失宠了。

然而，一个未熄灭的烟蒂却差点将这片美景化为灰烬。

这一天恰好是刘云值班，迷迷糊糊睡梦中便听到有人呼喊"着火了"，等她睡眼惺忪起来，火已经烧着了半个大棚，情急之下她也不管不顾赶紧拿着灭火器去救火。等吴玫和沈守财赶到的时候，只剩下了半个大棚，好些珍贵花种全部被毁，损失预估近百万。

这一夜，吴玫辗转反侧。

"睡不着？"沈守财见吴玫一直翻身便知她有心事。

吴玫望着天花板，叹了口气："今天我去了刘云家里，心里有点感触。想着她比我们小玫和立勤也大不了几岁，可就因为家里条件困难，所以早早出来打工赚钱养家养弟弟，这孩子整天都在我眼皮底下工作我却什么都不知道，还老是和他们说要爱花护花，你说要是这孩子为了救花搭上自己的命，我怎么对得起他们家……"

"你是想帮帮他们，对吧？"

到底是患难与共多年的人，沈守财总是知道吴玫的心思。

"我了解了一下，其实这样的家庭不在少数，我想成立个慈善基金多帮助些这样的人。"

"好，都听你的。"

其实从小龙王建立以来，沈守财就开始支持社会公益事业，承担企业社会责任，多次以个人名义出资用于孝信村的环村路和村办公楼建设，出资百余万元帮助市里保护多处文物遗址等，但做慈善基金还是大姑娘上轿头一遭，原本吴玫以为做慈善无非就是出钱出力，没想到要设立一个专项基金需要如此烦琐的步骤和健全的运作系统，可是看着受到帮助的人渐渐变得好转起来，她也跟着高兴。

而另一边的沈守财也做了一个极其重大的决定，他决定出资给孝信村、五家村贫困的家庭修建别墅，建好的别墅全部都不收钱，也就是白送！消息一出，媒体便闻风而至，争相报道，当沈守财还沉浸在"英

第二十四章

雄"的光环中，问题便出现了。一期规划200套，然而在如何分配上却犯了难。原本沈守财也是好心，希望能够回报乡亲，但是村民各有各的想法。他们有些觉得沈守财对贫困家庭的定义有问题，应该扩大扶贫范围，有些觉得不能按每家每户分配，应该按照人头分配，人头多的多得面积，人头少的不应该分配别墅。于是，各家有了各家的理，最后别墅竣工了两个月也没有分出去一套。而更让人无法理解的是，有部分村民开始恶意破坏，仅仅一个星期的时间就有十多扇窗户被石头砸坏需要重新修复。因为监控系统还没有完全装好，所以对于始作俑者也无从查证，沈守财只得无奈地增派人力管理、抓紧维修。随着时间的推移，事情开始继续发酵。因为迟迟得不到分配的别墅，一部分村民开始频频到沈守财家来骚扰，开始用石头扔沈家的窗户，搞得沈守财和吴玫天天上班都和做贼一样偷偷摸摸，唯恐撞见了那些个不明是非的村民。

这天夜里，沈守财和吴玫已经入睡，此时屋外的门铃作响，有人在疯狂地按着门铃，接着便又是石头扔在地上的声音，沈守财起身要去查看却被吴玫拦住。

"你干吗？"

"我去告诉他们这样做是犯法的！"

吴玫很是担心："你现在和他们说能讲得清楚这个理吗？要我说啊，我们就是想错了，就不应该这么大张旗鼓地要送别墅，总有一些人心险恶的人。"

庄园和化妆品公司的日常事务原本就繁重不堪，还要全世界到处奔波参加商业会谈和出席活动，所以吴玫放在四序花开基金上的心思确实有限，而这也导致了有些心怀不轨的人开始钻着空子领取基金的补助，接着便有了吴玫开基金助人是假逃税是真的谣言。终于，风声四起，终究还是传到了吴玫的耳朵里，她原本只是想着做些好事帮助需要帮助的人，却没想到会演变成当下这种局面，只觉得又无奈又委屈。

"哐当"，玻璃被击碎。

沈守财再也忍不住了："不行，我一定要和他们说清楚！"穿上衣服便朝着屋外走去，吴玫心里担心要出事，便立马打电话报了警，披了衣服也跟着走了出去。

沈家门口，一群人站在那里，一个大妈疯狂地按着门铃，其他几人往沈家的房子扔着石头。没想到此时门忽然打开，沈守财从门里走了出来，众人似乎被吓了一跳，可一想输人不输阵，立马又横行起来。

"沈大老板可终于出来了。"

"你们这么晚找我有什么事？"看了看众人手上还未扔出去的石头，沈守财接着道，"你们知不知道你们已经破坏了我的私人财产，可以报警把你们所有人都抓进去坐牢的？"

"那你抓呀，反正我什么都没有！"大妈提高了声音，"你们这些有钱的说话不算话，你们倒好，安安心心地躺在大屋里睡觉，我们这些贫穷老百姓就只配被你们这些骗子耍得团团转？我们的别墅呢？！"

"对啊，我们的别墅呢？"一众人跟着说道。

沈守财望着眼前贪婪的众人，无奈地摇了摇头："我原本是希望我的好心能够得到大家的支持，我沈某人有了钱也不忘所有的乡亲，可就冲你们今天这副嘴脸，我说什么也不能把别墅给你们，要真给了你们就是完全害了你们！"说着就要往门里走。

"想要溜？"大妈一见沈守财要走，立马拉住了他，并且大声地喊道，"救命啊，非礼啊，你们快看啊！"

沈守财挣脱掉大妈的手："我说你也这么大把岁数了，是我瞎啊？

第二十四章

我还非礼你？我们家两个女人不知道要比你好看多少倍呢！"

沈守财这么一说，在场的人包括大妈都忍不住笑了起来。这时候，吴玫也从门里走了出来："我已经报警了，你们想继续扔石头就继续扔，想要继续按门铃就继续按。守财，走，我们进屋，别管他们！"说着便把沈守财拉进了屋，一听报了警，一众人等也不好再闹腾，全部快快不乐地离开了。

"我是真的不懂啊，我沈守财这是做好事吧？怎么在别人的眼里就成了理所应当啊！再说了，我的钱也是辛辛苦苦、起早贪黑赚来的，怎么被他们说得好像是从天上掉下来的呢？"

忽然，家里的电话铃声响了起来，沈守财隐隐觉得有些不好的预感。

果然，因为有些村民在别墅的问题上得不到解决，于是连带着到了沈家去骚扰陆小丽和王英花，陆小丽本来就年岁已大，大晚上受了惊吓就直接昏死过去，谁都没想到没过几天就撒手人寰。

沈家举行葬礼，这是第二次。

人活着也将近半百，却已经送走了两个亲人，尤其这一次陆小丽的死有一大部分原因是沈守财的"好心"，要不是他要做什么慈善基金，要不是他要建别墅送老乡，陆小丽大概也不会就这么驾鹤西去，为此，他感到十分内疚，他开始怀疑自己是不是要做慈善，而村里的乡亲们也因为陆小丽的突然离世自觉愧疚，不再胡闹。

不久之后，沈守财便关闭了自己的慈善基金，他不知道有善心对别人来说到底是帮助他们还是毁了他们。

"守财，善心一定不是一件坏事，"高利民劝说道，"可授之以鱼不如授之以渔，不要让他们觉得是坐享其成、不劳而获，而是应该教给他们吃饭生存的本领。"

沈守财听了只是笑笑，因为面对这个问题，他也没有更好的办法，此时的优尔雅企业员工已经达到五百多名，生产线上根本用不到那么多的员工，而繁复的行政和社交工作又不是轻易能够胜任的，于是，这个问题就在沈守财的心里搁置了下来。

然而，天有不测风云。祖母陆小丽过世还不到一个多月，沈守财却再一次经历了死别，母亲王英花也过世了。

不到半年，沈家举办了两次葬礼。

"你说我们赚了那么多钱，有什么用？到头来……谁都没有留住……"

青年丧父，中年丧母，这对任何一个人来说都是沉重的打击。

那些天，沈守财一个人把自己关在房间里，没有说过一句话。眼见着丈夫越来越憔悴和虚弱，吴玫便让两个孩子去劝说父亲。

"爸爸，这次期中考试我考了年级第一。"

"我比姐姐差点，考了年级第十。"

双胞胎姐弟把卷子递到沈守财面前，沈守财这才回过神来，欣慰地拍了拍两个孩子的肩膀，好像在对他们说"做得真棒"。

"爸爸，我们去吃饭吧。"

"你们去吃吧。"

"你这样不吃饭，天上的太奶奶和奶奶都会难过的。"

孩子简简单单一句话，终于让沈守财这个七尺男儿再也压抑不住心中的悲伤，抱着两个孩子号啕大哭起来。

曾经的曾经，他是那个在山野田间调皮捣蛋的少年，父亲的鞭子、奶奶的唠叨和母亲的红烧肉就是他生活的全部，而今，他拥有了令人艳羡的财富，却终究是失去了那些最淳朴的亲情。

终于，没多久，沈守财也病倒了。

他的脊椎已经呈现非常严重的弯曲变形，并且压迫到了神经，做手术已经是板上钉钉的事情。

进手术室之前，沈守财紧紧地拉着吴玫的手。

"老婆，家里的钱还够吗？"

"够，赚了那么多钱，怎么不够？"

"行，那我就放心了。"

说完这句话，沈守财仿佛松了口气。

吴玫眼见着他被推入手术室，心里五味杂陈。虽然此时的医疗条件优越，技术高超，可沈守财经历的毕竟是大手术，谁都不知道结果会怎么样。

等他睁开双眼，已经是两天后的事情。在吴玫的精心照料下，沈守财的身体恢复得很快，暂时也终于能让她安心下来，可是沈守财后来的决定却又将她的心提到了嗓子眼。

"我想自驾去西藏。"

第二十五章
我要去西藏

2012年，十年不到的时间，优尔雅已经奠定了国内化妆品的龙头地位。在化妆品行业，沈守财可以说是要风得风、要雨得雨。然而，做慈善反而遭人唾骂，加上奶奶和母亲的相继离世，以及自己身体的变故，让他瞬间迷茫，失去了方向。

"我要去西藏。"

沈守财想开车去西藏的想法由来已久，从16岁出来打拼到如今三十多年的时间里，他每一天都在拼命赚钱，这一年发生那么多事，他忽然觉得心里空落落的，只想出去走走，好好透口气。

吴玫当然知道沈守财的想法，可眼下他刚刚才做了大手术，脊椎里打着两块钢板，这样的身体状况确实不太适合舟车劳顿，但显然就算她拒绝，以沈守财的个性还是会义无反顾地出发。

"要不我找些朋友陪你一起去？对了，徐良他们不是去过西藏吗，要不让他们陪你去？"

说着，吴玫就拿起了手机要打电话，却被沈守财一把夺了过去。

第二十五章

"我想一个人去,你放心,我每天都会给你电话报平安,我一定会安全地回来。"

沈艳芬知道了这件事情后找到了吴玫,希望吴玫能够阻止弟弟去西藏。

"姐,你也知道守财的脾气,他认定的事情是谁都改变不了的。"

"他才刚做了那么大的手术,一个人开车去西藏这不是要自己的命吗?不行,绝对不能让他去。"

"姐,让他去吧,他心里苦,也需要一个释放的途径。"

吴玫的一席话让沈艳芬冷静下来。

"他就是这么个疯子,没想到你也跟着他一起疯。"

"他要是不疯,就不是沈守财了。"

就这样,沈守财出发了。他没日没夜地开着车,饿了就吃碗车上的方便面,因为高原地区水很难烧开,面吃在嘴里往往也都是半生不熟,困了便将车靠边停着,后座上一躺便是一夜,早上起来又继续上路。

然而,西藏的天气变化多端,上路的这些天都是艳阳高照,可沈守财这天早上醒来却发现车外已经是雪虐风饕,再在这里停留恐将发生意外,于是他赶紧驱车离开。可无奈的是,土地已经结冰打滑,沈守财只得下车给轮胎装上防滑链条。冷风肆虐,雪花上下翻飞,虽说轮胎近在咫尺,可沈守财根本看不清细节,他只得脱下厚实的手套,凭着手指的触觉将防滑链条装上,等他再上车的时候,十个手指都被冻得通红,毫无知觉,揣在怀里半天才缓过劲来,而此时他的脊椎也开始隐隐作痛,可在这样前不着村后不着店的地方继续待着必死无疑。

吃了几粒药片,沈守财便上了路。下着雪的路面异常湿滑,沈守财小心翼翼地行驶在路上,忽然一只山羊闯到了车前,为了躲避山羊,他赶紧猛打方向盘，车子在路面上几个旋转以后腾空跃起，整辆车翻倒在地。

沈守财整个人动弹不得，透过破碎的玻璃窗看着头顶发白的天空，一片片晶莹的雪花落在了他的脸上，不一会儿他的脸上、身上便被镶上了一层白霜。

他心里不免想着：今天，我沈守财该不会死在这里吧。

雪依旧无声无息地下着，刺骨的寒意侵袭着沈守财的身体，他渐渐失去了意识……

等沈守财再次醒来的时候，他正躺在一个藏民的帐房里，帐房的中央悬挂着一架飞机模型，显得和整个房子有些格格不入。

沈守财听到身旁有窸窸窣窣的动静，循声望去，只见一个大约六七十岁的藏族老人正往碗里倒着热腾腾的酥油茶，他身旁站着一个十一二岁的少年，也一样身穿着藏族服饰，两人轻声说着藏语。

少年不经意回头，瞥见沈守财已经醒来，立马唤了爷爷。

"你醒了？"

小男孩说着藏语，皮肤黝黑，脸上有着两块高原红，眼睛和天上的星星一样明亮。

"是你们救了我？"

小男孩点点头："这是我爷爷，他不会说汉语，我叫仁顿，汉语是希望的意思。"

"我叫沈守财，帮我向你爷爷说声'谢谢'。"

仁顿转身对着爷爷说了句藏语，老人家立马摆着手，转身端来一碗酥油茶请沈守财喝。

"谢谢。"

第二十五章

还没等沈守财喝上一口，仁顿爷爷又拿来了一堆吃的。

"我爷爷说让你吃，别饿着。"

仁顿说着，笑靥纯真。

帐房外的寒风吹得仿佛千万头雄狮在咆哮，而帐房中却如春日般明媚而温暖。

风雪终于停了，沈守财走出了帐房，望着雪后一望无垠的草原，金色的光芒渐渐洒向大地，在不远处，仁顿和爷爷正在放羊，没有喧嚣。仁顿看到沈守财走出了帐房，开心地朝着他挥了挥手，沈守财也举起了手高兴地摆了摆。没有繁华，没有看不完的报表，更没有开不完的会议，这样的宁静和安详，沈守财已经很久没有体会过了。

"你还疼吗？"

沈守财摇了摇头，他的伤势只是些皮外伤，并不严重，养些时日便能康复。

"你爸爸妈妈呢？"

"出去打工了。"

仁顿边说边低头玩弄着手里的鹅卵石，那是他从湖边捡来的。

"你不想他们吗？"

"想，"仁顿抬起了头，可又马上低下了头，"可是爷爷说了爸爸妈妈要出去打工赚钱……爷爷说今年过年的时候爸爸妈妈就会回来了。"

"你很久没见他们了吗？"

仁顿把玩着手里的石头，沈守财过了好一会儿才从他嘴里听到轻声的几个字。

"三年了。"

沈守财听着有些难过,仁顿的年纪本应该和父母在一起享受着童年最无忧无虑的快乐时光,却只能与爷爷相依为命地守在这片广袤无人的高原。

那几天,白天沈守财就跟着仁顿去放羊,晚上天气不错的时候,他就和仁顿坐在草原上看星星,沈守财从来不知道星空可以离自己如此之近,仿佛伸手便可摘了这片星辰,而人类在大自然的面前又是如此渺小。

仁顿哼唱着他们藏族的童谣,天籁般的歌声萦绕在海拔 4000 多米的空气中,装点了头顶这片璀璨的夜,沈守财想起了孝信村,想起了过世的亲人,回忆就如放电影般在自己的面前展现,他似乎开始慢慢释怀了。

"叔叔,外面真的很热闹很漂亮吗?"

"嗯,很漂亮,也很热闹。仁顿,你去过外面吗?"

"没有,最远去过镇上。叔叔,你是不是坐过大飞机?"

"嗯。"

"从飞机上看地上,是不是真的看不到人?"

"是啊,飞机飞得很高很高。"

"这样啊,真厉害,爷爷说了我好好读书以后一定能做个飞行员的。"

沈守财想起来了,帐房中央悬挂着的那架飞机模型,那是仁顿的梦想。借着朦胧的月光,沈守财看到仁顿脸上洋溢着希望的笑容,一如他的名字一般。

"你汉语说得可真好。"

"老师教的。"

"你们有学校?"

仁顿点点头:"你要去我们学校看看吗?"

仁顿的学校就在他家往东五公里的地方,是一座破旧的简易帐房,名叫德吉,在藏语里是幸福的意思。在见到德吉小学之前,沈守财不会想到如今这样的时代,同在一片天空下生活的孩子竟然也会有着如此大的差距。想当初为了能让沈守攻和沈立勤在上海读上最有名的私立学校,他们花了不少钱,可在这里,一个移动的帐房,几张桌椅和一块黑板就是学校的全部,更别提刺骨凛冽的寒风在四周穿梭,残缺的书本在孩子的手中被攥紧。

然而,他们对知识的渴望却让人动容。

讲台上的老师说着一口不太流利的普通话,其间还夹杂着些藏音,上完了语文课便是数学课,中途有几次还算错了。这么多年,以沈守财的身份他没怎么等过人,但那日他静静地坐在帐房里的最后一排,就好像回到了儿时七八岁的姐姐带着四五岁的他上学听课一般。他想起从前因为家里穷两个姐姐只得被迫辍学,而沈守财自己小小年纪便也背井离乡出来打工,虽然这些年他有了金钱名誉和地位,但总感叹当初终究是学少了些,如今眼前这般景象就越发勾起他的这种情绪。

等到下课,沈守财便拉住了仁顿。

"仁顿,你喜欢读书吗?"

"喜欢。"

"叔叔让你去大城市读书,好不好?"

仁顿看了看他身边的同学,坚定地对着沈守财摇了摇头。

"爷爷在这里,我的朋友们也在这里。"

沈守财蹲下身子,望着仁顿。

"叔叔和你拉钩，叔叔一定给你们盖一所漂亮的学校，好不好？"

"真的？"

"嗯，一言为定。"

早些年，国家便已提出了精准扶贫、援藏援疆的口号，沈守财一直积极地捐钱捐物，而今要建希望小学倒是头一回，幸好得到了当地政府的大力支持，手续很快便办了下来。

因为西藏土壤的特殊性，加上考虑到游牧民族的特点，学校还是以帐房的样式为主，为了能抵御高海拔上的寒冷，沈守财选择了最好的材料，还为孩子们添置了好些书籍和器具。

附近的人们听到这里办起了希望小学都争相报名，学生人数也从原来的十来个人增长到了四十多个。这原本是件开心的事情，可沈守财却渐渐犯了难。德吉小学原来只有一个老师，勉强教授小学语文和数学两门课程，且不是正规高校出身，教学水平和质量自然是不尽如人意。按照教师与学生 1：23 的比例，教师人数必须增加，而为了提高教学水平和质量，从高校毕业的专业人才就成了最适当的人选。然而，招聘启事在网上挂了十来天却没有一人来问询。没有老师就无法开课，沈守财只得抛出高薪，虽偶有人联系却终究是没有下文。应聘者的顾虑无非就是西藏太远和教学环境过于恶劣，沈守财只得转变思路，将应聘者锁定在西藏本土地区，他带领团队同西藏多所高校取得联系，走进校园做演讲，鼓舞同学们来到希望小学支教，终于为优尔雅希望小学招收到了优秀的师资力量。看着崭新整洁的教室，看着优尔雅希望小学正式挂牌，听着学生们的朗朗书声，他笑得和孩子一样纯真高兴。

那些日子，沈守财几乎跑遍了大半个西藏，他看到了高原的辽阔和脆弱，看到了戈壁滩的广袤与人稀，但更看到了掩藏的贫穷和落后，以及孩子们对知识的渴求，一个想法在沈守财心中诞生，他要建起无数座优尔雅希望小学，将希望的种子撒满这片热忱的土地。哪怕只有一个学生，他也会盖起优尔雅希望小学。沈守财带领着团队一次次深入藏区，了解当地情况，一次次走进西藏高校，鼓舞更多的年轻人来到优尔雅希望小学孕育希望。

然而，天有不测风云，那天刚在学校做完演讲，沈守财便接到了仁顿的电话，仁顿的爷爷因为赶羊不小心滚落至山下，生命危在旦夕，因为仁顿的父母赶来需要时间，沈守财便主动留下来帮助仁顿，可仁顿的独立和坚强让他不禁有些佩服起这个年幼的孩子。不幸的是，即便沈守财给仁顿爷爷找了全国最好的医生，并且给医生订了最快到达西藏的机票，可仁顿的爷爷依然没有等到生命被挽回的那一刻。

沈守财感到深深的痛惜，他想起了父亲沈根山的死，因为没有钱，没有好的医疗条件，他只能眼睁睁地看着父亲死在自己的面前。而今天，在这个科技如此进步的今天，他依旧眼睁睁地看着仁顿失去自己的爷爷，一如从前自己失去父亲一样。沈守财天真地以为只要有了钱就能改变一切，但似乎什么都没法改变。

在爷爷的葬礼上，仁顿不说话，只是静静地看着，紧紧地抓着沈守财的手。

"孩子，想哭就哭出来吧。"

"我不难过，"仁顿噙着眼泪说道，"爷爷的灵魂在天上，他只是以另一种方式陪在我身边。"

沈守财的眼泪流下，他一把将仁顿抱在怀里。

回到杭州以后，沈守财兑现了当初对仁顿许下的诺言，不仅为孩子们建起了优尔雅希望小学,还带着仁顿坐了飞机,去了北京看了那金光闪闪的天安门。

2013年,优尔雅成为联合国妇女署战略合作伙伴,陆续投入千万公益金,用于中国女性公益项目。并在同年11月,与联合国妇女署签订《赋权予妇女原则》。2014年,联合国妇女署在纽约总部召开第六届联合国WEP年会,沈守财作为第一位也是唯一一位受邀出席大会的中国企业家代表。

在回国的飞机上,沈守财收到了仁顿的邮件,字里行间的感谢让沈守财忽然想到了一个人,于是,回到国内后,他立马赶往了山西。

经过多方打听,沈守财终于在一条破旧的小弄堂里找到了金建国的住处。

其实,这么多年,沈守财一直没有忘记过金建国,当年他和赵家宝去上海卖绣花枕套却因为机械化生产的冲击而滞销,偶然听到中原的生意好做,于是便上了最快一班火车到了山西。在火车上,却遇到了小偷将钱全部偷光,身无分文的两人只得期盼着奇迹出现,尽快将手里的绣花枕套卖掉,就在这样穷困潦倒的时候,是金建国出手相助,不仅推荐给了厂里的女工,还帮沈守财他们将手里剩余的货物找到了买主。

"叔,我是守财,沈守财。"

金建国一脸惊讶:"守财……卖绣花枕套的沈守财!"

"对,是我!"

金建国走到沈守财面前,紧紧地握着沈守财的手,上下打量着他。

"没变,还是和以前一样。"

"叔,这么多年,你还好吗?"

"好好好,一个人过,日子也简单。"

第二十五章

沈守财四处看着,客厅里的家具似乎都有了些年头,这些年金建国其实一直过得不太好,20世纪90年代国企体制改革后,他也同千万国企员工一样遭遇了下岗,因为身体原因也无法胜任比较辛苦的工作,只能做一名保安,勉强维持生计。

等到沈守财走到卧室门口,他愣住了,一眼就看到了那一床被子,是用好几个绣花枕套拼接而成,而这些枕套正是当年自己卖的。

"叔,这枕套……"

金建国笑着:"枕套多了就做了床被子。"

沈守财这时候才明白过来,当年金建国根本没有找到什么门路,都是他自己将沈守财手里的枕套给买了去。

"叔……"沈守财瞧着心里有些难受,"谢谢你。"

"谢什么……"

沈守财示意秘书,从包里拿出一张支票,写了个数字。

"叔,我现在做生意有钱了,这钱你收着,好好养老。"

金建国一把将沈守财的支票给塞了回去,严词拒绝:"这钱我不能要,你的钱也不是天上掉下来的,再说了,我当时帮你也没想着你要报答我什么,这钱我是绝对不会要的,不然我和你翻脸!"

看着金建国的态度如此坚决,沈守财也只能作罢,但金建国年岁已大,又是独居,将他一人留在山西沈守财很不放心,于是思量再三,同吴玫一沟通,就将金建国带回了浙江。

"你们听说没,我们老板给自己找了个爹回来?"

"听说了,是山西的是不是?"

"是,上次我去老总办公室还看到了,听说老板年轻时候创业那人帮过他。"

"我们老板可真够讲义气的，知恩图报。"

"我看啊，就怕有人心怀鬼胎，你想现在沈总那么多钱，这人现在来了不是应有尽有，什么都享受到了吗？"

"有空在这里嚼舌根，还不如好好工作！"

众人一看原来是赵家宝，便赶忙作鸟兽散。

对于外面的纷纷议论，金建国自然也是有所耳闻。他原本就不太想跟着沈守财来到浙江，只不过沈守财他们心意已决，说是不让给金建国养老，就一定要接受一百万。无奈之下，金建国也只能答应沈守财的要求，可外头的流言蜚语确实让金建国听了心里有些不好受，这天金建国收拾了行李，自个儿上了车站买了票就要离开，幸好被沈守财和赵家宝给带了回去。

"叔，你怎么就回去了呢？"

"守财、家宝，叔知道你们都是好孩子，你们觉得我当年帮了你们，你们就想着要报答我给我养老，可是叔也不能因为自己就让别人这么说你们啊。"

"叔，嘴长在别人身上，难不成一个人说我不好我就不活了？您对我的恩情，我这辈子都难以报答，您就安心在这里住下，我爸早就死了，也没享着福，您就当给我一个弥补的机会，让我好好给您养老，行吗？"

沈守财说得真切，金建国自然难以拒绝，也终于定了心在这里住下。

第二十六章
美妆梦的开始

灯火辉煌的五星级酒店里，中国化妆品协会的年会如期举行，沈守财作为中国化妆品协会副会长自然是应邀参加，其间很多企业家都许久未见，自然是多有交流。

坐在沈守财身边的李友全整个参会期间一直进进出出打电话，面露难色，似乎有什么棘手的事情。

"哎，这都是什么事啊！"

"怎么了，老李？"

"还不是工厂搬迁的事。"

李友全是闪亮化妆品公司的董事长，闪亮的工厂正是在上海周边，但因为业务量增加急需扩大规模，然而，上海寸土寸金、土地稀缺，如今为了城市的生态建设，工厂企业必须都在规定的时间里搬迁。

"本来也找了一些地方，可惜都不太理想，这不最近一直来催。"

沈守财眼睛一亮："老李，你要不要去我那儿看看？"

没过几天，李友全一行五人来到了五家村，五家村得天独厚的地理位置和优越的生态条件让李友全马上拍板要将大本营搬到五家村来。

知道此事的高利民很是高兴："守财，你这是给地方经济做贡献啊，招商奖得颁个给你。"

沈守财笑了："我可受不起，利民，我最近一直在想一件事情。"

"你说。"

"你想，企业的入驻不仅会给地方财政带来效益，也会带动一个片区的发展，包括大量的就业机会，你不是说'授人以鱼不如授人以渔'吗？要是这样的机会增多了，那就人人都能有工作的机会……"

"你的意思是……把五家村打造成一个产业基地？"

沈守财激动地一拍大腿："对！只做化妆品的产业基地！"

"我们不仅要把国内知名的化妆品企业引到这里来，还要走出中国，把国外的化妆品企业也引进来。"

沈守财一愣："还要把外国企业弄进来？"

"是。"

高利民明白沈守财心里有自己的担心，确实，大家都是竞争关系，抱团聚在一起多少让人有些顾虑，何况外国企业有着洋玩意的先天性优势，再加上品牌效应，长年霸占着中国化妆品市场大部分的份额，无疑是劲敌。

"现在是 21 世纪，我们的思想不能还是那么老古套，以前我们是巴不得外国企业不要进来，可现在不一样了，我们得把他们请进来。"

"利民说得没错，"一直在一边听着不说话的赵家宝把话接了上去，"中国现在的发展是有目共睹的，国外企业当然也是看到了这些，再说近水楼台先得月，对优尔雅和四序花开的发展肯定是非常有利的。"

沈守财听完高利民和赵家宝说的话一拍大腿："好啊，这是好事，一定要算上我一个。"

"那当然是最好的了，有你这个活例子现身说法，还有什么比这更有说服力的呢？"

浙江省在全国总是先行先试，做出示范，当时省内已经率先开展申报省级特色小镇的工作。可在有关会议上，当高利民把五家村的美妆小镇概念搬到台面上来的时候，所有人还是觉得那简直就是白日做梦。

"这五家村毕竟是个小地方，从以前到现在也没有什么支柱产业，财政税收也是比较差的，仅仅靠着一个优尔雅就要吸引国内外知名的化妆品企业入驻完全是一个不现实的想法，还要把它的规模扩大，成为小镇化的概念，这……不是做梦是什么？"

"我同意徐部长的说法，我刚才粗粗看了一下整个美妆小镇的规划报告，政府和企业共同运营美妆小镇的概念过于前卫，风险也过人，我们政府自己是可控的，可是这企业就说不准了，今天兴许还好好的，明天倒闭了跑路了也说不定，不存在可行性。"

"是啊是啊……"

面对众人的质疑，高利民深吸了一口气："习总书记到浙江来考察，一再强调浙江要'干在实处永无止境，走在前列要谋新篇，勇立潮头方显担当'，现在这潮头还没立呢，你们就这也怕那也怕，我记得有个公益广告说得挺好，叫'心有多大舞台就有多大'，不尝试怎么知道五家村的美妆小镇建不起来？不尝试怎么知道政府和企业共同运营就不行？！"

原本两个小时就结束的有关会议，愣是因为一个设立在五家村的化妆品生产基地的议题到了中午十二点都不见会议室的门打开。会议室里还一直传来激烈的讨论声，高利民的话说得自然是有几分道理的，但是五家村的现实情况过差，想要打造一个庞大的美妆小镇简直就是天方夜谭。

眼看大家的美妆梦面临胎死腹中的危险，沈守财也很是焦虑，三个人坐在他的办公室里聊着想法。

"这样，守财，你呢和林书记打个电话约个时间，这件事情我们得先去领导办公室汇报一下。"高利民沉默了一会儿说道。

此时的优尔雅已经是此地的重点"大好高"企业，税收年年占领鳌头，可以说在社会上有着举足轻重的地位，打电话和林书记一说，第二天高利民和沈守财便出现在了林书记的办公室里。

"沈总，大概的情况高市长已经说过了，我想听听你的想法。"

"林书记，我觉得化妆品产业肯定以后会越来越好，中国的化妆品市场近些年来增长迅速，到今年已经达到人民币4000亿元的零售规模，现在预计2020年达到人民币60000亿元的规模，未来十年复合增长率将持续保持在20%以上。这些都是我们行业内部人人知道的事情，可以说化妆品产业是朝阳产业，"沈守财说得兴奋，"我认为虽然中国化妆品市场很大，而且发展迅速，一定会成为世界最大的化妆品市场。但是，今天中国消费者所相拥的产品与国外消费者仍然有很大差距。通过中国化妆品生产基地的建设，吸引各国优秀化妆品企业落户，研制生产品质优异、适合中国消费者皮肤特点的产品，让世界最大的化妆品消费群体享用到最好的化妆品。"

高利民也接着说道："林书记，中国需要为世界提供这样一个一流水准的基地，为来自世界各地的优秀化妆品及上下游配套企业提供一个发展平台，共同开发快速增长的中国化妆品市场，推进世界化妆品产业的持续发展。要是我们先人一步把这个基地给建起来，那不管是对我们政府,还是周边的老百姓来说都是一件大好事。"

"老高,我插句话,"沈守财接话道,"我也知道政府的难处,这样,我想过了,前期的启动资金我来出,同时也会募集民间资本进入。"

沈守财这话一出是押了极大的赌注,林书记显然是被眼前这两个怀有梦想的人说动了,于是在第二次的相关会议上,建立化妆品产业基地的事情被当作了主要会议议题探讨。

"这样,"会议上高利民义正词严地说道,"反正这是我线上的事情,由我牵头,一定在一年之后初见成效。"

高利民的话无疑是立了一份军令状,讲实话,虽然他表面上如此坚定,但对于美妆小镇是不是真的能够建得起来,是不是真的能够吸引大量企业入驻化妆品基地,对于这一切的一切高利民心里着实也有些虚得发慌。然而,放眼看全国的整个经济形势一片向好,他认为还是做出了一个正确的决定。

经过几轮谈判,加上高利民的保证,在五家村设计美妆小镇的议题算是在众人的好奇心、质疑声中勉勉强强通过了,但人人都睁大着眼睛等着看后续发展。于是,中国美妆小镇就此孕育而生,规划总占地面积10余平方公里,一期规划面积3.28平方公里,二期规划面积8.97平方公里,计划十年内分三个阶段增长并达到140亿欧元,共计人民币1000亿元的总产出规模,以优尔雅等龙头企业为引领,依托中国化妆品生产基地,引进中高端化妆品产业及配套项目,打造以化妆品生产为主导的全产业链,逐步建成以产业为核心,融文化、旅游、社区等功能于一体的化妆品特色小镇,打造世界级中国化妆品产业集聚地,从而代表中国化妆品产业的最高水平,成为中国化妆品产业的一张强有力的名片。

人人都觉得美妆小镇的起点很低，定位却过高，然而沈守财他们并没有理会这些闲言碎语，为了能让美妆小镇更加规范化，他们决定成立美妆小镇的化妆品产业股份有限公司。于是，沈守财把"燎原派"的兄弟全部都召集在了燎原堂。

"兄弟们，今天我开这个会，是有一个大好的事情，大家可能都有听说我最近在和政府一起搞一个美妆小镇的项目，我们想打造中国首屈一指的化妆品产业基地，不仅仅是有中国的知名化妆品企业入驻，还要吸引外国的化妆品企业公司落户，为了配合后续美妆小镇的一系列发展，我们决定成立一个美妆小镇化妆品产业股份有限公司，我个人已经决定入股50%，其余50%想看看大家有没有兴趣。"

大家你看看我，我看看你，有些丈二和尚摸不着头脑。

"守财哥，那我们入股了的话赚钱的利益点在哪里呢？"商人嘛，想要赚钱的出发点无可厚非。

"我们会建设一系列的基础设施，比如产业孵化器、公寓楼，收益都是相当可观的。"

老张在一边一直皱着眉头，沈守财忍不住问他心中的想法，他便说道："守财，我们大家都是做化妆品生意的，你说引进这么多化妆品企业，还要把外国货引进来，本来我们就是竞争关系，现在全摆在眼前，这不是给我们自己心里添堵吗？"末了又直勾勾地看着沈守财问道，"你就不怕把优尔雅也给比下去？"

大家开始小声议论："是啊，这又有什么意义呢？不是来和我们抢生意的吗？"

沈守财笑了笑："不是我王婆卖瓜，优尔雅这么好，我可不担心。"他接着说道，"再说了，其他化妆品企业进来了也不一定就是竞争关系，我们也可以合作共赢,是不是?比方说他们接了大单来不及做了,外包给你们来做那也是赚钱了,对不对?"

众人听着笑了起来。

沈守财继续说道:"对我来说,我现在什么都有了,可是,总觉得自己缺了点什么。以前做生意,那是为了赚钱,因为太穷了,就想着哪天能够吃饱饭、穿新衣,可现在我觉得我要做点有意义的事情。当初我说我要离开孝信村去闯世界,家里人都觉得我是白日做梦,后来我要自己做生意当老板,村里人觉得沈守财这个小子是不是疯了……"

众人听着又笑起来。

"你们说,当时是不是觉得我疯了?"沈守财自己也笑着,"可是,人没有梦想是很可怕的,梦是什么?梦是目标,是动力。我现在就算一个月不去优尔雅,优尔雅照样每天轮轴转,我的设备和生产线现在是全世界一流的,我们每天一条生产线能生产 10 万片面膜,你们说我现在的梦是赚钱?不是了,我想做点对周边老百姓、对我们下一代年轻人有意义的事情。我们企业家放下功利心、浮躁心、投机心,投入理想和梦想,帮助别人、快乐自己,工作不仅仅是一种物质行为,更应该成为一种实现理想的人文行为。只有拥有了大格局,才会有大未来。成大事者要有大格局,大格局就需要大魄力。我们企业家要常怀感恩之心,努力服务于企业,也不能忘记回报社会,这样才能实现资源共享、合作共赢、共创未来!"

沈守财讲完以后,大家鸦雀无声,过了一会儿,老张说道:"那我先占个坑。"

"我也是。"

"我也占个坑。"

"我也要……"

沈守财笑了:"你们也先别这么快答应,这周三下午在五家村有一个美妆小镇的项目介绍会,大家都可以去听听,毕竟是要拿真金白银出来的事情,兄弟们也不要一味地听着我说,眼见为实。"

周三下午在五家村村委办公楼的会议室里聚集了一众燎原派的企业家,他们认真听了赵家宝和工作人员对美妆小镇的介绍描述,终于下定决心,决定投资。不到一个月的工夫,美妆小镇的化妆品产业股份有限公司便成立了,沈守财入50%股份,其他50%为公开募集,同时成立美妆小镇基金公司,沈守财投资三千万,又获得燎原派兄弟七八千万投资,总计一个多亿,基金用于美妆小镇企业孵化器等一系列基础设施建设。

可是,美酒佳肴具备,没有宾客的宴会终究是失败的,当时已经担任中国社会科学院民营经济研究中心理事会常务理事、中华全国工商联合会美容化妆品业商会副会长、杭州市户外运动协会(公羊会)副会长等多个社会职务的沈守财可以说已经掌握了国内最顶级的行业资源,他开始积极地向国内的化妆品企业推荐美妆小镇,以自己的例子现身说法。此时的中国化妆品行业正以飞一般的速度增长,而面对需求量越来越大的市场,中国化妆品企业都必须扩大规模,但是日益稀缺的土地资源却在一定程度上限制了很多化妆品企业的发展,也正是基于这一点,当他们得知沈守财美妆小镇的事情之后,便陆续有企业家带队来五家村考察。得天独厚的地理位置,便利互通的交通,充足的土地资源,再加上政府开放友好的态度以及最大的优惠政策,让美妆小镇一开门就留住了客人。虽然谈判辛苦,但是沈守财、高利民和赵家宝乐此不疲,在他们的努力下美妆小镇中不再只有优尔雅一家独撑场面,不再只是徒有虚名的美妆小镇。2015年9月,美妆小镇申报浙江省第二批创建类特色小镇,2016年1月获批,同年被评为全省十大示范特色小镇、省级行业标杆小镇。

美妆小镇在成立短短一年所取得的成绩是有目共睹的,事实胜于雄辩,沈守财、高利民和赵家宝共同努力的结果终于堵住了别人质疑和嘲讽的嘴,而这也说明政府和企业共同运营的模式得到了初步性的胜利。而实际情况证明,企业的入驻,还促成了多方面的合作,因此沈守财对企业入驻更加没有担忧,他也不再仅仅限于向个人推荐美妆小镇,要想让更多的人知道五家村的美妆小镇就必须大范围撒网。于是,在各个行业会议上可以看到这样一幅场景:一个穿着西装打着领带、身材清瘦的中年男人在所有人面前介绍着美妆小镇的情况,他的目光明亮,声音高亢,情绪振奋,吴玫笑说沈守财现在完全是一副革命者的样子。

"没有革命精神怎么能搞得起美妆小镇?"沈守财笑着反问道,好久,真的好久,他没有现在这样的感觉了,好像一切回到了他走出孝信村的时候,青春、激昂,有着用不完的力量。

然而,沈守财、高利民和赵家宝的眼光并不止步于此,他们的最终目的是要把美妆小镇打造成国际化的特色小镇,这就需要"洋企业"入驻,该如何走出去打开那扇大门便成了问题……

第二十七章
我有一个梦想

　　2015年国庆节之后，高利民、沈守财、赵家宝以及工作人员奔赴法国巴黎参加了在法国卢浮宫卡鲁赛尔厅举行的Cosmetic-360展会，偌大的展厅里齐聚了众多国际顶尖化妆品企业，而其中的一个展位上赫然用中文写着几个大字：中国美妆小镇。这是第一次有中国的单位参展，也正是这一天，中国美妆小镇全球首次新闻发布会在法国卢浮宫召开。

　　"现在请大家用热烈的掌声有请中国美妆小镇总顾问沈守财先生。"

　　沈守财在众人的掌声中走到大家面前，望着眼前一众金发碧眼的外国人，他自信地说道："尊敬的先生们、女士们，亲爱的朋友们，今天，我们带着一个梦想来到巴黎，一个中国化妆品产业的梦想！我们将在中国五家村建设一个全新的、世界级的中国化妆品产业集聚地，来全面提升中国化妆品产业发展水平……"

　　中国美妆小镇在设立不到半年，便在国际舞台上第一次亮相，这个带着香气的梦想就这样慢慢在众人面前展现。

　　开展不到一个小时，展位前就挤满了人，而高利民、沈守财和赵家宝则是一刻不停地在回答观展人员提出的各类问题。

"沈哥！"

沈守财忽然听到一个声音叫他，转过身去，只见一个三十多的男人笑脸盈盈地站在那里。

"你是……"

"沈哥，不记得我了？我是林建良，孝信村的林建良！"

沈守财当然记得，当年泥石流，是沈守财拼了命地游进了林家的房子，把困在房梁上的林建良给救了出来。后来，林家也跟着沈守财做起了生意，有了钱，林家就把林建良送出了国，这一待便是二十多年。

"你出国的时候还是个小毛孩，这会儿要是在外头，你不叫我我肯定认不出来。怎么样，听你爸说你在意大利做进出口贸易，做得怎么样？"

"还不错，大家也都还算照顾。"

"现在中国发展不错了，有没有想过回来？"

"当然想过，不然今天也不会来了。"

两人闲谈起来，沈守财这才知道林建良在意大利华侨圈也算小有名气，认识不少做化妆品生意的朋友，于是两人商定将这些朋友的企业都引到美妆小镇。而更令沈守财感到高兴的是林建良是一位资深古董爱好者，收藏一批和化妆品有关的古董，因为沈守财他们正想建立一座美妆博物馆，要是能在馆中展出林建良的藏品真是一件大好事，而这一提议也得到了林建良的赞同。

"沈哥，有你在我肯定放心，这样，我的藏品到时候都拿到美妆博物馆来，再带一批资本进来，你看怎么样？"

"那真是求之不得。"

不过，按照林建良的要求，博物馆必须比原先的规划扩大两倍。

"扩大两倍，"高利民听了觉得有些疑虑，"这样会不会太大了？"

"他的藏品很多，要是全部拿来展出还是需要一定面积的，我们既然都把美妆博物馆搞起来了自然也别小家子气，你说呢？"

"那合同呢？"

"我们这博物馆什么时候建成都不知道，怎么跟人家签合同呢？"

"那框架协议呢？总要签一个吧？"高利民似乎还是有所顾忌。

"哎呀，老高，你放心，怎么说建良也是和我们一个村里出来的，自己人这点还信不过？"

沈守财拍了拍高利民的肩膀，高利民也不便再说些什么。

这之后的三四天行程，一行人从法国的北部一路往南，参观了普罗旺斯闻名全球的薰衣草基地，与多家企业进行了商业会谈和交流，把中国美妆小镇的声音几乎传遍了整个法国。而到了法国南部的格拉斯之后，高利民、沈守财和赵家宝对中国美妆小镇的建设终于有了现实版的参照。格拉斯小镇位于法国南部，靠近地中海，因此气候四季宜人，适宜大量种植花卉，而养花业的兴盛，使香水迅速发展起来，成了法国香水的原料供应地和重要产业基地，与此同时产生了诸多香业巨头和全球知名品牌，而随着与诸多一线产品达成合作，格拉斯声名远扬，一跃成为全球顶级的香水生产地，世界上80%的香水都出自这里，每年花开时节，全世界的香水师都会从各地蜂拥而至，以发掘出新的香味。格拉斯，因为摄人魂魄的芳香而成为了世界上最香的地方，并有了"香水小镇"的称号。

然而，从前的沈守财他们是只闻其名不见其地，没有什么直观的感受,可是这次走进格拉斯,他们才感觉到了差距。国外的城镇建设中,大多保留原生地貌,不去刻意填平道路,这使得人们走进小镇并不觉得它被工业化所吞没,而是每个地方都有每个地方的特色。加上地中海气候下独特的自然景观,色彩斑斓的花海和线条鲜明的法式建筑相得益彰,只觉得人好似在油画中行走,顿感心旷神怡。也正是因为其美不胜收的景色,国内外游客络绎不绝。

到了晚上,几个人坐在一起聊天。

"真是不亲身到过不知道我们和人家的差距。"沈守财先就感叹起来。

其实高利民、赵家宝也一样有这种感觉。

"人家的理念不得不佩服啊,"高利民说道,"我们的美妆小镇现在正在起步阶段,有好的我们就借鉴,可以避免我们以后少走很多弯路。"

沈守财和赵家宝频频点头。

"格拉斯的成功,关键在于产业专门化和集群化,打造专门化的内生性主导产业,还有就是将区域品牌与产品品牌相结合,使得格拉斯原产地的品牌形象深入人心。另外,整个小镇景观设计促进了旅游的发展,进一步强化了格拉斯的形象。"高利民继续说道,"我觉得我们的特色小镇应该打破固有思维,谁说工厂就得是个大厂房,一点美感都没有,以后入驻企业的厂房设计图纸必须经过把关,不漂亮、不好看的,我们坚决不要。"

赵家宝接着说道:"是啊,五家村这边是青山绿水,这么个好地方出现规规矩矩的厂房确实有些奇怪。"

"这点我完全同意,你们看,今天我们在格拉斯小镇上转了转,你如果不告诉我镇上有那么多工厂,我完全以为这里是个旅游的地方。"

沈守财也说道。

"所以,在美妆小镇今后的发展中,我们需要注意的很重要的一点就是,我们不能把小镇工业化。"高利民望着沈守财和赵家宝继续说道,"小镇、小镇,既然是一个'镇'的概念,就应该包含全部的东西,现在美妆小镇才刚刚起步,可是等到它完全成形以后人数很可能会达到十几万甚至几十万人。所以,我们都得提前布局规划,要有住的地方,吃饭的地方,要有玩的地方,要有卖化妆品的地方,还得考虑以后员工带孩子,所以也得有学校,美妆小镇的建设不应该仅仅只是工业化,产城真的融合。"

沈守财立马点头同意:"没错,我赞同。"

"我在很多年前出差的时候来过法国,我感觉这么多年这个地方变化不大,可以说在基础硬件设施这块,中国已经远超了很多发达国家。但是国内城镇建设大同小异,我们美妆小镇怎么结合江南山水打造出属于自己的特色是回去以后必须好好思考的问题;"高利民接着说道,"第二,现在中国的综合实力越来越强,外国企业都想进入中国市场,这对我们美妆小镇来说是个难能可贵的机会,通过这一次发布会,有很多外国客商接触,后期我们必须做好一对一的对接服务工作,请他们来美妆小镇看看,感受良好的氛围,而不是这一次接触就没有后续了。"

"利民说得对,要做就要做一个不一样的小镇。"赵家宝附和道。

"既然法国有个格拉斯小镇,那我们也要在五家村打造一个东方格拉斯小镇!"

三个人聊得热火朝天,全然没有察觉已经过了午夜,格拉斯的晚上刮起了微微的海风,海水的咸味伴着花香,沈守财、高利民和赵家宝只觉得越来越清醒,思路也越来越清晰。确实,这次的法国之行给他们带来了巨大的冲击，原本对美妆小镇的整体规划布局和定位依旧停留在了老的思想观念上，现在回过头去看看，那不是一个小镇，而是一个工业园区。

那时候的他们并不知道自打那一年之后的每一年，他们会成为Cosmetic-360展会的常客，也正是那次法国之行，两个月以后，在中国美妆小镇，他们终于迎来了第一批欧洲客商，虽然当时只是互相了解，没有到签订协议的地步，但是对于尚在襁褓中的美妆小镇来说，无疑是迈出了一大步，从此，世界之门开始向他们敞开。直到后来，过了两年之后，经过几十轮谈判，当美妆小镇引进第一家欧洲企业之后，三人坐在一起还是觉得一切都是那么不真实。

"就好像做梦一样，没想到真的成了。"高利民很有感触，原先要在什么都没有的五家村打造一个美妆小镇，人人都说是白日做梦，而如今，美妆小镇内多家企业开工建设，进度快的都已经开始投产，这是所有人想都不敢想的。

沈守财听了笑着说道："梦都不敢做的人，还有什么胆子做事？"

是啊，当初他们走出孝信村这个小小的世界时，不就是怀揣着一个看似不可能实现的梦吗？

回到国内之后，高利民、沈守财和赵家宝召开了多次会议，开始完善美妆小镇的整体规划部署。同时，更加积极地在化妆品行业中宣传中国美妆小镇，他们的梦想，正在这片神奇的土地上得以慢慢实现……

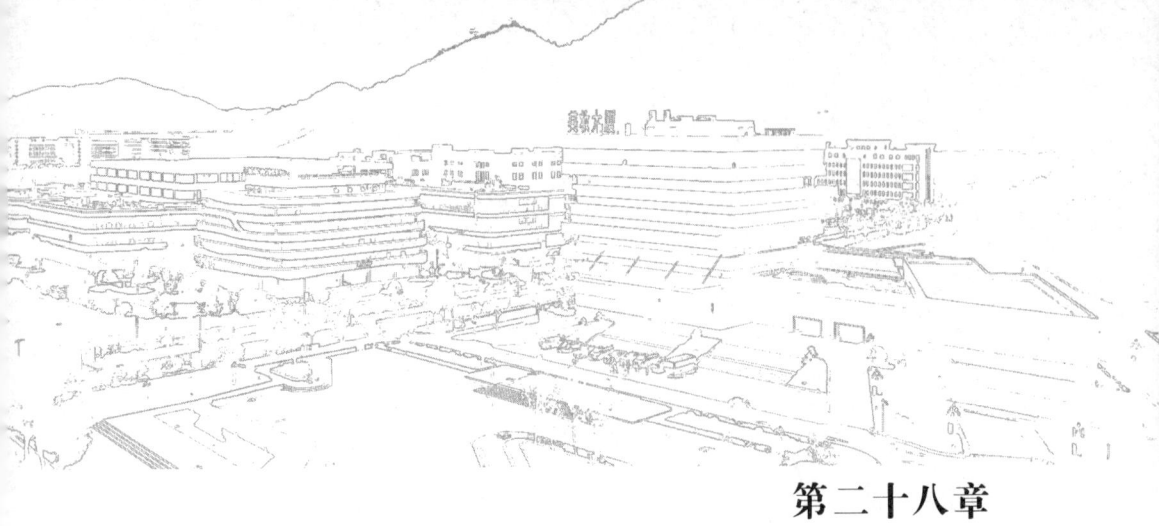

第二十八章
八十一难取经路

进入21世纪,尤其是2010年以后,全球化妆品市场分为几个板块:第一,以法国、意大利和美国为主的欧美板块,长年占据了全球化妆品的中高端市场;第二,迅速崛起的以日本、韩国为主的亚洲板块,被中低端消费者所青睐,而近几年,泰国化妆品也因美白和持久定妆而开始异军突起。要想进一步打开国际大门,距离更近的日韩泰市场也必须打开,而怎么打开韩国市场又成了摆在眼前的问题。

沈守财依旧乐此不疲地全国各地到处跑,不断地在各种行业会议和论坛上推荐中国美妆小镇,在一次峰会结束后,一个记者来到了沈守财面前。

"您好,沈总,我可以采访一下您吗?"记者问道。

沈守财望着记者递过的名片,上面写着"张烁"二字,但更引得沈守财注意的是他的单位抬头:韩国化妆品日报。

两人在交谈中,沈守财得知了张烁已经在韩国生活了十年,虽然在韩国企业工作,但是个不折不扣的中国人,而且通过报社的平台与很多韩国化妆品企业和行业名流十分熟识。沈守财心里默默地想着，美妆小镇眼下缺的不就是这样的人吗？而在交谈中，沈守财进一步得知，原来张烁虽常年在韩国居住，但因为近几年中国市场的影响力日趋显著，与韩国化妆品有着极其紧密的联系，所以隔三差五便被报社派到国内采访。加上是家里的独生子，在内心深处张烁其实更想回到国内，了解了这一点，又见张烁思维清晰、头脑灵活，且对韩国化妆品市场十分了解，是个难能可贵的人才，沈守财心里便默默有了一个主意，他先是以朋友的身份邀请张烁来到美妆小镇转转，正所谓眼见为实，张烁来了之后震惊于如此小的一个五家村竟然能在那么短的时间内打造出一个美妆小镇。

张烁开玩笑地说道："沈总，我觉得来了之后就不想走了，尤其是看着您，还有大家都特别有激情，觉得整个人都兴奋起来了。"

"是啊，我们这里的人可都是打了鸡血了，"沈守财打趣道，"不知道张记者有没有兴趣加入我们的团队，和我们一起打鸡血呢？"知道给了张烁不错的第一印象，他便适时地抛出了橄榄枝。

原本沈守财以为张烁还要些思考的时间，然而没想到当面就得到了他的答复。

"求之不得。"张烁笑着推了推鼻梁上的眼镜。由此，张烁加入到了美妆小镇的产业公司中，成为开拓韩国市场的一名猛将。

张烁刚加入美妆小镇的团队，自然想要好好表现一番，于是利用手头上多年积累的资源，联系了韩国方面多家知名的化妆品企业，拟定好了美妆小镇第一次赴韩的行程。虽然刚从法国回来不到半个月，且每天都有诸多事务要忙，但一听说可以去打开韩国市场，大家又变得斗志昂扬，赵家宝亲自审稿，把关了美妆小镇的招商介绍书和PPT内容，张烁也对韩文版内容进行了再三校对，每个人分工明确，做好全部的前期准备工作。唐僧他们师徒四人西天取经，路遇九九八十一难方得圆满，而这次的韩国之行也是美妆小镇的一次取经之路，可谓是困难重重。

高利民身居要职，因此出国手续都必须到省里批复，来去需要些时日，而这时候离去韩国的日子只剩下了不到五天，唯恐赶不上去韩国的行程，一众人等很是着急上火。高利民的随行是十分关键的，企业入驻除了注重周边交通环境、基础设施建设以外，最关注的莫过于地方政策的落实，沈守财说到底只是个企业家，要让外国企业有百分百的勇气和信心来到中国，来到五家村落地生根、发芽开花，能让他们吃下这颗定心丸的人便只有高利民。可以说，高利民的位置是无人可以替代的。

"利民，你可一定要跟我们去韩国啊。"沈守财心急如焚。

高利民皱眉不语，直到晚上十一二点还在打电话和组织沟通，在床上辗转了一晚，第二日他便亲自上了省城汇报工作情况，在多方努力下，终于在临行前的几天拿到批复。当大家都感到庆幸的时候，就在去韩国的前一个晚上，沈守财却得到消息，优尔雅的招股说明书出现了状况，为了不影响第二天赴韩招商，沈守财组织公司人员连夜开会核对所有资料和数据，终于递交了新的招股书。全部整理完毕，已经是凌晨四点左右了，沈守财匆忙回到家洗了个澡，见吴玫睡着便蹑手蹑脚地收拾行李，打开行李箱却看到所有的衣物和洗漱用品都整整齐齐地叠放在箱子里，西装都已经熨烫好单独装袋，就连感冒药胃药都被放了起来，不由得只觉得心头一热。结婚这么多年，妻子总是默默地为自己准备好一切，从无怨言，对自己的工作也是给予最大限度的支持和体谅。

"回来了？"吴玫还是醒了。

第二十八章

"嗯,还早呢,把你吵醒了吧?"沈守财走到吴玫身边,爱怜地抚了抚她额前的碎发,"你再睡会儿。"

吴玫望着沈守财,语气中有些心疼:"你不睡会儿吗?"

沈守财摇了摇头:"来不及了,大不了等会儿在飞机上眯一会儿吧。"

"守财,太辛苦了,你现在毕竟不是以前二十多岁的时候,不能像过去那么拼了。"

现今的沈守财已是年过半百,虽然身体没有什么大病,但是体力和精力都不比当年,况且工作任务繁重,吴玫担心也是在所难免。可是沈守财反倒笑了:"你别把我看成一个糟老头子行不行?我现在可是觉得自己和十几二十岁的时候没什么两样啊。"

沈守财让吴玫再睡一会儿,自己起身拖着行李箱关上了门。丈夫走后,吴玫躺在床上只觉得房间里出奇地安静,不一会儿手机来了信息,她打开手机,看到沈守财发的信息:老婆,谢谢你。短短的五个字,吴玫的视线却渐渐模糊了,结婚以后沈守财对她说的最多的话就是"谢谢你",那个年代的爱情没有现在的思想开放,表达也比较含蓄,但对于吴玫来说,这三个字却是比"我爱你"更加动人的情话。她热爱着自己的丈夫,热爱着这样一个为着梦想而努力奋斗的人。

另一边的沈守财原本和吴玫说是在飞机上睡一会儿,可一和高利民、赵家宝碰面就又开始谈论起在韩国招商的事宜,两个多小时的飞行眼睛就根本没有合上过却依然是精神抖擞。下了飞机,招商团队一行人前去拿托运的行李,可是等了快一小时迟迟不见两个打包的纸盒箱子,顿时一伙人开始着急起来。这两个纸盒箱子其中一箱放的是美妆小镇的招商宣传册，另一箱放的是拜访企业的特产礼品，韩国和中国都是十分注重礼仪的国家，要是商务会谈少了这两样给人的第一印象就大打折扣。赵家宝赶紧让工作人员与机场工作人员接洽，其他人则在一旁等候。

一旁的张烁看了看行程表，走到旁边打了几个电话，神色有些焦急地走到高利民他们面前："高市长、沈总、赵总……"

"出什么事了？"

原来，根据安排在韩国拜访的第一家公司位于首尔市中心的汉江附近，可即便是现在出发前往也需要近两个小时的行程，而此时离约定见面的时间也仅仅只有两个半小时。而机场这边出状况了以后，张烁和企业方第一时间进行了时间上的沟通协商，但是企业方负责人第二天就要飞往欧洲，再回到韩国的时候招商团队已经离开，沈守财、高利民和赵家宝一商量，就怕过了这村没了这店，好不容易约上了时间，说什么也得先上门见面再说，于是一行人和机场人员留了联系方式便火速开始了在韩国招商的第一站。一般这样的企业走访式会谈分两个程序，第一个是负责人带领招商团队参观企业，第二个才是开始正式会谈。双方会谈后已经过了晚上的饭点，而此时沈守财他们连中饭都还没吃上，拗不过韩国企业方的热情招待只得参加晚宴，于是肚子里空空如也的一行人盛情难却，只得喝着一杯杯企业方递过来的酒，回到酒店的时候已经快十点了。而令一行人感到高兴的是两箱不翼而飞的东西也被错拿行李的好心人给送到了酒店。

一晚没睡，再加上一天舟车劳顿，没有好好吃饭，回到房间的沈守财明显觉得身体有些不适，胃部有些隐隐作痛，想起来临行前吴玫在他行李箱里打包了胃药，赶紧吃了两片，这才稍稍好转起来。张烁到底是在外多年，懂得察言观色，虽然韩国和中国在饮食文化上大多相似，但还是有些许不同，韩国人喜吃生冷食物，饭菜口味都过重，而从浙江走出来的这几个人到底还是长了一个中国人的胃，必须得吃点暖和的东西，于是他带着大家去了常去的骨头汤店，喝了点暖暖的东西。后来三个人回忆起来，那大概是在韩国吃的最舒服的一顿饭，因为在韩国的这几天行程安排十分紧凑，早上八点从酒店出发，一般是上午走两家，下午再走两家，美妆小镇的规划布局、现状以及优惠政策一天至少要说明四次，且必须每次都饱含激情讲解清楚，为了给会谈留下充足的时间，大家只能选择在车上解决吃饭的问题，往往就是一包饼干、一个冷饭团或者三明治便给打发了，可从没有一个人抱怨过。然而，付出往往不一定是有回报的，或者说，是不一定有那么立竿见影的回报的。连着走了四天，把不少知名的韩国化妆品企业粗粗转了一遍，要么就是已经在中国早早建厂并不打算搬迁的，要么就是并没有打算在中国建厂的，而其中打算建厂的两家似乎也已经找好了地块，虽然高利民他们发出了诚挚的邀请，但是对方是否会来登门拜访还是个未知数。

　　首尔的深秋，被两旁街道的银杏渲染成了黄色，这其中还夹杂着枫叶的红色和一些不知名树木的绿色，煞是好看。然而白天的时候，大家都只顾着匆匆赶路，并没有察觉到身边这如诗如画的景色，到了晚上，沈守财、高利民和赵家宝吃了饭相约结伴散步才看到了好风景。

　　"天是真的冷了。"赵家宝望着被风吹落下的银杏叶喃喃地说道，在他们的脚下是被风吹下散落了一地的叶子。

　　"是啊。"沈守财跟着说道。

　　他们此时此刻的心情大概也像这深秋里被吹落的银杏叶一般落寞和沮丧，虽说商务谈判就是得抱着最坏的打算，来的时候他们还信心满满地奔赴韩国想来打开新的市场,但是连着几天的走访,企业方的意向和态度确实多多少少让大家有些失望,而明天过后他们就将结束这次在韩国的行程,启程回国。

"其实,有几家企业还是有在中国建厂的意向的,"过了一会儿高利民缓缓地说道,从开始散步的时候他就眉头紧锁,像是在思考些什么,"你们看啊,像伊莱恩、如斯这些品牌,我们回去的时候还是要多和他们进行沟通,最重要的是要让他们到我们的美妆小镇来看一看。"

"对,一定要让他们来看一看,不然说什么都是白搭。"沈守财接着说道。

赵家宝捡起地上的一片银杏叶说着:"其实我也能理解他们的顾虑,毕竟要到一个陌生的国家陌生的地方去投资建厂不是件容易的事,都说落叶要归根,现在要把这些叶子统统搬到中国来,我们政府给的态度一定要坚定、友好,让他们吃下这颗定心丸。"

"家宝说得对,你们说要是有什么东西能把所有企业方吸引邀请过来就好了。"沈守财的话让大家陷入了又一次沉默,他抬头看了看笼罩在银杏树上的夜空,遥远而又广袤,未知而又迷茫。

最后一天招商团队的行程比较宽松,上午走访两家企业以后行程就结束了,沈守财盘算着下午去市中心给妻子和家人捎带些礼物和特产,而此时,张烁的手机却显示出了一个陌生的号码。张烁接起电话,用熟练的韩语交流着,虽然大家听不懂说的是什么,但望着他难以置信的表情就知道电话那头传来的信息不一般。

"怎么了?"沈守财关切地望着张烁。

张烁挂了电话,眼神喜悦:"高市长、沈总、赵总,刚才韩国化妆品协会的一个朋友给我打电话说有一家化妆品公司邀请我们去他们厂里看看。"

"什么公司?"

"韩福。"

沈守财又惊又喜,在化妆品行业里干了这么久,他当然知道这家公司。韩福是韩国三大化妆品公司之一,可以说是韩国化妆品公司里的佼佼者,2008年公司旗下品牌易思恩推出了一款蜗牛霜红遍韩国,而随着电商、代购的发展,蜗牛霜又被迅速带入中国市场,一时间兴起了每个女人都有一罐蜗牛霜的局面,可以说是行业中的奇迹,而韩福也是乘胜追击继续制造话题,邀请韩国最火的人气明星代言,创下了韩国艺人代言化妆品天价代言费纪录。可是,招商团队在一开始就接触了该公司,而公司的部门负责人却委婉地拒绝了。怎么突然自己上门来邀请他们呢?一行人有些摸不着头脑,但既然别人发出了邀请,沈守财他们一合计觉得我们也不能失了礼数,于是按照约定的时间来到了韩福公司。

韩国的土地面积还没有一个浙江省大,而作为政治经济文化中心的首尔市更是寸土寸金,所以韩国的化妆品企业规模都不大,基本都是行政和生产同时存在于一栋楼里。所以,虽然韩福是在韩国排名第三的化妆品企业却只有一块小小的天地,招商团队的车找了半天才找到了企业的门面,而韩福的社长、常务一行人早早便等在了门口,仿佛迎接贵宾一般。大家亲切握了手,社长和常务带着大家先去参观了工厂车间,然后回到了会议室大家这才坐下来开始好好说话。高利民首先对韩福的社长和常务表达了感谢,而后笑着提出自己的疑惑,不明白一开始拒绝的韩福怎会有如此大的转变。交谈中这才得知,原来招商团队起初衔接时,韩福确实是拒绝了见面,但是无巧不成书,在机场常务的秘书阴差阳错地拿走了招商团队的两个纸箱子，回到公司，当他们拆开纸箱才发现里面装的居然是美妆小镇的基本情况介绍。常务拿起宣传册随意地翻看了一下，里面用韩文清楚地描述着美妆小镇的一切，一边秘书根据宣传册上的电话联系美妆小镇的工作人员，而另一边的常务则把这份宣传册递给了刚出差回国的社长。其实，中国市场的惊人消化力让韩福一直想在中国建厂，早在五年前韩福一行人就来中国考察过，然而当时因与某地政府的沟通存在问题，好些条件都没有谈拢，于是在中国建厂的事情便被搁置了。之后，韩福也接触过多个招商团队，但是都鱼龙混杂，索性也不再有在中国建厂的想法了。但是，美妆小镇的招商团队却和以往他们所接触的甲方不太一样，首先宣传册除了封面是中文，其他一律都用了韩文，这说明这份招商手册是专门针对韩国企业设计和制作的，可见招商团队的用心。而当他们阅读了招商手册的文字，认为确实有吸引他们的地方，于是才托人找上了沈守财他们。可以说，这次的会谈氛围十分愉悦，当韩福咨询到最关心的税率问题，高利民代表政府也给了最强有力的回答。

"表社长，这点你们大可以放心，我们一定按照最大的优惠力度给你们，当然，如果每年交在美妆小镇的税达到一定量我们还可以通过会起草更优惠的政策支持，就算以后要是我不在现在的岗位上，你放心，政策在就一定能给你做到。我们浙江人做事从来是有一说一，有二做二，说了就一定会办到。"高利民说道，张烁把高利民的意思翻译给了韩福一方，社长和常务都纷纷点头表示赞同，当即就定下了下个月二十号便来中国美妆小镇参观走访。

回到酒店，三个人聚集在了高利民的房间，如释重负。

"这次总算是有点收获了。"

沈守财说着拍了拍自己的后背，几天的会谈害得他原本就不太好的脊椎又开始疼痛起来。

高利民拿了两瓶矿泉水递给赵家宝和沈守财："这一次是个好开头，我相信很多韩国企业也都在观望，要是能把韩福引到美妆小镇，等于是放了一块活招牌，其他企业肯定会更加主动地和我们接触。"

"没错，"沈守财咳嗽了几声，"所以，对韩福一定要服务好。"

见沈守财有些不适，赵家宝问道："怎么了？感冒了？"

沈守财擤了擤鼻涕："好像有点，刚才进到车间太冷了，又穿了拖鞋可能有点着凉了，没事，吴玫给我带了药，回去吃两颗睡一觉就好了。"

高利民接着说道："关于企业方最关注的税收问题，在不违背我们一些原则问题和不损害地方利益的情况下，我们应该适时地做出让步。"

"这点我完全赞同，"沈守财插话道，"先得请君入瓮，才能瓮中捉鳖啊。"

高利民听了笑了笑："回去以后我会把这个事情和领导汇报一下，希望能够得到市里足够的重视，美妆小镇可不是只靠我们三个人就能够建立起来的。"

转眼就要到了韩福莅临的日子，韩福对美妆小镇的周边环境、配套设施以及招商政策都十分满意，初步要100亩的土地，分两期开工，韩福的表社长离开前和美妆小镇签署了意向合同，这事算是定下来了，众人都很是开心，因为韩福是美妆小镇第一家外国化妆品企业，万事开头难，只要迈开了第一步那接下来的步子就会简单顺利很多。然而，就在美妆小镇的招商团队开始草拟正式合同时，一个不好的消息传来，中韩关系开始紧张，而这就直接影响两边的贸易往来和商业投资。果不其然，发给韩福的合同迟迟没有回音，这让一切又陷入了僵局。

"这事急也没办法，我们只能等。"高利民无奈地说道。

可大家没想到这一等便等了半年，正当大家觉得没有希望再扭转局面的时候，中韩的紧张关系得到缓和，而韩福再一次主动联系美妆小镇的招商团队，表社长带领韩福的领导层再次来到美妆小镇，此时的美妆小镇比半年前更加像模像样，更加坚定了表社长落户美妆小镇的想法。

"韩福的入驻可以说具有里程碑的意义，可以说我们的美妆小镇又上了一个更高的层次，"高利民说道，他转头对着沈守财和赵家宝，"这次的签约仪式我们一定要搞大，到时候我去和林书记汇报一下，家宝，你们这边也要多邀请媒体，我们争取不鸣则已，一鸣惊人！"

这次的会议规模空前盛大，各大媒体争相报道。一个小小的五家村居然孵出一个美妆梦，这是所有人都想不到的。也正因为韩福的入驻，原先还一直在观望的其他韩国企业也纷纷组队来美妆小镇考察，其中不乏谚语这样的一线品牌。为了日后日益壮大的韩国化妆品企业规模，也为了日后更加方便管理，于是商讨决定在美妆小镇的规划版图上规划出一片区域专门给韩国化妆品企业入驻。

这一年，仅仅是中国美妆小镇建立的第一年。这一年是说长不长，但说短也不短的一年。这一年，中国美妆小镇接待了200多批次贵客前来考察指导洽谈。这一年，中国美妆小镇收获了22个重点项目。这一年，中国美妆小镇走遍了法国、德国、意大利、韩国等多个化妆品产业发达国家，召开了多场招商发布会，并与国外多个机构签订了战略合作协议……因为这一年的付出得到了累累硕果，所以大家对中国美妆小镇的未来更加充满了信心，然而，危险也在向他们悄悄靠近……

第二十九章
创业之路就是追逐梦想

2016年10月,整个欧洲已经进入寒冷的初冬,法国巴黎连着几天下着淅淅沥沥的小雨,伴着微微的冷风,透着点点凉意。凯旋门前依旧车水马龙、川流不息,香榭丽舍两边的法国梧桐向着地面撒落着黄色的梧桐叶,一群鸽子惬意地走在街上,饿了便走到游客身边吃些他们手中的面包片。这样的日子,和往常并没有任何不同。

在卢浮宫卡鲁塞尔厅,一年一度的Cosmetic-360展会又如期举行,有了第一次的参展经验,美妆小镇的工作团队早在半年之前就已经开始准备参展内容。而这一年,美妆小镇在巴黎成立了办事处,得到了巴黎各界多方支持和推广,很多法国企业也通过办事处与美妆小镇取得联系,希望能以美妆小镇为窗口进军中国市场。沈守财、高利民和赵家宝有个习惯,就是到了别人地盘上喜欢到处走走看看、一探究竟,所谓知己知彼百战百胜,也可以在走访过程中取他人之精华、舍自己之糟粕。

美妆小镇本是唯一一个中国展位,而他们却在美妆小镇展位斜对角发现了另一个满是中国工作人员的展位。

"你们好。"高利民走到对方的展位。

一个工作人员原本还在布置,见有人来,马上过来招呼:"您好,有什么需要帮助的吗?"

"哦,没有,"沈守财跟着说道,"我们也是来参展的,看这边有中国人来打个招呼。"

"哦,你们是美妆小镇的吧?"

工作人员身后传来一个声音,一个穿着西装、打着领带的中年男人走到沈守财他们面前,他鼻梁上架着的金丝框眼镜遮住了那无法言喻的眼神。

赵家宝望着来人说道:"是啊,你们是……"

中年男人从西装里摸出自己的名片,并没有双手递给他们,而是看似随意地扔给了他们,沈守财没有抓稳,名片掉在了中年男人的脚边,但他并没有蹲下去捡的意思。

"不好意思。"

沈守财蹲下把名片捡了起来,这看似不礼貌的行为充满了挑衅。

"不好意思,我们展位上还有事情要忙就不招呼你们了。"

中年男人说罢便转身干自己的事去了。

双方的初次照面就这样结束了,沈守财回到美妆小镇自己的展位上,此刻他才看到名片上赫然写着:华夏丽谷。华夏丽谷的位置是在靠近上海的某个县区级城市内,其发展的产业也是化妆品,区域定位和美妆小镇如出一辙,均是打造国际化妆品产业基地。其实沈守财他们也是隐约听说过华夏丽谷的存在的,但面对基础和平台,显然美妆小镇更胜一筹,于是并没有把对方放在心上,而今,华夏丽谷的招商团队却出现在了法国巴黎,这无疑给大家敲了一下警钟。为了一探究竟,高利民找来了华夏丽谷的宣传册，无论从册子的文字内容还是设计概念都与美妆小镇大致一样。沈守财、高利民和赵家宝面面相觑，这不就是赤裸裸地拿美妆小镇的概念生搬硬套吗？

"对于华夏丽谷，我们要引起重视。"

高利民说道，沈守财和赵家宝都表示赞同。

虽然竞争对手就在眼前，但美妆小镇此次参展还有更重要的任务，那就是吸引欧洲的化妆品企业入驻，相比于一年前的白纸一张，一年后的美妆小镇无论从发展情况还是企业入驻情况上来说都更加有吸引力和说服力，引得不少化妆品企业的负责人前来咨询，望着华夏丽谷的展位，咨询人数寥寥无几，沈守财似乎放下心来。这时候，美妆小镇的展位上来了一个老人。这个男人大约六十多岁，戴着一顶格子的鸭舌帽，穿着深咖啡色的夹克衫，拄着一根拐杖，操着法式口音的英语，由一个年轻的法国男子陪同。沈守财见有人前来便热情接待，但眼前的这个老人只是看着美妆小镇的宣传册却一言不发，离开之前留下了一张名片，相约第二天在名片上的地址见面。沈守财他们看不太懂名片上的文字，但他注意到了名片左上角熟悉的标志，一只雄鹰嘴衔着一枝玫瑰，那是闻名全球的化妆品企业法兰路的标志。原来，沈守财接待的老人正是法兰路的董事长弗德先生。

作为国际化妆品产业中的老大，法兰路集团有着悠久且辉煌的历史。1946年成立法兰路公司，并同时推出了第一款护肤产品。因为对产品原料的严格筛选和层层把关，让法兰路一经面世便受到欧洲年轻女性的追捧。20世纪30年代，法兰路在香榭丽舍大街开设了专卖柜台，其作为高档美容护肤品品牌的知名度迅速提升。到了60年代，法兰路开始积极拓展国际市场，先后进入英国、加拿大、澳大利亚、德国、法国和日本。1985年,法兰路的年销售收入便已经突破10亿美元。在这之后,法兰路并没有被日新月异的时代所淘汰,而是一举走在了时代潮流的前沿,护肤、彩妆及香水系列产品在全球130多个国家销售,仅仅2004年,公司的净销售收入就已经达到了57.9亿美元。当然,法兰路的版图并不局限于此,他们开始进军房地产、珠宝、汽车等领域,都表现出了不俗的成绩。可以说,法兰路的经久不衰,是跨越了世纪的奇迹。

得知法兰路的董事长弗德先生莅临展位,大家都兴奋不已。

"要是法兰路入驻美妆小镇,那我们就根本不用到外面去招商了。"赵家宝乐呵呵地说道。

"那是,到时候要是别的企业想要入驻,我们还得面试把关一番。"沈守财打趣道。

于是,为了给弗德先生一个好的印象,一行人早早地来到了法兰路的总部,可是到了前台便遇到了麻烦。因为没有弗德先生任何的书面邀请信息,前台人员以没有预约为由,阻止了沈守财一行人的进入。

"这可怎么办?"

沈守财照着名片上的电话给弗德先生打电话,却一直是无人接听。

正在大家百感交集之际,从里面走出来一个男人,沈守财认得他,他就是弗德先生的秘书,也就是展会上陪同弗德先生的年轻男人,于是沈守财他们一行人终于顺利进到了法兰路总部。然而,却被告知弗德先生正忙,只得移步到休息室等候。

"既来之,则安之。"高利民坐了下来,大家也跟着坐下休息。

时间一点点地流逝,眼看一伙人在休息室里已经待了一个多小时,几个工作人员开始按捺不住自己的情绪。

"他们这是什么意思？把我们撂在这儿了？"

"是啊，这也欺人太甚了吧。"

沈守财也觉得法兰路一方确实做得有些过分，明明是对方邀请他们过来的，哪有把远道而来的客人晾在一边不管不顾的道理？他和身边的赵家宝交换了一个眼神，转身又望向高利民："利民，你看……这么等下去也不是个事，这下午还有企业行程要走，要不我们先走吧？"

高利民想了想，说道："再等等吧。"

沈守财叹了口气，只得又靠回沙发上，又过了半个小时，年轻男人来到休息室请众人到弗德先生办公室，沈守财他们一听只觉得来了希望。

"利民，还好听你的话再等等，不然就要错过这条大鱼了。"沈守财走在后头对高利民小声地说着，高利民不语，只是笑笑。

虽然是全球顶尖化妆品品牌的掌舵者，但弗德先生的办公室极其简单简朴。一行人进了办公室便有礼貌地问好，可是，弗德先生只是抬头看了一眼沈守财他们，什么话都没有说，便又低下头做着自己的事。高利民、沈守财和赵家宝从来没有遇到过这样的情景，气氛一下子变得很是尴尬。这时候，高利民走到弗德先生面前，用非常大的声音说道："您好，我是高利民，很冒昧地打扰了您，我们改天再来拜访。"

翻译一愣，望向高利民。

"你就这么和他翻译，"高利民说道，转身便走到沈守财他们面前，"走吧，我们继续下面的行程。"

听了翻译，这次轮到弗德先生吃了一惊，似乎很是不解："你说什么？"

"还有，这是我们14号的晚宴邀请，欢迎弗德先生前来参加，告辞了。"

高利民留下了一张邀请函便带着沈守财他们离开了弗德的办公室。

从法兰路总部出来，众人都觉得不可思议。

沈守财有些生气："这个老人家什么意思？这是耍我们？就算是法兰路，也不能这么不尊重人吧？！"

"是啊，这老头可真够古怪的。"赵家宝嘴里也喃喃念叨着。"利民，你干吗还把我们的晚宴邀请函给他？"

"我大概能猜到利民的意思，"沈守财和高利民相视而笑，又看向赵家宝，"他先怠慢我们，我们拍屁股走人，也算是打了个平局，和他先前留了名片给我们一样，我们以邀请函相邀也不算失了礼数。虽然他今天做了没礼貌的事，但我们今天这么做了他也没办法说我们的不是，毕竟法兰路在化妆品界的地位举足轻重，我们还是要在他的地盘上混的。"

高利民笑了："知我者莫若守财也。"知道大家心里都有些情绪，他对着大家说道："今天的事情确实有些不开心，但是我希望大家能够记住，我们接下来还有几天的行程，美妆小镇的首要任务就是招商，不要让一些无关紧要的人或者事情影响我们的情绪。"

"对，高市长说得对，没有一个法兰路，我们还能找到其他的'路'！"随行的工作人员跟着说道。

大家都没有被在法兰路的不快给影响情绪，下午顺利走访了企业之后回到了酒店，却意外地发现弗德先生的秘书一直等在那里。

"弗德先生邀请美妆小镇团队去弗德先生的私人酒庄一聚。"

沈守财望向高利民，心里想着，又来这套？

高利民想了一会儿，马上答应下来："好，不过因为我们刚从外面回来，要先回房间整理一下。"

秘书点头答应，高利民、沈守财和赵家宝一行人走向酒店房间，而沈守财和赵家宝则是跟着进了高利民的房间。

"利民，我们真的要去？"

赵家宝也很是犹豫："万一这老大爷又拿我们寻开心，忽悠我们怎么办？"

高利民笑了："去看看不就知道这葫芦里到底卖了什么药吗？"

沈守财寻思了一会儿："好，我们就去看看，即便是谈不成生意，传到外面去我们也是被弗德请了两回的客人，别人可能还以为我们交情好得很都要来攀关系呢。"

"这么说，还是我们赚了？"

被沈守财这么一说，三人都笑了。

弗德先生的私人酒庄位于法国兰斯，是法国东北部的城市，距离巴黎有一个多小时车程，这里是法国人口数量最多的副省会城市，也是法国著名的宗教文化中心，被称为"王者之城"，自11世纪起，法国国王都必须到这个"加冕之都"受冕登基。法国虽然有着举世闻名的葡萄酒产区，但在巴黎附近却鲜少有好的酒庄，弗德先生又是出了名的爱酒之人，为了方便自己喝到美酒又能给朋友贵客提供一个享受美景和美酒的地方，于是斥资在兰斯打造了一个酒庄。换句话说，被请到那里去的客人都是被老先生看成重要的贵客。

果然，不同于先前的两次见面，这回沈守财他们一行人刚入园，弗德先生就亲自等在了门口笑脸相迎。大家随着老先生看了酒窖，来到户外一处品尝着葡萄美酒。

"我要向你们表示歉意，"弗德先生抿了一口葡萄酒以后说道，"那天确实没有好好招待你们。"

高利民听了立马回道："我们能够谅解。"

"不过，你们还真是奇怪，我从来没有遇到过没说几句话就走了的人，按照平时，只要是受到我邀请的人，不管多久他们都会等着我，毫无怨言。"

沈守财听了弗德先生的话，笑了："那可能我们不是普通的人。"

这回换作弗德先生笑了："我听说过你们，上一次你们就参加了Cosmetic-360展会，不过那段时间我有事没有到场，这一年你们积极拓展欧洲市场，和很多欧洲的化妆品企业有接触，我也有所耳闻。虽然我没有去过你们那个地方，可是我听说一个小小的村子里要做一个化妆品产业基地，还要吸引国内外知名的化妆品企业入驻，你们也看到了我的法兰路有着庞大的身躯，你们那个小小的地方用什么来吸引我呢？"

"我们一个小地方做的化妆品产业基地既然能够传到大名鼎鼎的弗德先生耳朵里，您说我们的魅力够不够大呢？"高利民自信地反问道。

弗德先生笑着："自信是好事情，不过盲目自信可就不一定是好事了。"

"弗德先生，"沈守财说道，"我们中国人做事情从来不盲目自信，中国改革开放三十年就走了欧洲几百年走的路，靠的从来就只有勇气和坚持，还有说做就做的行动力。世上之事能否成功，全在你做或者不做。想做，再多的困难也能够克服；不想做，再简单的事也无法完成。"

弗德先生笑着望着眼前的沈守财、高利民和赵家宝他们，他似乎从这些人身上看到了自己年轻时候的影子。

"高市长、沈总、赵总，我们来谈谈美妆小镇的事情吧。"

大家聊得热火朝天，到了晚饭的时候，他们还是一直探讨着，而弗德先生也承诺将在年底前带队来美妆小镇考察，所有人都摩拳擦掌、信心满满。

"这几次幸亏利民果断做出决定，不然我们就丧失这个大客户了。"

回到酒店的赵家宝还是抑制不住自己内心的兴奋，要知道，如果法兰路集团入驻美妆小镇，那么美妆小镇的地位也就无可动摇了。

"就算白纸黑字定下来还有变数，何况现在只是口头答应了，我们呢就放平自己的心态，能招进来自然是好事，招不进来我们再招别的企业。"高利民说道。

沈守财和赵家宝觉得十分有道理，频频点头。

"利民，你要是摆在古代那就是当之无愧的军师，"沈守财说道，"要不是那天我们就这么走了，那老人家估摸着也不会再回头来找我们。"

高利民倒了两杯水给沈守财和赵家宝醒酒，自己坐在了他们对面的椅子上："我是想着这弗德是法兰路的董事长，平时也见惯了对他低头哈腰、阿谀奉承的人，我们适时地出其不意倒会引起他的兴趣。"

高利民说的不假，与其追着客户不放让客户心生厌烦，或者被客户冷落讪讪而归，倒不如用一些"反常"的做法吊起客户的胃口，让客户期待和你再度见面。按照常人的逻辑，大家眼见着高高在上的法兰路董事长相邀自然都是满脸笑容、争相巴结，可高利民偏偏反其道而行之、欲擒故纵，故意做出对客户爱搭不理的样子，诱使客户主动向他敞开沟通的大门。

想着儿时三人爱听的《三国演义》，而今也都是一个道理。一般来说，打仗都是以消灭敌人、夺取地盘为目的，所以说"纵虎归山，后患无穷"。但是，在特殊情况下，纵敌也可以成为一种有效的歼敌手段。

比如兵法上常说"穷寇勿追"，就是指敌人尚未被彻底打败，还有一定的实力时，不可急于进攻。否则敌人被逼得狗急跳墙，作困兽犹斗，拼命反扑，将会给我方造成不必要的损失。这时候，正确的做法是放敌人一马，但不是真的放过它，只是虚留生路，让敌人看到一线希望，令其斗志松懈，只想着如何保命，从而无法下定死战到底的决心，逐渐消耗、拖垮敌军，我军则寻机将其全歼。

离开之前，弗德先生告诉沈守财他们，14日美妆小镇的晚宴他一定参加。

第三十章
美梦终将成真

莫里斯酒店，正对着法国国王亨利二世之妻美第奇的杜乐丽花园，是一家位于巴黎市中心的宫殿酒店，被誉为酒店之王。这间建于19世纪的古老酒店是全法最杰出历史酒店之一，其位于协和广场与卢浮宫之间的区位让人赞叹。作为法国七月王朝和第三共和国时期上流社会的交际场，酒店皇家风范至今为人称道，也因此，酒店在近200年的时间内接待了无数政要名流，比如：西班牙国王阿方索十三世、威尔士亲王，希腊、比利时、意大利……几乎欧洲各国的皇室成员都曾来此小住。此外，作为米其林界的标杆，酒店同名餐厅米其林三星的荣耀可是集聚了整个法国的各界精英、社会名流。

10月13日的晚上，沈守财、高利民和赵家宝抵达餐厅检查会场布置，明天晚上，中国美妆小镇招商发布会将在这里隆重开场，款待四方来客。正当几人憧憬着明日宾客满座的景象，刚走出酒店便迎面撞上了拿着枪支的恐怖分子。当时的欧洲收留了大部分来自叙利亚的难民，法国也不例外。塞纳河边都是难民搭的帐篷，垃圾满地，而政府对此也无计可施，这使得当地一部分的市民非常愤怒，双方时而发生冲突。

晚上十点安静的街道，便在这一声声的枪响中打破了祥和。行人们纷纷逃窜，一路尖叫，沈守财眼见着一个法国小姑娘在慌乱中失了方向想要把孩子拉到一边，然而当他把孩子挡在身后的时候，空气中传来一声枪响……

"守财！"

不远处，传来了警车的鸣笛声……

太阳照常升起，打开电视机，法国媒体对这次枪袭做着报道。

医院的病房里，高利民一夜未合眼终于还是躺在一边的沙发上睡着了，赵家宝轻轻打开门，蹑手蹑脚地给他盖上自己的外套，高利民感觉到了动静睁开了眼睛。

"还没醒呢？"

"是啊，你再睡会儿吧。"

"那你呢？也是一晚没睡？"

"哎……"赵家宝望着躺在病床上的沈守财，"你说好端端的，怎么就出了这档子事呢……"

"能保住这条命算是不幸中的万幸了，对了，吴玫的飞机几点到？"

赵家宝看了看手表："这会儿应该快下飞机了。"

两人又陷入一阵沉默，忽然听到一个微弱的声音呼唤。

"利民、家宝……"

高利民和赵家宝抬头望去，沈守财已经苏醒，赶紧走到了沈守财面前。

"快，"高利民说道，"去叫医生。"

第三十章

"好。"赵家宝急匆匆出了门。

高利民急切地望着虚弱的沈守财:"守财、守财,你怎么样?身体有没有哪里不舒服?"

沈守财无可奈何地笑了笑:"肯定疼啊,你挨个枪子试试。"

看着沈守财还有心情开玩笑,高利民这才稍稍放下了点心,可也忍不住埋怨起来:"我说你这个人怎么还和小时候一样胆子那么大呢?这可是真枪实弹,你管好自己就不错了还想着去救别人,万一出了点差错可是要到阎王老爷那里报到的!"

沈守财没忍住笑起来:"你放心,我们可是拜过把子的,不求同年同月同日生,但求同年同月同日死,我要是去阎王爷那里报到肯定拉着你和家宝。"

高利民被沈守财一番话逗笑了,这时候,赵家宝带着医生和护士进了房间,医生一番检查询问以后确认没事便离开了病房。

"你们看我什么事也没有吧?村里以前有个算命的说我是九命猫妖,我有九条命呢,死不了,"沈守财虽然不迷信,可这么一琢磨却觉得这算命的似乎有些道理,"这么一说,这算命的还真挺准。"

"等会儿吴玫就来了,你看看她怎么说你!"

沈守财一惊:"你们和吴玫说了?"

赵家宝没好气地说道:"那肯定得说啊,难不成等你回去告诉她来法国招商还招了个枪眼吗?"

大家都哈哈大笑起来。

吃了些粥以后,沈守财明显觉得自己精气神全恢复了。

"我说你们别像个木棍一样杵在这儿了,这会场上你们倒是去看看啊。"

沈守财想着晚上就要召开发布会可因为自己受伤的缘故，高利民和赵家宝似乎都没有离开的意思。

"我说你就不要瞎操心这些了，反正出不了事！你就给我好好地待在床上养病，这就是你现在的首要任务！"

"哎呀，这病床是真的不适合我，这躺了半天我觉得自己浑身不自在。要不我们一起去会场看看吧，反正我伤的是手臂又不是腿，好走。"

"不许走！"一个熟悉的声音传来，众人望向门口，吴玫站在那里。

高利民和赵家宝见吴玫气势汹汹，两人赶紧撤退："既然吴玫来了，我们就先去会场看看了，守财你好好休息啊。"

说着两人便溜之大吉。

沈守财躲避着吴玫的眼神："我不知道他们把你叫了过来……"

吴玫走到病床边的椅子上坐了下来，直勾勾地望着沈守财："伤得怎么样？让我看看。"

"没什么，就是伤了手臂，一点事没有，医生说休息几天就好了。"

吴玫非要眼见为实，掀开了沈守财故意遮盖住的被子，看到了包扎好的伤口还是往外渗着血，只觉得鼻子一酸。

"你啊，这还叫一点事没有？你难道要真把命搭上才叫有事？！"

说完，吴玫别过头去，看着她的肩膀一起一伏，沈守财知道她在哭。在他的印象里，吴玫真的不是一个爱哭的女人，即便是在他们创业最困苦的时候，她总是那么坚强又乐观。可是在吴玫心里，不知道是不是年纪越来越长的原因，她忽然开始觉得人生的大半辈子早就已经随风而过，余下剩给她和沈守财的日子最多也就那么二三十年的光景，而眼前身中子弹的沈守财让吴玫意识到可能下一秒眼前的人就会被命运剥夺生命，这样的恐慌和无助是无以言表的。

第三十章

"老婆。"

沈守财默默地伸出手去,抓住了吴玫的手,此时胜过千言万语。

忽然门外传来一阵闹哄哄的声音,高利民和赵家宝慌慌张张地进了病房。

沈守财很是不解:"怎么了?"

"守财,不得了了,你成英雄了!"

原来,法国媒体在采访的时候,遇上了被沈守财救了的小女孩,小女孩的母亲通过媒体希望能够找到救命恩人,记者们为了报道新闻自然是极力寻找,终于找到了沈守财住院的病房。信息化时代,沈守财勇救法国小女孩的事迹被迅速传播,成了人人歌颂的英雄。

晚上六点,Le Meurice 酒店餐厅内灯火辉煌,餐厅的门口竖立着一块指示牌,用中法两国文字分别写着:中国美妆小镇法国招商发布会,由小提琴、中提琴和大提琴组成的小型乐队守候在门口恭迎着前来赴宴的贵宾。而大厅内,衣香鬓影,谈笑风生。高利民、赵家宝一行人西装革履,笑脸迎接着各方来客。

此时,门口走进来一位气度不凡的男子,高利民见状赶紧上前迎接:"朱参赞,您好,感谢您今天来参加我们的招商发布会。"

没错,站在高利民眼前的正是中国驻法大使馆商务参赞。

"高市长,首先表示祝贺,美妆小镇的招商团队能走到今天这一步确实不容易。"

"那也是得到了朱参赞的大力支持。"

高利民和朱参赞相互交流着,过了一会儿门口又出现了两张熟悉的面孔,一位是法国国会议员、前部长德雷先生,另一位则是法国化妆品谷创始人安赛尔先生。

赵家宝悄悄地在高利民耳根子边说道:"这下真是够大了。"

晚上六点半,窗外早就夜幕降临,离招商发布会开始还有一个小时的时间,沈守财躺在病床上显得有些心浮气躁。吴玫坐在一边削着苹果,她自然是知道沈守财的心思,他想去发布会现场。可是作为妻子,她更加担心丈夫的身体情况。

"吴玫,"沈守财憋不住还是开了口,"你看,这发布会都快开始了,我这美妆小镇总顾问不去没有说服力啊。"

吴玫把削好的苹果塞到沈守财的手里:"没你这发布会就不能开了?你啊就给我老老实实地待在医院,哪儿也不许去!"

沈守财知道这次吴玫是下了决心要让他在医院里安心养伤,可他哪是闲得住的人,没办法只好找了借口把吴玫给支走,自己便急匆匆地换好了衣服,找到联系好的车,可一上车却发现吴玫坐在那里。

"老婆……"

吴玫生气地望着自己的丈夫,就当沈守财想着要被押回病房的时候,吴玫却笑了起来,过了一会儿没好气地说道:"你呀,赶紧上来吧,西装我已经准备好了。"

沈守财露出满足的笑容。

Le Meurice 酒店餐厅内齐聚了众多法国知名化妆品企业家,大家三三两两地聊着天,交流着行业信息,几个侍应生端着由主厨精心为客人准备的美味法式点心穿梭其间。赵家宝走向大厅前台,手捧酒杯用勺子在酒杯上敲了一敲,大家停止谈话,纷纷转身看向赵家宝。

"非常感谢各位贵客的莅临,我宣布中国美妆小镇法国招商发布会现在开始!"

众人纷纷鼓起掌来。

"首先，有请我们常务副市长高利民讲话，大家欢迎。"

高利民走到话筒前，望着眼前这些和自己长相完全不一样的众人心里颇有感慨："尊敬的朱参赞，尊敬的德雷先生，尊敬的女士们、先生们，朋友们，我是A市的常务副市长高利民，今天站在这里面对你们，我心中感慨万千，要知道今天我们美妆小镇的招商团队能够站在这里向你们隆重地介绍自己，我们花了仅仅一年的时间，但这一年的时间说长不长说短不短，我们的招商团队三百六十五天几乎超过一半的时间都在招商的路上，也因此能让所有人在短短一年的时间里看到我们美妆小镇的成绩，目前有六家企业和我们美妆小镇签署了正式合同，其中就包括韩国排名前三的化妆品企业韩福，而和我们签订意向书的企业多达十来家……我热切地期盼着在场的各位企业家能够带着你们的团队来我们美妆小镇看看，我相信只要你们来了就一定不想走了！"

翻译译完最后一句话，观众们报以热烈的掌声。翻译看着发布会的流程单，对着所有人说道："下面有请美妆小镇总顾问、优尔雅化妆集团董事长沈守财先生上台发言。"

赵家宝赶紧走到翻译身边："他受伤了，来不了了。"

此时，大门打开，在吴玫的陪同下，手臂缠着绷带的沈守财出现在了众人面前。因为法国媒体对枪击事件铺天盖地的报道，沈守财一来到会场，在场的法国人便认出了这个救人英雄。刹那间，雷鸣般的掌声响了起来。

沈守财走到众人面前："不好意思，我迟到了。我想讲的大部分内容都和我们高市长差不多，领导既然总结了，我就不多说没用的了。我只想说一句，中国美妆小镇欢迎大家来投资，我们有着全世界最安全的环境，在我们那里绝对不会挨枪子。谢谢大家！"

沈守财幽默的话语引得大家一阵窃笑，但朴实又中肯的话却直击人心，是啊，对他们这些走出国门的逐梦人来说最坚实的后盾不就是祖国的强大吗？

"我说你怎么就来了？"高利民看着沈守财的手臂还是有些担心，"真没事？"

"你怎么也变得婆婆妈妈起来了？"沈守财望了望四周，又转头看向高利民，"弗德先生呢？没来？"

高利民摇了摇头。

"电话也没有？"

"没有。"

沈守财听了皱起了眉，心想着果然是夜长梦多，没有签合同就可能会发生变故。

这时候，赵家宝走了过来。

"守财，你身体还可以吧？"

沈守财笑了："放心，上山打老虎也行。"

知道沈守财身体无碍，赵家宝也放下了心，接着说道："对了，你们听说了没有？"

"怎么了？"

"我刚才和法国化妆品谷创始人安赛尔先生他们聊天，听说这两天华夏丽谷的人也去拜访了他们。"

"有这样的事？"

"更关键的是，我听说他们也在频繁接触法兰路，不过具体进展到哪一步就不知道了。"

三人沉默起来，要是法兰路最后选择了入驻华夏丽谷，那么就成了美妆小镇最大的威胁，有竞争固然是好的，但是作为美妆小镇的亲历者，沈守财他们早就已经把美妆小镇看成了自己的孩子，哪有一个父母不希望自己孩子好的道理？

"你们说，他们是不是现在想走和我们一样的方式来招商呢？"赵家宝忽然冒出一句。

"很有这个可能，"高利民说道，"所以回国以后，我们要把对外宣传这块严格把控，还在谈判当中的企业一律不对外透露消息。"

正所谓害人之心不可有，但更重要的是防人之心不可无，这也是美妆小镇在发展中总结出的最大一个经验教训。因为在之后的2019年的第二十四届中国美容博览会上，他们赫然在其中发现了某地也打着中国美妆小镇的旗号参展，正是因为2016年的事件，让沈守财他们早早有了防范意识，所以"中国美妆小镇"的所有注册权早就被收于囊中，对于任何人侵害利益的行为坚决予以严正交涉，敦促对方修改名字，不然就以法律武器维权。

就在三人认为法兰路集团一定是被华夏丽谷截胡的时候，弗德先生却现身会场。作为头号奢侈品牌的掌门人，弗德先生一露面就引起了会场上的一阵骚动。弗德先生和美妆小镇招商团队的接触，他们都略有听闻，但在现场没有见到本人估摸着双方关系也不过如此，然而没有想到老先生一进来就直奔沈守财的方向，一把抓住了他的手。

"不好意思，我来晚了，但是我认为再晚我也得来，"他转身看向在场的人们，"我宣布，我们法兰路集团有意入驻美妆小镇。"

这个劲爆的消息顿时让现场炸开了锅，也让沈守财他们百思不得其解。这到底是怎么回事呢？为什么弗德没有选择华夏丽谷，而是选择了中国美妆小镇呢？其实在那天展会上，弗德就在一旁看到了沈守财他们和华夏丽谷工作人员发生的事情，面对同行，华夏丽谷工作人员所表现出的无理傲慢以及沈守财他们依然保持的礼貌谦和让弗德来到了中国美妆小镇的展位。然而当看到弗德光临中国美妆小镇的展位，华夏丽谷的招商团队便开始积极联系法兰路集团希望能够争取到一流化妆品集团的入驻，弗德毕竟是个商人，做生意自然是要货比三家，所以他也接见了华夏丽谷的招商团队，并且在美妆小镇招商团队来到法兰路总部时故意表现出了无礼和怠慢，目的则是想看看他的合作伙伴是否会因为法兰路的商业地位而"不挑食"。沈守财他们的离开，让弗德看到了一个团队的原则和骨气，他相信这样的团队所吸引的企业一定不会是随随便便的企业，而中国美妆小镇这个产业基地也绝对不会是一个阿猫阿狗都能够随便进入的平台。弗德让总部的几个项目负责人立马启程赶赴五家村，不动声色地来了一次微服私访。与此同时，沈守财救法国女孩中弹受伤的新闻被报道，让弗德更加感到了震撼和钦佩。大海航行靠舵手，中国美妆小镇这艘巨轮的领航者是一个有勇有谋、敢闯敢为的斗士，这样的地方必然是要干出一番惊天地的大事业，而弗德之所以迟到正是因为听取了刚赶回来的工作人员的汇报。当然，弗德先生说还有更重要的一点说服了他与美妆小镇合作，那就是美妆小镇独有的政府和企业一起招商的模式。

"这是绝无仅有的，"弗德先生望着沈守财说道，"一个企业家愿意耗费人力、精力、体力和财力和政府一起来创造一个基地，这说明这个平台是值得信赖的，我们法兰路愿意为中国美妆小镇扬起风帆。"

果不其然，世界著名的法兰路集团入驻中国美妆小镇的消息立马就如离弦之箭向世界各处发散开来，招商发布会后，十几家法国知名化妆品企业家向美妆小镇的招商团队了解探讨合作事宜。至此，中国美妆小镇真正打入了欧洲化妆品行业。

而这之后，中国美妆小镇的定位目标和发展规划变得更加清晰，政府牢牢锁定"奋战十年、打造千亿、致富万家"的宏伟目标，紧紧围绕生产、生态、生活"三生融合"及产业、文化、旅游、社区"四位一体"的发展理念，全力打造美妆产业集聚中心、美妆文化体验中心、美妆时尚博览中心、美妆人才技术中心，在美妆小镇科技孵化园还进行着美妆小镇企业服务交流会，由美妆小镇第三方服务机构向美妆小镇全体入驻企业及拟入驻企业提供面对面咨询服务，主要包括银行、会计、税务、工商、广告、品牌规划、建筑、装修、绿化等。高利民、沈守财和赵家宝坚信，中国美妆小镇将会越来越好。

然而，结束欧洲行程回到国内的高利民和赵家宝有些隐隐不乐。美妆小镇建立之初，人人都认为那是高利民、沈守财和赵家宝三个人异想天开、白日做梦，但两年不到的时间里，美妆小镇的招商团队不仅引来了国内知名化妆品企业的入驻，还引进了多家外国化妆品企业，这是所有人都没有想到的。然而，当瘦弱的小鸟变成健壮的雄鹰，有些人便开始虎视眈眈，盯准了美妆小镇化妆品产业股份有限公司和沈守财总顾问的位子。那些个不知道美妆小镇如何发展到今天这般模样的人开始频频接触高利民和赵家宝，希望能够替换掉沈守财成立的美妆小镇产业有限公司。

高利民和赵家宝听到后总是一口回绝："美妆小镇产业有限公司就只有一家，以后也永远不会改变！"

是啊，有谁知道他们当初是如何在黑暗中摸索的呢？他们固执地抱着心中的信念，却又得到了多少人的支持呢？而现在眼看着美妆小镇越来越好就想要分一杯羹，又是谁给了那些妄想空手套白狼的人这一资格的呢？他们都是从那片土地上走出来创业的人，又有谁比他们更加热爱这片土地呢？

"守财，你放心，只要我高利民还有一口气，就绝对不可能让别的公司进来！"高利民倒是有些替沈守财愤愤不平。

赵家宝也跟着说道："是啊，人不能忘恩！更不能忘本！要不是当初有你一起建立美妆小镇，单单凭着利民和我，没有资金推动，还是巧妇难为无米之炊啊！不要说我们还是从小到大的好兄弟，就算是平常人，我们也不能这么做！传出去，别人怎么看我们团队？谁还会到我们美妆小镇来投资发展？"

万事开头难，而想要有所回报，就必须得先付出。其实当初沈守财以个人名义而不是以公司名义建立美妆小镇的产业公司和基金公司就是想着万一事情不成不要连累企业，有什么损失都自己承担，他就是抱着大不了这么多钱打水漂的心态在做美妆小镇啊！

沈守财笑了笑，一边拉住了高利民的手，一边又拉住了赵家宝的手："好兄弟，我沈守财这辈子最幸运的事情就是遇到你们俩。"

梦想前行之路上，人人都是孤独的，能遇见志同道合者，对于在梦想的泥泞之路上奋斗拼搏的人是多大的慰藉！

在美妆小镇的某一处工地上，美妆博物馆眼看就要完工，可林建良这边却迟迟没有动静，不仅没有资本注入，就连藏品也从一开始的捐赠变成了借用。

其实对于这件事情，高利民是一直不看好的，几次见面谈判，林建良都是躲躲闪闪，决定更是一变再变，他也是多次提醒过沈守财，可沈守财对林建良给予了最大的信任。

"我是看着他长大的,还救过他一命,再怎么样,这小子都不会骗我。"

可渐渐地,沈守财也隐隐开始担心起来,终于忍不住私底下找到了林建良。

"沈哥,博物馆的事……"

"建良,我们都是一个村出来的,要是你还叫我一句'沈哥',你就给我一句准话,博物馆的事情你到底是干还是不干了?"

林建良脸上堆起笑容:"沈哥,你看这个事情能不能缓缓?"

沈守财已经隐隐听到有传言说林建良投资了房地产,大概是资金全挪到了那块上去,可美妆博物馆这边也不能等。

"建良,你这叫'占着茅坑不拉屎',你知道吗?!"

林建良脸上的笑容消失,沉默不语。

"我知道你在搞房地产,你要是当初就和我们说明,说你把钱弄去搞房地产了,那我们也好另做打算,现在眼看博物馆都要封顶了,你才跟我们说不干了,做人也不是这么做的!"

见沈守财面红耳赤,真动了气,林建良赶紧安慰:

"沈哥,真的是不好意思……"

"不好意思?我们中国人出来做生意就两个字——诚信!我今天不生气,我是痛心!你居然把中国人最重要的两个字舍弃了!"

沈守财说完,甩头便离开了,只留下林建良傻傻地留在原地。

生气归生气,却不能解决眼前棘手的问题。眼看博物馆将会变成半拉子工程,高利民也很是心急,当初按照林建良的想法,将博物馆扩大了两倍,若再追加政府资金对上对下都没办法交代。

"利民,博物馆的事都是我不好,我不该太信别人了,你放心,我沈守财捅的娄子我自己补上，我以个人名义先拿出 1000 万。"

"守财，你不必这样，我们再找找看，可能也有人想要接盘。"

"利民，我们都是兄弟，你听兄弟的，这事你和我说了那么多次要和他签合同，这都得赖我，我这 1000 万拿出来我也心安。"

高利民知道沈守财一旦做出决定便不会反悔，于是也同意了他的要求。

冬去春来，江南的五月，虽然还只是春天，却也触摸了夏天的热意，开始变得渐渐暖和起来。四序花开庄园里的玫瑰竞相绽放，一片热闹。为了配合中国美妆小镇的建设和宣传，也为了能"主动"地把这些化妆品的行业名流吸引到五家村来，沈守财他们经商议讨论，决定举办第一届国际玫瑰文化节和首届化妆品行业领袖峰会。因为美妆小镇这期间所取得的不俗成绩，省区市领导都十分重视和支持。

这一天的四序花开庄园显得格外热闹，参加第一届国际玫瑰文化节的除了中国美容美发协会各地分会会长、各级政府代表，还有国内外优秀的化妆品企业代表，而国外的优秀企业代表就占了到会人数的四分之一，其中包括巴塞罗那美妆集群总经理 Ivan Borrego Valverde 先生、瑞士协会主席 Thomas Früh 先生等重量级嘉宾，这对小小的五家村来说可是稀奇至极的事情，中国美妆小镇在国际上的影响力可见一斑。

沈守财望着眼前的场面，心中万千感慨，赵家宝走到他身边："你说，谁能想到美妆小镇能发展成今天这个模样？"

这话大概是他们三人感慨最多的，他们万万没有想到当初几人在办公室里瞎琢磨的梦想居然演变成了现实，沈守财觉得这是自己几次创业都没有过的感觉，一种成就感油然而生，而这种成就感随着美妆小镇的不断发展和壮大与日俱增。美妆小镇建立的第一年就让五家村的财政收入翻了两倍，而随着美妆小镇入驻企业的开工投产，将会给五家村周边带来大量的就业机会。与此同时，为了给大量的农村青年劳动力寻找就业机会，美妆小镇还先后签署了多所国内外化妆专业学校，为年轻人提供就业技能，毕业以后可以优先进入入驻企业，另外，关于美妆小镇及周边的旅游路线也已经开始规划，未来带来的经济效益更是不可估量。

"对了，吴玫呢？"

沈守财望了望四周："奇怪了，她说回去换个衣服怎么还没来？"说着拿起手机拨通电话，但电话那头却传来了无人接听的声音。

在另一边四序花开庄园的大门口，大家闹哄哄地聚在那里，保安拦着一个身着晚礼服的女人："对不起，没有邀请函不能进入。"

吴玫觉得一阵好笑："我是这个庄园的老板，我怎么不能进去？"

"我不认识你，你不能进去，"原来为了文化节能够顺利召开，从外面临时抽调了一批保安，所以不认识吴玫也是情理之中，"那你给人打电话让人来接你吧。"

吴玫无奈只好打电话，翻了半天的手包却发现手机被落在了家里。她这时候傻了眼，眼看文化节开幕式即将开始，作为场地的东道主不出现便失了礼数，可自己又没办法进入，正当她急得团团转的时候，沈守财走了出来。

"你怎么才来？"

"哎呀，还好你出来了，我手机忘了带。"

吴玫赶紧跟着沈守财走进了庄园。

"你怎么知道我在门口？"

沈守财笑了："打你手机打不通，我想你肯定是忘了带手机。"

"果然是知我者莫若沈守财也。"

沈守财停在那里，向吴玫耸了耸手臂，吴玫心领神会，便笑着挽住沈守财的胳膊，两人有说有笑地朝庄园里面走去，开幕式正巧刚刚开始……

"下面有请四序花开庄园董事长吴玫女士上台致辞。"

在热烈的掌声中，吴玫走上舞台，首先对中国美妆小镇的引荐表示感谢："四序花开庄园借着中国美妆小镇的平台可以说取得了跨越性的发展，现在正和世界最大玫瑰产地保加利亚最知名的玫瑰公司董事长米修先生合作，希望以最新的技术、最专业的标准，打造更高一级的玫瑰全系列产品。目前，我们的玫瑰系列产品已经在世界40多个国家进行销售，并且有了非常漂亮的业绩。依托美妆小镇非常好的生态资源、身后的文化底蕴，四序花开庄园将会以爱为核心思想，配合美妆小镇的发展，在政府和大家共同努力下一同圆一场关于'美丽'的中国梦！"

现场爆发出雷鸣般的掌声……

2017年，在上海交易所，沈守财、吴玫、沈艳芬、沈艳芳、赵家宝、高利民等敲响了属于优尔雅的第一记钟声，至此，优尔雅成为"A股美妆第一股"。

就在一切都欣欣向荣的时候，2019年末一场突如其来的疫情在毫无防备的情况下席卷了整个中国，其传染速度之快、范围之广令人闻风丧胆。在这样的情况下，优尔雅作为民族企业，毅然决然地接过社会责任重棒，第一时间便向武汉捐款了1500万元，并不断地将口罩、酒精等抗疫急需物资输送到了武汉。而后，整个疫情在全球范围内扩散，优尔雅又将目光望向了海外，将物资又源源不断地输送给海外同胞，让人

第三十章

诧异的是，到了优尔雅复工复产的时候，自己却缺少了口罩和酒精。

"这倒是挺像守财的作风。"高利民忍不住打趣。

岁月如梭，中国美妆小镇自2015年之后的四年里，一步一个脚印，跑遍了大半个世界，先后与法国、意大利、泰国、韩国、西班牙、澳大利亚、俄罗斯、保加利亚、菲律宾、摩洛哥和马来西亚等在内的多个国家的化妆品行业协会签订了长期的战略合作协议。截至2019年，已有77个项目签约入驻美妆小镇，总投资超过165亿元。同时，与化妆品产业相关的配套企业也正源源不断地从世界各地汇聚而来，中国美妆小镇离打造东方格拉斯的梦想越来越近。

这四年的时间里，沈守财正式将优尔雅集团交给赵家宝，由其出任CEO，给了他一片自由施展的天空。赵家宝也不负众望，成功打造了包括"优莱""欧兰玫瑰"等多个热销品牌，消费者涵盖了老中青三代人，并形成强大营销网络，覆盖全国日化精品店、百货商场及大型连锁超市，以"多品牌、多品类、多渠道、多模式"的运营机制发展成为集研发、生产、销售、服务于一体的中国最大的化妆品企业之一。而沈守财则是全身心地投入到了中国美妆小镇的招商工作，成了永远在招商路上的"飞人"。

"我觉得，我这一辈子都在做梦，小的时候太苦太穷，没吃的没穿的，被别人瞧不起，我就想着要赚钱，等赚了大钱我就要买一堆字母饼干吃，要把所有想吃吃不上的、想穿穿不上的都买了。后来家里发生了变故，大姐为我吃了那么多苦，还欠了那么多债，我就想着我要赚钱还债，不再让我姐为我受苦。可是，等到我有钱了以后却发现，我的目标已经不再是那些字母饼干了，我想要赚更多的钱，想要给我的家人更好的生活，所以又痴心妄想地想要做生意，自己当老板。等我的家人都有了好的生活，我发现我的梦想又变成了希望所有跟着我的兄弟们能一起富起来。再后来，孝信村家家户户都有了钱，因为想要帮助其他贫困的人，所以又搞了慈善基金、造了房子，最后和高利民、赵家宝一起搞了这个美妆小镇。其实，我这一生都在痴心妄想，别人可能只会看到我风光的一面，但这四十多年的时间，我从来没有睡过一个懒觉，也从来没有休息过一天，但是我喜欢这样的生活，喜欢这样的自己。"

人活着也就短短几十年光景，要是不拼尽全力，不就白白辜负了来这人世间走一遭吗？在这偌大的浙江省，沈守财、高利民、赵家宝、吴玫、沈艳芬只是所有奋斗中的浙江人一个小小的缩影，他们大多数的经历更加艰辛、更加曲折，文字亦是无法真正诠释。

然而，锲而不舍、不骄不躁的浙江精神却是无处不在的，只要心中有梦，风雪再大，也要顽强逆行……